QIN XUE SHAN SI
DUXING

勤学善思笃行

李 维 著

人 民 出 版 社

责任编辑：陈光耀

责任校对：白　玥

图书在版编目（CIP）数据

勤学善思笃行／李维 著．—北京：人民出版社，2017.6

ISBN 978－7－01－017882－0

I. ①勤⋯　II. ①李⋯　III. ①随笔－作品集－中国－当代　IV. ① I267.1

中国版本图书馆 CIP 数据核字（2017）第 159701 号

勤学善思笃行

QINXUE SHANSI DUXING

李维 著

人 民 出 版 社 出版发行

（100706　北京市东城区隆福寺街 99 号）

山东鸿君杰文化发展有限公司印刷　新华书店经销

2017 年 6 月第 1 版　2017 年 6 月北京第 1 次印刷

开本：710 毫米 ×1000 毫米 1/16　印张：28.25

字数：258 千字　印数：00,001－50,000 册

ISBN 978－7－01－017882－0　定价：76.00 元

邮购地址 100706　北京市东城区隆福寺街 99 号

人民东方图书销售中心　电话：（010）65250042　65289539

目　录

1. 人民的力量无穷大

对一个家庭来说，天一亮就有做不完的事情。以前，老百姓喜欢说开门七件事：柴、米、油、盐、酱、醋、茶，少一件都过不好日子，现在，一家人要做的事情可远远不止这些。作为拥有十三亿多人口的世界上最大的发展中国家，中国每天有多少事情要办？怎么把中国的事情办好？这是我们大家都需要思考的问题。

习近平总书记指出，办好中国的事情，既要靠党和政府，也要靠十三亿人民。总书记的这一重要论述蕴含着深刻的思想，对指导我们做好各项工作具有重要的意义。从总书记朴实的话语中，我们可以看到以习近平同志为核心的党中央全心全意为了人民、相信人民、依靠人民的执政理念和执政方式。

中国人民正在为全面建成小康社会、实现中华民族伟大复兴的中国梦而奋斗。改革已经进入攻坚期和深水区，发展任重道远，责任重大。再大的责任，再多的事情，再难的工作，我们都要一往无前、勇担重任，把中国的事情办好，干好每一天，干好每一年，干好每一件工作。只有把中国的事情办好，才能持续推动经济平稳健康发展，维护社会和谐稳定，才能不断增强国家的经济实力和综合国力。

办好中国的事情，要靠党和政府。在推进中国特色社会主义伟大事业的进程中，我们必须坚持中国共产党的领导，

全方位推进经济建设、政治建设、文化建设、社会建设、生态文明建设和党的建设，每一条战线、每一个领域都有很多工作要做。要在党和政府的坚强领导下，统筹经济社会发展全局，对长远发展目标和近期工作任务进行整体谋划，调动各方面的资源，发挥各方面的积极性，形成攻坚克难、加快发展的合力，不断推进党和人民的事业发展。

办好中国的事情，要靠十三亿多中国人民。人民，只有人民，才是创造世界历史的动力。要把人民放在心中的最高位置，始终坚持党的群众路线，为了人民、相信人民、依靠人民，把各族人民团结起来，把人民的积极性和创造性发挥出来，把人民的力量凝聚起来，心往一处想，劲往一处使，形成办好中国事情的巨大合力。要用共同理想团结人民，用共同目标凝聚人民，用共享成果激励人民，始终与人民心心相印，始终与人民同甘共苦，这样，我们就会有无穷的力量源泉，就能把中国的事情办好。

2. 制定规定，就要执行规定

说起规定，我们都不陌生，可以说，人从一生下来就要在规定中生活。幼儿园有园规，学校有校规，单位、部门、地区都有自己的很多规定。家有家规，每一个家庭成员都应该遵守，形成良好的家风；国有国法，每一个公民必须遵守法律，不能违法，不能越过法律底线；党有党纪，每一个共产党员、领导干部都必须严格执行，维护党的团结和统一，不能有党纪之外的特殊党员、特权干部。

我们对规定可以说认识很早，接受很早，自觉接受规定早已成为常规，应该习以为常了。但是，在现实生活中，随着时间的推移，我们发现有不少党员、干部就不把规定当规定了，时间长了就变成了"老油条"，像泥鳅一样滑，对规定漠然视之，甚至还千方百计钻规定的空子，这是非常危险的。

对于规定，习近平总书记指出：最重要的是要抓好落实，言必信、行必果。这就说到了制度的根子上。制定规定，就要执行规定。不抓好落实，规定就会落空，就会成为陈列在文件柜的一堆废纸。不重视落实规定，还不如从一开始就不要制定规定，免得浪费人力物力，浪费油墨纸张，磨损电脑复印机。不能落到实处的规定，有百害而无一利。

规定就是刚性的要求，在一定层面、一定范围内具有普遍约束力，是很严肃的事。我们花很多功夫，用很大的力

气，制定出很多规定，就是为了建立长效机制，用制度管人、管事，规范党员、干部的言行，推动各项工作，促进事业发展。

我们不难看到，一些地区、部门制定了很多规定，大本大本装订成册，大摞大摞堆积如山。要说他们不重视制度建设，肯定说不过去，那么多规定抱在你面前，足以让你震撼吃惊。但是，我们只要认真反思检查一下规定执行得怎么样？这就要大打折扣，有很多水分可以挤出来了。

制定的规定不落实，没有认真执行，长此以往就会让干部群众把规定看轻，对规定不以为然，依然我行我素，严重影响规定制发机关的形象。所以，我们要重视制定规定，更要重视落实规定，规定一旦制定，就要狠抓落实，言出必行，行必有果，一抓到底，务求实效，把规定的内容落到实处，维护规定的严肃性和权威性。

3. 改革不停顿，开放不止步

习近平同志担任中共中央总书记后，到地方考察的第一站就选择了改革开放的发源地——广东，这本身就向世界传递了中国新一代中央领导集体坚定不移坚持改革开放道路的重要信息。习近平总书记的重要讲话，透出浓烈的改革信息，透出强烈的开放意识，透出中国加快发展的强烈愿望。这无疑是给渴望进一步改革开放的中国人民吃了一颗定心丸，也给希望中国继续坚持改革开放的世界吃了一颗定心丸。

中国新时期最鲜明的特点是改革开放。回望党的十一届三中全会以来中国走过的路，我们深切地感受到，改革开放给沉睡的中国大地注入了强大活力，激发了中国人民的积极性和创造性，极大地解放和发展了社会生产力，中国特色社会主义事业不断开创新局面，中国发生了历史性变化，中国不断强大了，中国人民扬眉吐气了。中国人民充分认识到，只有社会主义能够救中国，只有改革开放才能发展中国，改革开放是强国富民之路。

在新的历史时期，日益开放的中国，面对日益开放的世界，我们要按照习近平总书记"改革不停顿、开放不止步"的要求，坚定不移推进改革开放，为国家富强、民族振兴和人民幸福奠定更加坚实的物质基础。

改革不能停顿。在我国改革已经进入攻坚期和深水区的关键时期，停顿就是徘徊不前，就会动摇改革的信心和决心；

停顿就会贻误时机，错失良机，使改革不能深入；停顿就会
耽误发展，影响党和人民的事业。攻坚期不能停顿，停顿就
会不战而退，一定要攻坚克难，敢于啃硬骨头，攻破一个又
一个改革难关；深水区不能停顿，停顿就会深陷水中不能自
救，就会被急流卷走，一定要敢于涉险滩，闯过深水区。我
们一定要坚持改革的正确方向，向改革要动力，不断深化重
要领域改革，不断增强改革的系统性、整体性、协同性。

开放不能止步。我国走在对外开放的大路上，中国开放
的大门已经敞开，不可能关闭。关闭开放的大门，就会把自
己关起来，断了自己的出路，回到闭关锁国、贫穷落后的老
路上。开放不可能回头，也没有回头路可走，开放止步就是
停滞不前，人民不答应、时代不答应、历史不答应。中国对
外开放的道路正在延伸，我们一定要坚定不移走下去，在开
放中深化改革，以开放促进改革，在开放中加快发展，以发
展推动开放，形成良性互动，共同推进改革开放大业。

4. 干部作风关系成败

　　干部作风是干部宗旨意识、精神面貌、领导水平、办事效率、服务质量的外在表现，直接关系到党和政府的形象，关系到党风、政风、民风，关系到群众对我们党的信任度，关系到人心向背，关系到党和国家事业的兴衰成败。干部作风历来是人民群众关注度很高的问题。群众往往直接从干部作风来看我们党和政府的作风。每一个干部都应该引起高度重视。

　　习近平总书记深刻指出：一个地方的工作，成在干部作风，败也在干部作风；一个地方的事业，兴在干部作风，衰也在干部作风。总书记的这一重要论述，对干部作风高度重视和深入关切，把干部作风提到关系工作成败、事业兴衰的高度，充分说明了干部作风的重要性，对各级干部是一个警醒。

　　一个地区、部门的工作要不断上新台阶，各项事业要持续发展，关键看干部作风。干部有好的作风，深入实际、深入群众，求真务实、真抓实干，敢于担当、勇于负责，清正廉洁、为民服务，就能起到模范带动作用，团结广大群众为党和人民的事业而奋斗。干部没有好的作风，讲大话、讲空话，务虚功、图虚名，心又黑、手又贪，干部队伍就会成为一盘散沙，就会没有凝聚力和战斗力，群众就会调头离去、不敢靠近，改革发展就很难形成合力。

干部每天都在群众中工作，都在群众的眼皮子下活动，干部的一言一行，干部的所作所为，群众看得清清楚楚，心里明明白白。群众心里有一杆秤，随时在称量着干部有几斤几两；群众心里有一把尺子，时时在丈量着干部的长短；群众有一双火眼金睛，看得清干部的所作所为。我们的干部千万不能自以为瞒得过群众，可以耍小聪明糊弄群众，搞小动作欺骗群众，那样只会自食恶果，最终被群众唾弃、抛弃。

　　我们的干部来自群众、植根群众，不是脱离于组织、独立于群众的独行独往的个体，不能随意任性。我们要高度重视加强干部作风建设，要从大处着眼，教育和引导干部坚定理想信念，牢记党的宗旨，树立为民服务意识和廉洁从政观念；要从小处着手，不放过干部作风的任何一个细节，时时教育和警醒干部，不断纠正不良作风，整治不正之风。干部作风好，我们与群众的联系就会更加紧密，就能得到广大群众的支持，我们的工作就能快速推进，我们的事业就能持续发展。

5. 调查研究不能弄虚作假

调查研究，是领导干部的基本工作方法，也是领导干部的基本功。毛泽东同志说过，没有调查研究，就没有发言权。所以，领导干部在任何时候，都要注重调查研究，在深入群众、深入实际调查研究中掌握基本情况，边调查边研究，在调查研究中明确工作思路，找到解决问题的方法。

习近平总书记要求"关键是不要弄虚作假"，一句话点到了调查研究的命脉，戳到了目前调查研究中存在的问题根源。我们想问题、办事情、做决策，都应该建立在深入的调查研究基础之上。只有深入调查研究，全面掌握真实情况，发现问题所在，了解群众意愿，找到解决问题的办法，才能做出正确的决策，推动实际工作。如果调查研究弄虚作假，就不能得到真实的情况，就无法作出正确的决策，一旦误导决策，决策失之千里，就会犯下严重错误，后果不堪设想。

调查研究是很好的工作方法，是解决问题的有效手段，是联系群众的科学方式。如果调查得不到真实的情况，研究找不到解决问题的方法，折腾来折腾去，没有做出正确的决策，就会既扰百姓，又累干部，耽误时间，劳民伤财。所以，调查研究千万不能弄虚作假，弄虚作假只会自欺欺人、欺骗群众、贻误工作、耽误事业。

调查研究一定要真调查、真研究，不能走形式、走过场，不能愚弄群众、糊弄干部。要有明确的目标，坚持问题导向，

带着问题去，带着选题去。调查研究前就要想好调查什么问题，研究什么问题，解决什么问题。

要改进调查研究的方式方法，采取专题调研与随机调研相结合，变走马观花为下马看花，变蜻蜓点水为沉到一线，深入到群众中去。不要专往好走、好看的地方去，不要被各级干部团团围住，不能只听干部讲，不让群众说，被表面的虚假现象蒙蔽。调查研究要深入到群众最需要的地方去，到矛盾问题最集中的地方去，关注群众的期盼，帮助基层解决问题、化解矛盾。要深入到困难群众中去，与群众坐在一条凳子上，共喝一壶茶，近距离拉拉家常，听听群众的真实想法。这样的调查研究，才能真正联系群众，才能得到真实的情况，调查研究才有价值，才会对决策有帮助。

6. 权力行使的过程就是为人民服务的过程

　　领导干部怎样正确行使权力？怎样更好地为人民服务？这是值得我们认真思考和研究的问题。

　　习近平总书记教给我们关键的一招：自觉把权力行使的过程作为为人民服务的过程。这就明确了权力服务的对象是人民，明确了权力行使的方向是为人民服务，明确了权力行使的过程就是为人民服务的过程。各级领导干部一定要把总书记的教诲牢记在心，始终把握权力行使的正确方向，明确权力服务的对象。

　　每一个领导干部必须把权为民所赋、权为民所用、情为民所系、利为民所谋牢记在心。党和人民赋予领导干部权力，给领导干部提供了更好地服务人民的有利条件，我们要十分珍惜。权为民所赋，就是说，领导干部手中的权力是人民赋予的，是公权，而不是私权，在使用过程中一定要出于公心，把权力用在促进党的事业发展上，用在服务人民上，用在为民造福上，而不能挪作他用、为自己谋私利，更不能乱用权力危害党和人民的事业。

　　领导干部行使权力的过程，就是为人民服务的过程，就是为人民创造幸福生活的过程。领导干部千万不能让权力的服务对象错位，不能把广大人民群众冷落在一边，更不能用权力为少数人谋私利、为利益集团服务。那些手握重权、滥用权力危害党的事业的人，乱用权力为自己谋私利、贪污腐

化的人，都是在权力行使的方向、动机、方式上出现了严重问题，最终走到了党和人民的对立面，没有得到好下场，受到了党纪国法的严肃处理。

领导干部为人民服务的过程，就是行使权力的过程。领导干部要正确行使权力，不让权力偏移服务方向，脱离正确轨道，给党和人民的事业造成损失。领导干部要珍惜人民赋予的权力，敬畏权力，严以用权，为人民掌好权，做到为民用权、公正用权、依法用权、廉洁用权，要让权力始终在服务人民的轨道上正确行使。

领导干部行使权力，要自觉接受人民群众的监督，把群众的监督看成是对自己的关心和爱护，认真听取群众意见，始终把权力用在为人民服务。一旦发现权力行使的方向有偏差，就要及时校正，一旦发现权力服务的对象错位，就要及时改正，不要小错不改，酿成大祸，最终不可收场，误了国家，害了自己，伤了亲人。

7. 任何事情都要向上看看，向下看看

古人有"一日三省吾身"之说，又有"君子必慎其独"之说，要求人们经常反思自我，不断透视自我、剖析自我，经常问问自己有哪些事做对了，哪些事做错了，下一步应该怎么做，怎样超越自我；同时，要不断增强自律意识，约束自我，规范自己的一言一行，不断充实和完善自己。

目前，在一些干部中，还存在着很重的浮躁之气，他们对自己、对工作不以为然，脚踩西瓜皮，滑到哪里算哪里，一副满不在乎、玩世不恭的样子，缺乏最基本的清醒认知、自律反思，这对干部成长进步、对事业发展是很不利的。

习近平总书记提出"任何事情都要向上看看，向下看看"，就是要求各级干部学会观察、学会反思，不断纠正自己的言行。人都有一双眼睛，眼睛是用来观察事物的。只会埋头干，不会抬头看，肯定要盲干。只会低头拉车，不会抬头看路，肯定要走错路。作为一名领导干部，我们身上肩负着推动改革发展、维护稳定和谐的重任，要对一个地方、部门的工作负责，一定要学会用眼睛细心观察，学会用脑子认真反思。

向上看看，就是要始终坚持党的领导，坚定共产主义理想、中国特色社会主义信念和中华民族伟大复兴中国梦共同理想，在思想上、政治上、行动上与以习近平同志为核心的党中央保持高度一致，自觉维护党的团结和统一，自觉维护

中央权威，自觉遵守政治纪律，做到政治方向不偏；要认真贯彻党的理论、路线、方针、政策，认真贯彻中央的决策部署，围绕党和国家一个时期的中心任务来统筹工作大局，推动党和人民的事业发展，不能游离于中心工作之外。

向下看看，就是要把人民放在心中的最高位置，深入实际、深入群众，广泛听取群众的意见和建议，始终保持与人民群众的血肉联系。要践行全心全意为人民服务的宗旨，为群众办实事、办好事，努力实现好、维护好、发展好最广大人民的根本利益，为人民谋福祉，不危害群众利益。

要通过向上看看、向下看看，经常自我反省、扪心自问，查找差距、发现问题，及时纠正错误、校正航向，沿着好的方向前进。要经常问问自己，路走对了吗？是否与党中央保持高度一致？方向偏离了吗？是否围绕党和国家的中心工作？事情做对了吗？是否全心全意为人民服务？干实事了吗？是否在为人民谋幸福？时时提醒自己、修正错误，更好地为党和人民工作，做出实实在在的业绩。

8.改革开放是强国之路

忘记历史就意味着背叛。一个人最怕忘记过去，对一个政党、一个国家、一个民族来说，同样最怕忘记过去。忘记过去，就不会珍惜现在，就不能拥有美好的明天。所以，我们一定要学会记住、懂得记住。

习近平总书记深刻指出：改革开放只有进行时没有完成时。没有改革开放，就没有中国的今天，也就没有中国的明天。这就要求我们记住改革开放给中国带来的巨大变化，珍惜今天改革开放的良好局面，坚定不移走好改革开放的强国之路，努力创造中国明天的辉煌。

没有改革开放，就没有中国的今天。眼见为实，人要学会相信自己的眼睛，相信自己的脑子。改革开放近四十年来，我们亲眼看到，中国人民讲着"春天的故事"，一路走来、一路前行，从贫穷落后中走出，历经风雨考验，不断走进开满鲜花的阳光之地，收获春华秋实，中国特色社会主义道路越走越宽广；我们亲身感受到，中国大地发生了翻天覆地的变化，中国的经济实力、综合国力显著提高，中国的国际地位和国际影响不断提升，中国人民的生活水平显著提高，真正做到了国有国力、国有国威、国有国格，人民意气风发、有精气神。

实践证明，改革开放推动了中国特色社会主义伟大事业，没有改革开放，就没有中国今天崭新的局面。改革开放是强

国之路，没有改革开放，中国还会贫穷落后、被动挨打；改革开放是民族振兴之路，没有改革开放，中华民族就不可能走上伟大复兴之路；改革开放是人民富裕之路，没有改革开放，中国人民不可能过上幸福生活。

没有改革开放，就没有中国的明天。道路问题就是党的生命。记住昨天，是为了更好地珍惜今天，更好地拥抱明天。我们要实现党的十八大确定的目标任务，必须坚持和发展中国特色社会主义，坚定不移坚持改革开放，勇往无前推进改革开放，做到改革不停顿，开放不止步，不能有须臾懈怠，不能有半点停顿。

改革开放的道路走对了，我们就要坚持不懈地走下去。千万不能动摇，一动摇就会走错路；千万不能折腾，一折腾就会走弯路；千万不能反复，一反复就会走回头路，就会给我们党和国家带来灾难。为了中国美好的明天，我们一定要坚定不移地坚持走改革开放道路。

9. 说到的就要做到，承诺的就要兑现

对领导干部来说，开会讲话，会有表态，下去调研，会有承诺，这是经常的事。领导干部到一个地方、一个部门调研，群众希望他们为基层办实事，解决一些实际问题，领导干部一旦表态承诺，群众就会日盼夜盼，等着他们兑现承诺。

我们时常看到，有这样一些领导干部，他们说起话来慷慨激昂，大话开口就说，表态不打磕巴，给人一种有气势、有魄力的感觉，但是，会一散就全忘记了，没有说到做到，承诺的没有兑现。这样一来，时间长了，次数多了，干部群众就认为他说的话不算数，原来是说大话不办实事的"大忽悠"。以后他再表态、再承诺，干部群众也就不再相信，不以为然。这不利于维护领导干部的威信，不利于加强与人民群众的联系。

习近平总书记指出：各级领导干部要以身作则、率先垂范，说到的就要做到，承诺的就要兑现，中央政治局同志从我本人做起。总书记不仅对各级领导干部提出了要求，还明确提出"中央政治局同志从我本人做起"，充分体现了以身作则、率先垂范的领导风范。党的十八大以来，以习近平同志为核心的党中央，认真履行对党和人民的承诺，扎实推进中国特色社会主义伟大事业，在各项工作中为全党做出了表率，赢得了全国人民的信任和支持。

我们反思一下，确实有不少领导干部存在这样的问题，

说到的没有做到，甚至全忘记了，把说到作为一种形式，说给群众听，说完了就完了，承诺的事转过身也忘了，一点都不兑现。领导干部说话不算数，谁还会信你？谁还会听你？谁还会跟你？最终就会自说自听，陷入非常尴尬的境地。

领导干部就是要以身作则、率先垂范，说到的就要做到，承诺的就要兑现，这是为人之道，也是为官之道，要有一种负责任的精神，做一个负责任的领导干部。

领导干部开口之前，要认真思考，精心准备，想好了再说，能做到多少就说多少。不要口无遮拦，一泻千里，相差万里。说到的，就要努力做到，一时不能做到的，要向群众讲实话、说清楚，并要有解决问题的实际行动。

领导干部承诺之前，要深入调查研究，摸清底数，找准问题。一旦承诺，就要认真兑现，列出时间表，一项一项兑现，承诺多少就兑现多少。领导干部言必信，行必果，说到就做到，有承诺就有兑现，群众才会信任我们，我们才能够把群众团结起来共谋发展。

10. 不能大手大脚糟蹋浪费

经过几十年的艰苦努力，我国的经济实力、综合国力显著提高，成为了世界第二大经济体，但是，我们要清醒地认识到，我国仍处于并将长期处于社会主义初级阶段的基本国情没有变，人民日益增长的物质文化需要同落后的社会生产之间的矛盾这一社会主要矛盾没有变，同时，我国发展呈现一系列新的阶段性特征，出现一系列新情况新问题，改革发展任务很多，攻坚克难的难点很多，需要解决的民生问题很多。

"我们的财力是不断增加了，但决不能大手大脚糟蹋浪费！"习近平总书记的这句大实话，让老百姓听着很给力、很提气、很过瘾。各级领导干部要牢记总书记的教诲，自觉抵制享乐主义和奢靡之风，在挥霍浪费上收手停步，不能大手大脚糟蹋浪费，要求真务实、勤俭办事，不讲排场、不比阔气，珍惜国家财力，用好每一分钱。

随着经济社会不断发展，我国的财力不断增加了，但是，国家的财力特别是财政收入主要是用在关系国计民生的大事上，而不是让一些干部用来大手大脚地花钱长自己威风。解决前进道路上的问题，需要雄厚的物质基础、财政实力支撑，需要大量的资金投入，我们还远远没有发展到可以无节制地大把花钱挥霍浪费的地步，还需要掰着指头数钱过日子，一定要树立过紧日子的意识。

国家的钱如果被大把大把地花在吃喝玩乐上，任意挥霍享乐、糟蹋浪费，就是没有用在正道上，实在是让人心疼不已。试想，如果那些钱是他家的，他舍得这样摆阔气、显威风吗？肯定不会。他一定会把自家的钱捏出汗来都不肯放手。不心疼国家的钱，实际上是官品官德出了问题。一个不心疼国家钱财的干部，绝对是不合格的。

　　每一个领导干部都要按照党中央的要求，自觉抵制不正之风，自觉反对享乐主义和奢靡之风，让自己的心静下来，身正起来，手收起来，把有限的财力用在促改革、促发展、促民生、促和谐上，勤俭办一切事业，反对铺张浪费，反对讲排场、比阔气。不用国家的钱比阔，不浪费国家的钱，没有人会说你小气，群众只会说你正气！得到群众的表扬和认可，比什么都重要，真值！

11. 群众的监督无处不在

　　领导干部来自群众、植根群众、依靠群众，与群众是须臾不可分离的。领导干部工作在群众身边，生活在群众中间，从一定程度上说，领导干部就是公众人物，他们的工作、生活都在群众的视线范围内。可以说，领导干部在哪里，群众的眼睛就在哪里，领导干部的一言一行、一举一动，群众看得清清楚楚。这就是无处不在的群众监督。

　　习近平总书记指出：领导一言一行、一举一动，群众都看在眼里、记在心上。总书记的话很平实，却有深刻的道理。这就要求各级领导干部牢固树立群众意识、群众观点，自觉接受群众监督，不断规范自己的言行。各级领导干部一定要清醒认识到，群众无处不在，时时刻刻都在身边监督我们。群众在听我们怎么说，是大话、套话还是真话、实话，群众在看我们怎么做，是办实事、办好事还是放空炮、务虚功，群众还会记着领导干部为他们做了什么。

　　在人民群众面前，领导干部永远只是一个考生，随时要接受人民的考验。人民群众手中有考题，心中有答案，每一天都在考我们，时时在给我们打分。我们要自觉接受群众的监督，增强自律意识，时时、处处、事事严格要求自己，不断完善自我。那种自以为逃得过群众的眼睛、躲得过群众视线、蒙得了群众的领导干部，都是在耍小聪明、自欺欺人，都是心存侥幸、自我安慰，都是在慢性自杀、自毁前程。

　　习近平总书记进一步指出：干部心系群众、埋头苦干，

群众就会赞许你、拥护你、追随你；干部不务实事、骄奢淫逸，群众就会痛恨你、反对你、疏远你。这是大实话，说出了群众想说而不敢说的心里话。群众是赞许你、拥护你、追随你，还是痛恨你、反对你、疏远你，关键要看是不是心系群众、埋头苦干，是不是求真务实、为民办实事，是不是一身正气、清正廉洁。领导干部心中有群众，群众心里就有你，这就是一心换一心，换得群众的心，就能得到人民的支持。

领导干部埋头苦干，干出实绩，群众看在眼里，就会心疼你，就给你打高分，心甘情愿地跟着你干。有广大人民群众的支持，有群众做坚强后盾，我们就能成就一番事业。领导干部不干实事，甚至骄奢淫逸，群众就会对你意见很大，甚至在心里恨你，就只能给你打不及格分甚至零分。群众不支持你的工作，不敢靠近你远离你，你就会严重脱离群众，最终就会成为孤家寡人，一事无成。

12. 领导干部应多回家吃饭

领导干部每天都要吃饭，吃自己的饭本不是问题，但是，用公款大吃大喝就是大问题，因为你花的是公家的钱，饱的是自己的肚子。必要的工作应酬，本来不是问题，但是，成天泡在事不关己、毫无实际意义的应酬中就是大问题，因为你的精力没有用在工作上，而是把心思用在吃喝玩乐中。

目前，我国一年在餐桌上浪费的粮食价值高达 2000 亿元，被倒掉的食物相当于 2 亿多人一年的口粮。公款大吃大喝，舌尖上的浪费，触目惊心，成为一大社会公害，严重影响了党风、政风和民风，必须引起我们的高度重视。

习近平总书记要求领导干部"除了工作需要以外，少出去应酬，多回家吃饭"。总书记提出的这一"少"一"多"，可谓好处多多。领导干部的应酬少了，吃喝玩乐就少了，不良作风就会减少；领导干部回家吃饭多了，学习充电的时间就会多了，家庭亲情就会多了。

大家心里清楚，不少应酬都在同级部门，虽然打着增进联系、协调关系的幌子，其实还是用公款吃喝，你请我、我请你，排着队、轮番吃，在吃喝中比大方、比阔气，对挥霍国家的钱毫不心疼。不去应酬饿不死，少去应酬不会瘦。很多情况下，应酬是假，吃喝是真。真可谓吃坏民风、喝坏党风、糟蹋肠胃，这种无节制、无意义的应酬，实在没有一点好处。

对待应酬，领导干部心中一定要有定力，要严格要求自己，静得下心，管得住腿，守得住嘴，把好应酬关。大凡用心工作的干部，每天都投入到干事创业中，研究处理很多事务，其实已经劳累疲惫，很怕出去应酬。

　　领导干部少出去应酬，多回家吃饭，就不会给那些打着接待领导名目大吃大喝的人任何机会，本身就是对吃喝歪风的抵制，对改进不良作风大有帮助。领导干部少出去应酬，多回家吃饭，既可以节约很多时间，把那些泡在饭桌上的时间用来学习知识、思考问题，充实提高自己，又可以不滥吃滥喝，不会伤了胃还受气，还可以和谐家庭关系，增进亲情，其乐融融，何乐不为？

13. 凝魂聚气、强基固本

党的十八大作出培育和弘扬社会主义核心价值观的重大决策，这是推进中国特色社会主义伟大事业、实现中华民族伟大复兴中国梦的必然要求。在新的历史时期，要完成全面深化改革的任务，实现全面建成小康社会，建设社会主义现代化国家，必须积极培育和弘扬社会主义核心价值观。

要把培育和弘扬社会主义核心价值观作为凝魂聚气、强基固本的基础工程，继承和发扬中华优秀传统文化和传统美德，广泛开展社会主义核心价值观宣传教育，积极引导人们讲道德、尊道德、守道德，追求高尚的道德理想，不断夯实中国特色社会主义的思想道德基础。

社会主义核心价值观是我国文化软实力的灵魂，是加强文化软实力建设的重点。我国的文化软实力，从根本上说，取决于社会主义核心价值观的生命力、凝聚力、感召力。

我们生活在大自然中，空气对我们来说须臾不可离开。我们生活在中国，社会主义核心价值观是我们取之不尽用之不竭的养分。要使核心价值观的影响像空气一样无所不在、无时不有，需要通过形式多样、内容丰富的宣传教育，大力弘扬社会主义核心价值观，把核心价值观融入到我国经济社会发展的方方面面，使全体中国人民内化于心，作为价值标准，自觉规范自己的言行，外化于行，成为自觉行动，积极实践。

在国家层面上，要让全体中国人民明确我国建设社会主

义现代化国家追求的价值目标是富强、民主、文明、和谐。立足岗位，努力工作，为了国家富强作出贡献；充分发扬民主，为国家改革发展献计献策；规范言行，努力提高国家的文明水平；促进和谐，自觉维护国家的统一、稳定。

在社会层面上，要让全体中国人民明确我国自由、平等、公正、法治的社会价值取向，树立正确的自由观、平等观，自觉维护社会公平正义，建设社会主义法治社会，让中国社会既充满活力又和谐有序。

在公民层面上，要让全体中国人民树立爱国、敬业、诚信、友善的价值准则，热爱祖国，维护祖国，振兴祖国；爱岗敬业，立足本职，多做贡献；诚实守信，以诚相待，言出必行；对人友善，真诚相待，和睦相处。要在工作生活中时时处处展现出中国公民的良好风范，努力提升中国在世界的形象。

14. 两岸同胞共圆中国梦

自古以来，台湾就是中国领土神圣而不可分割的一部分。大陆同胞和台湾同胞同根同源，是不可分割的。

中华民族拥有五千年的悠久历史和灿烂文化，为人类社会文明发展做出过伟大贡献。两岸同胞对中华民族的认同感，是两岸共圆中国梦的心理基础。习近平总书记强调："实现中华民族伟大复兴，需要两岸同胞共同努力。我们真诚希望台湾同大陆一道发展，两岸同胞共同来圆'中国梦'。"习近平总书记发出两岸共圆中国梦的呼吁，充满了真情实感，充分表达了两岸大多数同胞的共同心声。

实现中华民族伟大复兴，实现国家富强、民族振兴、人民幸福，是中华民族的百年梦想。实现中国梦，让中华民族永远屹立于世界民族之林，是全体中华儿女的共同心声。实现中国梦，是两岸共同发展的必然要求，也是两岸应对各种挑战的现实需要。实现中国梦，是中华民族的共同事业，离不开台湾的参与，需要两岸同胞同心协力。两岸关系的和平发展，全方位交往，为两岸同胞共圆中国梦提供了有力保障。我们比历史上任何时期都更有信心、更有能力实现中华民族伟大复兴的梦想。

"兄弟同心，其利断金"。两岸同胞是一家人，有着共同的血脉、共同的文化、共同的连结、共同的愿景，根在一起，魂在一起，梦在一起，能够携手同心、一起前进。中国梦是

两岸共同的梦，中国梦与台湾的前途息息相关，大陆和台湾是休戚与共的命运共同体。只要两岸双方秉持"两岸一家亲"的理念，顺势而为，齐心协力，推动两岸关系和平发展取得更多成果，就能造福两岸民众；只要两岸同胞同心同德、同心同力，共同致力于祖国统一，就能克服前进道路上的一切困难，共圆中华民族伟大复兴的中国梦。

15. 为群众办好事、办实事

　　领导干部想为群众办实事、办好事，本是一种好的想法，是一件好事。但是，在实际工作中，我们不难看到，有些领导干部满腔热情地去为群众办好事，结果非但没有得到群众的好评，还得到一片骂声，弄得灰头土脸，狼狈不堪，心中好生委屈。难道是百姓错了？回答是否定的，群众没有错，问题还是出在领导干部身上。

　　好事怎么办好？实事怎么办实？习近平总书记指出："为群众办好事、办实事，要从实际出发，尊重群众意愿，量力而行，尽力而为，不要搞那些脱离实际、脱离群众、劳民伤财、吃力不讨好的东西。"这就是为群众办好事、办实事的有效办法，我们要深入领会，努力在工作中实践，在服务群众的过程中为群众办好事、办实事，把人民群众团结在党和政府周围。

　　对群众没有热情，就没有办事激情。为群众办好事、办实事，需要对群众充满爱心，始终保持满腔热情。要把人民放在心中的最高位置，把实现好、维护好、发展好最广大人民的根本利益作为一切工作的出发点和落脚点，想群众所想，忧群众所忧，急群众所急，为群众排忧解难，真心实意为群众办实事、办好事。我们的群众是善良的，只要把好事办好，把实事办实，把好事、实事办到老百姓的心坎上，推动一个地区、部门的发展，让群众得到实惠，共享改革发展成果，

就能得到群众称赞。

为群众办好事、办实事，要从实际出发。要深入实际调查研究，根据群众需要，作出正确决策。那种从主观愿望出发、主观武断、脱离实际的做法，不可能为群众办成好事、实事。要坚持党的群众路线，一切为了群众，一切依靠群众，从群众中来，到群众中去，广泛听取群众意见和建议，把群众真正想办的事办好。要顺应民心，尊重民意，不要违背群众意愿行事，做一些吃力不讨好、受气挨骂的事。

为群众办好事、实事，要把群众拥护不拥护、赞成不赞成、高兴不高兴、答应不答应作为检验工作的标准。要量力而行、尽力而为，不要劳民伤财、兴师动众。有多大财力，就办多大的好事，有多大能力，就办多大的实事。办一件成一件，办一件好一件，办一件让群众受益一件。不要盲目铺摊子、上项目，最终没有落到实处，伤了群众的心。

16. 干事创业要发扬钉钉子精神

　　说起钉钉子，人们都不陌生，都有亲身感受。钉钉子的人一旦选择好位置，就会把钉子放正，然后就举起锤子，先用力把钉子嵌入木板内，再接着一锤一锤用力敲，才能把钉子钉实、钉正、钉牢。钉牢一颗钉子再钉下一颗，不断地钉下去，必然达到预期的目的。钉钉子如此，干事创业也如此。

　　习近平总书记要求各级干部转变工作作风，"发扬钉钉子的精神"。总书记用老乡们朴素的话语，说出了一个深刻的道理，让人沉思品味。确实，干事业就好比钉钉子，钉子通常不是一锤子就能钉好的，即使是小钉子，也不可能一锤定音，一下就敲进去。试想，如果一颗钉子被几个人不停地换地方钉来钉去，肯定要被敲弯、敲断。最终，木板或墙壁还被敲出许多小洞眼，不堪入目。

　　干事业何尝不是这样？我们时常看到这样的情况，有的领导干部新到一个地区、部门，为了展现自己的能耐，表现自己的创新，就要来一个兜底翻，搞推倒重来，根本不考虑事业发展的连续性和稳定性。这样的做法，是对一个地区、部门发展的极端不负责，只会危害党和人民的事业。

　　心胸没有针眼大，这样的领导干部没有气度，是自私狭隘的。你可以对前任领导有意见，但是，你不能跟整个地区、部门的干部群众过不去，那样，就会让你成为孤家寡人。一

个地区、部门有很好的工作思路、发展目标和建设规划，你还要三天一个新思路，五天一套新办法，折腾来折腾去，把干部群众弄得无所适从，干也不是，不干也不是，就不可能把发展这颗"钉子"钉上去、钉牢固。很多劳民伤财的重复投资、无效投资、断头工程，就是这样折腾出来的，群众意见很大。

政贵有恒。一个地区、部门的发展，并非一朝一夕之功，需要持之以恒地坚持，需要坚持不懈地努力，需要不见成效不松劲的韧劲，要一任接着一任干，一届接着一届干，坚持不懈，一抓到底。领导干部一定要找准定位，担当起发展的责任，一定要树立科学的政绩观，推动全面、协调、可持续发展。在干事创业上要发扬钉钉子的精神，以功成不必在我的胸怀，在一张好的蓝图上锲而不舍地干下去，以抓铁有痕、踏石留印的作风，一干到底，切实把工作落到实处。

17. 真抓才能攻坚克难，实干才能梦想成真

实现"两个一百年"奋斗目标，实现中华民族伟大复兴的中国梦，我们需要什么样的精神状态？一句话：真抓实干！只有以大无畏的精神勇往直前，敢于担当、开拓奋进，以求真务实的作风，深化改革、加快发展，才能创新推进各项事业发展，实现美好的梦想。

习近平总书记指出："真抓才能攻坚克难，实干才能梦想成真。我们要在全社会大力弘扬真抓实干、埋头苦干的良好风尚"。总书记的这一重要论述朴实无华，内涵丰富，富有哲理，寓意深刻。真抓实干是最好的领导方法，是最好的工作作风，是推动改革发展的一剂良药，最能感染人、带动人，形成干事创业的良好风气。

真抓才能攻坚克难。我国的改革已经进入攻坚期和深水区，面对重重困难，唉声叹气是没有用的，唯一的出路就是攻坚克难，闯过难关，越过险滩，走出深水区。做好深化改革的各项工作，需要真抓。真抓就要动真情、用真心、出真力，把改革的工作重点抓在手上，整体推进各项工作。要知难而上，克服一切困难，用发展的办法解决前进道路上的问题。

实干才能梦想成真。邓小平同志说过："不干，半点马克思主义都没有。"梦想是美好的，唯有真抓实干方能实现。点燃希望，让梦想成真，空说空讲没有用，大话连篇没有用，

只能靠实干。不真抓实干，半点梦想都不可能实现。实干就是要弘扬求真务实的精神，实实在在地干，一抓到底，不务虚功，务求实效，让人民群众真正得到实惠。重实干、求实效、出实绩，应该成为全社会的共识。只要我们都有真抓实干的作风，都有埋头苦干的劲头，就没有克服不了的困难，就一定能攻坚克难，不断取得新的发展，持续推动中国特色社会主义事业。

各级领导干部一定要带头发扬真抓实干、埋头苦干的作风，在攻坚克难、加快发展中发挥模范带动作用，在真抓实干中经受锻炼成长、砥砺作风，在真抓实干中多出实绩，在真抓实干中服务人民、造福人民、取信于民，在真抓实干中实现梦想。要在全社会形成求真务实、真抓实干的良好风尚，让十三亿多人民投入到追梦中，向梦想迈进，为梦想加油，不断谱写中华民族伟大复兴中国梦的壮美华章。

18. 相知者，不以万里为远

《三字经》的第一段里说："人之初，性本善。性相近，习相远。"就是说，人在刚出生时，本性都是善良的，性情也很相近。但随着时间的推移，人们的生活条件、社会地位的不同，每个人的习性都会发生改变，会产生差异。

我们知道，习性相差很大的人，是不可能走到一起、坐到一条板凳上的，因为他们没有共同的理想、追求，没有共同语言。人与人能够相互交往，起作用的不是权势、地位、金钱，关键还是相知。国与国的交往，起作用的不是国家大小、贫富强弱，关键也在相知。习近平主席一句"相知者，不以万里为远"，让人感到亲切、真诚，既充分表达了中国人民对到访国的深情厚谊，又表现出对到访国家人民的尊重，寓意深刻、内涵丰富。

中国和特立尼达和多巴哥的距离远到可以说天涯海角。但是，两国人民却有着浓厚的传统友谊。1971 年，特立尼达和多巴哥投票赞成恢复中华人民共和国在联合国合法席位。两国自 1974 年建交以来，双边友好关系不断巩固与发展。2005 年，两国建立"互利发展的友好合作关系"。中国记住了这份情，中国人民心里有一种温暖的记忆。两国不仅加强经贸往来，还加强文化交流，在追求自由与民主的道路上相互支持。这是两国能够相知的历史根源。习近平主席不远万里到特立尼达和多巴哥访问，传递的是中国人民的一份真诚

和真情。

中国的发展需要世界，世界的发展需要中国。我们坚定不移地走改革开放的道路，加快对外开放的步伐，把中国经济发展融入世界经济发展的大格局中，不断提高综合国力，同时，还要不断走向国际政治舞台，提高中国的话语权。这就需要我们广结天下朋友。

有句歌词唱得好：千里难寻是朋友，朋友多了路好走。朋友是要经常走动的，不走动就会变陌生；国家是需要不断交往的，不交往就会疏远。相知者，心相通，情相依，能够风雨同舟、同享阳光。传播中国好声音，传递中国正能量，中国需要与相知者牵手，不断加强合作，促进共同发展，实现互利共赢。中国在世界上拥有越来越多的相知者，朋友遍天下，我们就能全方位深化对外开放，加强与世界各国的合作、发展、共赢，不断延伸改革开放这条强国之路。

19. 知行相促，知行合一

群众路线是我们党的生命线和根本工作路线。我们党来自人民、植根人民、服务人民，人民是我们党生存发展的根基，是我们党的血脉之源，是我们党战胜困难、夺取胜利的力量所在。

实践证明，只要坚持党的群众路线，坚持一切为了群众，一切依靠群众，从群众中来，到群众中去，加强党与人民群众的血肉联系，我们党就能巩固执政基础，得到人民群众的大力支持，党的事业就能不断发展进步，党就能立于不败之地。

坚持党的群众路线，牢固树立群众观点，保持党同人民群众的血肉联系，关系到我们党的事业兴衰成败。习近平总书记要求广大党员、干部提高贯彻执行党的群众路线的自觉性和坚定性，做到以"知"促"行"、以"行"促"知"、知行合一。总书记教给了我们一种贯彻执行党的群众路线的科学方法。

我们党要应对"四大考验"，化解"四大危险"，很重要的一招就是始终坚持党的群众路线，保持党和人民群众的血肉联系，得到广大人民群众的真心支持和拥护。我们一定要按照总书记的要求，牢固树立群众观点，自觉坚持群众路线。

要以"知"促"行"。"知"就是要知道，要认真学习马

克思主义群众观，牢固树立群众观点，把握其深刻内涵、本质要求。不知道群众路线的干部，是不可能贯彻好群众路线的。"行"就是践行，要自觉坚持群众路线、践行群众观点。以"知"促"行"，就是要把群众路线、群众观点内化于心，最终外化于行，自觉践行。

要以"行"促"知"。在实际工作中，要坚持党的群众路线，具体运用群众路线武装头脑、推动工作，从而进一步深化群众路线认识，强化群众观点，在思想上筑牢群众路线的根基。要通过在实践中学习，在实践中总结，把群众路线、群众观点扎根在脑海里。

要知行合一，就是把"知"和"行"统一起来，把学习群众路线和践行群众路线有机结合起来，形成有机统一、相互促进，使坚持群众路线与践行群众路线成为自觉行动。

20. 我们永远走在"赶考"的路上

　　1949年1月31日，人民解放军进入北平，北平和平解放。随着党的工作重心由乡村转移到城市，中共中央决定进驻北平。1949年3月23日，毛泽东、朱德、刘少奇、周恩来、任弼时率中共中央机关离开西柏坡，临行前，毛泽东同志意味深长地说："今天是进京赶考的日子，不睡觉也高兴啊。今天是进京'赶考'嘛，进京赶考去，精神不好怎么行啊！"

　　习近平总书记到西柏坡考察时深刻指出："我们面临的挑战和问题依然严峻复杂，应该说，党面临的'赶考'远未结束。"总书记的这番话，语重心长，充分说明新的中央领导集体对党面临的"赶考"的自觉和清醒，充分说明我们党还走在"赶考"的路上，还在接受人民和历史的考验。

　　党的先进性和党的执政地位不是一劳永逸、一成不变的。习近平总书记在西柏坡再次号召全党同志牢记"两个务必"，对我们党在新的历史条件下保持先进性和纯洁性，实现长久执政和为人民执好政，团结带领全党全国人民实现中华民族伟大复兴中国梦具有重要指导意义。

　　我们党团结和依靠人民夺取革命胜利，建立了新中国，成为在中国执政的马克思主义政党，团结和带领人民开辟中国特色社会主义道路，不断开创改革开放新局面，实现中国经济实力、综合国力和国际竞争力显著提高，人民生活水平显著改善。但是，我们要清醒地认识到，在前进的道路上，

这只是万里长征走完了第一步，我们党还走在"赶考"的路上。

面向未来，实现全面建成小康社会，建成富强民主文明和谐的社会主义现代化国家，我们党肩负重任，任重道远。我们党正在"赶考"的路上。"考卷"就在中国大地上、在世界舞台上，"考题"由人民来出，"答案"在人民手上，"评卷人"就是人民。我们党正在经受时代、人民和历史的考验。

随着世情、国情、党情的深刻变化，新形势下我们党面临着"四大考验"，需要化解"四大危险"。随着国际国内形势的深刻变化，我们面临的困难和矛盾将越来越多，"考题"将越来越难。我们一定要牢固树立"赶考"意识，用心做好每一道"题"，用力答好每一道"题"，不断攻坚克难、破解难题，稳扎稳打、步步为营，不断推进中国特色社会主义伟大事业，向人民、向时代、向历史交一份满意的答卷。

21. 城市发展不能"摊大饼"

　　加快城市化进程，是经济发展的必然要求，有利于提高城市集聚力，提高城市综合实力，提升城市形象，发挥城市在经济建设、政治建设、文化建设、社会建设和生态文明建设中的辐射和带动作用。加快城市化进程，加大城乡统筹力度，进一步发挥城市建设的积极作用，是不能动摇的方向。

　　在社会主义现代化建设的过程中，怎样建设城市、管理城市，是各级领导干部始终面临的一道新课题。习近平总书记在北京市考察时的重要讲话，为我们提出了新的要求，遏制城市"摊大饼"式发展。

　　"摊大饼"式的发展，是指城市的建设发展采用围绕一个核心，以同心圆的方式不断地向周围地区扩散与渗透。不少城市的发展，都是通过这种方式来扩张变大的。但是，这种发展，只会让城市始终处于一种盲目的、无序的扩张状态。随着我国不断加快城市化进程，大城市的数量不断增多，特大城市的体积不断扩大，我们需要认真研究城市的发展方式。

　　长期以来，很多地方热衷于扩张城市，让城市变得越来越大，搞"摊大饼"式发展，这就带来了城市人口拥挤、交通堵塞、环境污染，以及地价昂贵、城市管理难度加大、治安环境日趋恶化等一系列城市病。我们不难看到，有些地方在城市建设中存在着盲目性，有的贪大，追求城市越大越好，有的求

全，追求城市无所不包，有的谋求不切实际的超越，样样想争第一，有的把城市建设搞成了一个巨大的包袱，不堪负重。这些问题都是我们需要引起高度重视并认真解决的。

北方的大饼，在锅里看着很大，实际上面料不多，摊得很薄，几口就吃完了。城市如果像大饼一样"薄"，没有历史的厚重感，没有深厚的文化底蕴，就会让人看起来轻飘飘的。

城市建设特别是基础设施建设要注重质量，要有超前意识，讲求适度超前，能够满足未来发展的需求，又要立足现实，有承受能力。要注重城市的功能设置，形成互动互补、相互衔接的功能体系。要以对历史负责、对未来负责、对人民负责的精神，科学规划城市建设，建设有品位、有文化、有精品的城市。城市建设不能再搞"摊大饼"式的发展了。

22. 一着不慎毁于一旦

我们都熟知一句话：一着不慎满盘皆输。不论多大的棋王，不论博弈多长时间，关键时刻下错子、出错牌，就注定了输的结果。棋一旦落子，牌一旦出手，不可以悔棋重新下，不可以悔牌重新出。在现实生活中，我们不难看到领导干部一着不慎毁于一旦的实例。

习近平总书记说，我们国家培养一个领导干部比培养一个飞行员的花费要多得多，而更多的还是我们倾注的精神和精力。这是非常客观实在的。在驾驶员系列，培养飞行员的花费应该是最高的。但是，我们党培养一个领导干部比培养一个飞行员的花费要更多。

领导干部必须始终牢记"一着不慎毁于一旦"。下棋如此，做人如此，为官如此，应该重视每一步，走好每一步。对领导干部来说，手一旦伸出来，就变脏了，缩不回去了；心一旦变黑，就不会红了，无法医治了；人一旦变质，就与人民背道而驰，走到了对立面。

一个领导干部的成长，凝聚着党和人民的长期培养、个人的艰苦努力和群众的热诚帮助。一个干部需要长时间培养，需要在不同的岗位锻炼，在实践中不断打磨，经受各种考验，接受组织和人民的挑选后，才能走上领导岗位。其间，党和人民倾注了大量心血，拿出了很大的精力，这些都是不可以用金钱来计算的。每一个领导干部回首走过的路，都会深切

地感到，每一点成长进步都是来之不易的，都有一番感慨。

领导干部不管做过多少工作，甚至在一段时期、几件大的工作上还做过一些贡献，但是，一旦走到党和人民的对立面，功劳和罪过是不可以相抵的，更不可能将功折过。真可谓，一着不慎毁于一旦。他们辜负了组织的培养，毁了前程，伤害了亲人，贻害了党和人民的事业，着实让人痛心疾首。

领导干部要敬重人民，始终把人民放在心中的最高位置；要敬畏组织，做到懂规矩、守纪律、听招呼，任何时候都不凌驾于组织之上；要珍惜自己，不自毁前程，始终把党和人民的利益摆在第一位，努力实现好、维护好、发展好最广大人民的根本利益；要始终严以律己、严以用权，把自己手中的权力作为公权，用在为党工作、为人民服务上，任何时候都不能以权谋私；要慎思慎言慎行，始终走在与党和国家同行的正道上，走好人生的每一步路，不走歪门邪道。

23. "官""商"交往要各行其道

在发展经济的过程中，各级领导干部都要与"商"交往。招商引资要与"商"打交道，对外开放要与"商"打交道，城市建设要与"商"打交道，基础设施建设要与"商"打交道，项目开发要与"商"打交道，可以说，在社会生活中，"商"无处不在，与"商"交往不可避免。

"商"的存在，有利于活跃社会主义市场经济，增加就业，增加税收。但是，从一些腐败分子堕落的过程看，很多人都是在与"商"交往的过程中没有把持住自己，被一些别有用心的"商"拉下水，陷入不能自拔的境地。

面对纷繁的物质利益，"官"如何与"商"交往？习近平总书记教给各级领导干部一个最基本、最管用的方法，那就是：要做到君子之交淡如水，"官""商"交往要有道，相敬如宾，而不要勾肩搭背、不分彼此，要划出公私分明的界限。总书记的重要论述具有丰富的内涵，我们要深刻领会和把握。

"官"与"商"可以交往，要做到君子之交淡如水，"官""商"交往要有道，相敬如宾。"官"有道，乃大道，要走在为党和国家工作、为人民服务的大道上，把国家富强、民族振兴、人民幸福作为己任，把国家和人民的根本利益放在最高位置；"商"有道，乃商路，通过依法经营，获取经营利润，实现投资回报，为经济社会发展作出贡献，体现人

生价值。"官"要敬"商"，不要怕"商"，不能对"商"敬而远之，要努力为"商"营造良好的发展环境，提供必要的政策支持；"商"要敬"官"，积极支持地方、部门工作，参与经济社会发展。"官"与"商"要公私分明，公就是公，私就是私，不要勾肩搭背，不要不分彼此，把个人私利搅和在一起，甚至成为共同侵占国家利益的一丘之貉，最终只会毁了"官"，害了"商"。

　　总书记指出，公务人员和领导干部，要守住底线。这就要求"官"在与"商"的交往中，始终要明确自己是人民公仆的角色定位，全心全意为人民服务，真心实意为"商"服务，为"商"营造良好环境；要明白自己国家公职人员的身份，始终保持良好形象，不要自降身份，与"商"混在一起，不分彼此；要站稳自己的立场，任何时候都把人民的根本利益摆在第一位，在人民的根本利益上绝不让步，不能牺牲人民的利益；要认清自己手中的权力是公权，只能用来办公事，不能用来谋私利，始终让权力在法治的轨道上运行。

24. 保证国家安全是头等大事

党的十八大以来，以习近平同志为核心的党中央高度重视国家安全工作，以更加积极自信的姿态，采取一系列有效措施维护国家安全和社会安定，及时组建了中央国家安全委员会，并多次召开会议研究部署国家安全工作。

当前，中国国家安全形势保持总体稳定、缓和、向好的基本态势。通过实施新的外交战略，与世界上主要大国建立了长期稳定健康发展的新型大国关系，同时，增强"远亲不如近邻"的意识，重视与周边国家建立"亲、诚、惠、容"的睦邻友好关系，做好经略周边的工作，我国国家安全取得新成果。我国始终坚持以经济建设为中心，凝心聚力推动经济持续平稳健康发展，综合国力不断提升，社会和谐稳定，维护国家安全的能力持续增强。

但是，我们必须清醒地认识到，中国国家安全形势不容乐观，面临现实威胁，需要面对严峻挑战。习近平总书记指出："当前我国国家安全内涵和外延比历史上任何时候都要丰富，时空领域比历史上任何时候都要宽广，内外因素比历史上任何时候都要复杂"。世界格局急剧变化，使我国的国家安全增加了不稳定性和不确定性。中国的发展壮大，让一些别有用心的人坐立不安，妄图阻止中国的前进步伐。中国高度重视大国关系，但是，与少数主要大国之间的矛盾依然突出，与周边国家海洋领土争端趋于严峻，

周边地区热点众多、争端持续发酵。恐怖主义、网络安全、环境安全等方面带来新威胁，给国家安全带来了严峻挑战。

维护国家安全，是维护国家、民族、人民根本利益的必然要求，是巩固党的执政地位，坚持和发展中国特色社会主义的必然要求，是统筹推进"五位一体"总体布局和协调推进"四个全面"战略布局、实现中华民族伟大复兴中国梦的必然要求。我们一定要按照习近平总书记"保证国家安全是头等大事"的要求，切实增强国家安全的忧患意识，居安思危，国家越发展，越要重视国家安全。

我们要按照总书记"坚持总体国家安全观，走出一条中国特色国家安全道路"的要求，既要从战略上布局，抓住特点、突出重点、突破难点，又要在战术上重视，统筹各方面的力量，协同推进、形成合力，努力构建集政治安全、国土安全、军事安全、经济安全、文化安全、社会安全、科技安全、信息安全、生态安全、资源安全、核安全等于一体的国家安全体系。

25. 国家安全和社会安定要形成强大合力

改革开放以来，我们党始终高度重视国家安全和社会安定，自觉维护改革发展稳定大局，保持了我国社会大局稳定，我国呈现出国家安全、社会稳定、人心安定、人民安居乐业的喜人局面，为改革开放和社会主义现代化建设提供了有力保障。实践证明，没有国家安全、社会稳定，改革发展就不能持续推进。

但是，面对复杂的国际形势和艰巨的国内改革发展任务，必须清醒地认识到，我国的国家安全面临着新的挑战，社会稳定面临着许多不利因素，我们必须牢固树立忧患意识，以高度的自觉，以强有力的措施，有效防范、管理、处理国家安全风险，确保国家安全，有力应对、处置、化解社会安定挑战，确保社会稳定，为全面建成小康社会，建设社会主义现代化国家，实现中华民族伟大复兴的中国梦提供坚强的国家安全保障。

维护国家安全和社会安定，是国家、民族、人民的根本利益所在，是全党、全国人民的共同责任。各地区、各部门要按照习近平总书记"形成维护国家安全和社会安定的强大合力"的要求，各司其职、各负其责，认真履职、尽职尽责，密切配合、通力合作，上下联动、形成合力，勇于负责、敢于担当，切实把国家安全和社会稳定抓在手上，做到守土有责、守土尽责、守土负责，确保方方安全、方方稳定。

没有小安全，就没有大安全；没有局部安全，就没有国家安全。各地区各部门要切实做好国家安全各项工作，坚持既重视外部安全又重视内部安全，实现内外安全；既重视国土安全又重视国民安全，维护国家领土完整和国家统一，维护人民的生命财产安全；既重视传统安全又重视非传统安全，注重应对新的不安全问题；既重视发展问题又重视安全问题，把安全作为国家发展的重要保障；既重视自身安全又重视共同安全，维护安全大局，实现整体安全。

　　稳定压倒一切。没有小稳定，就没有大稳定；没有局部稳定，就没有全局稳定。要高度重视社会稳定工作，坚持把维护社会稳定作为第一责任，从大处着眼、小处着手，认真解决社会问题，切实化解社会矛盾，把社会不稳定因素消除在萌芽状态。要坚持专群结合，充分发挥广大群众维护稳定的积极性和主动性，形成维护稳定的社会合力。

26. 坚决把暴力恐怖分子嚣张气焰打下去

从近年来发生的暴力恐怖活动中，我们看到，暴力恐怖分子漠视人民群众的基本人权，肆意践踏人道正义，挑战人类文明的共同底线，无视平民百姓的生命财产，丧尽天良地进行大肆砍杀，制造了一起起震惊中外的血腥恐怖事件。

暴力恐怖分子挑战的是国家、民族和人民，挑战的是人类文明的底线，他们就是国家、民族、人民的公敌。在手无寸铁的平民百姓面前，在与他们无冤无仇的群众面前，暴力恐怖分子表现出来的是毫无人性、残酷无情，他们采用的是极其残暴的手段，爆炸、砍杀无所不用。

习近平总书记指出：反恐怖斗争事关国家安全，事关人民群众切身利益，事关改革发展稳定全局，是一场维护祖国统一、社会安定、人民幸福的斗争，必须采取坚决果断措施，保持严打高压态势，坚决把暴力恐怖分子嚣张气焰打下去。

我国民族团结和社会稳定的局面来之不易，我们要倍加珍惜。暴力恐怖分子既不是民族问题，也不是宗教问题，而是各族人民的共同敌人。对待暴力恐怖分子，对待人民共同的敌人，我们要敢于面对、勇于应对，要善于斗争、敢于战斗，不能对他们有丝毫同情怜悯。要坚持专群结合、依靠群众、群防群治，形成强大的合力，形成强大的声势，不能给暴力恐怖分子任何机会。

过街老鼠，为什么会人人喊打？因为老鼠食人谷物，损人物品，传播鼠疫疾病，破坏群众宁静生活，危害群众利益。没有人会喜欢老鼠，没有人会容忍老鼠。老鼠干尽了坏事，还敢堂而皇之地过街，我们就要人人喊打，人人动手打，才能让老鼠越来越少，更不敢到街上来。

　　暴力恐怖分子就是坏事干尽的"老鼠"，是人民的公敌。要通过多种形式的宣传教育，让广大群众认清暴力恐怖分子的真实面目和罪恶本质，充分发挥广大人民群众的作用，依靠人民群众，筑起打击暴恐活动的铜墙铁壁，形成巨大的社会力量，使暴力恐怖分子成为"过街老鼠"，人人喊打。对待暴力恐怖分子这个公敌，必须发挥社会公众的力量，用公众的眼睛盯住他们，用公众的网络围住他们，用公众的手打击他们，让他们无处藏身，无处逞凶，无处逃逸。对待暴力恐怖分子这些过街老鼠，要同仇敌忾，人人喊打，形成震慑力，人人动手打，一打到底，不给他们任何作恶的机会、喘息的机会。

27. 最大限度团结各族群众

我国是一个统一的多民族国家，少数民族人口有一亿多，民族自治地方占国土面积的 64%。维护国家统一和民族团结，关系到国家安全和社会稳定，是全面建成小康社会、建设社会主义现代化国家、实现中国梦的必然要求。

历史和现实反复证明，民族团结是各族人民的生命线，只有国家统一、民族团结，才能维护改革发展稳定的大局，才能不断增加各族人民的福祉。多年来，境内外"三股势力"大肆鼓吹民族分裂主义，在新疆、西藏、云南昆明等地策划组织实施暴力恐怖活动，给各族人民群众生命财产安全和社会稳定带来严重危害。

团结稳定是福，分裂动乱是祸。我们伟大的祖国是 56 个民族共同缔造的，中华民族的未来需要 56 个民族共同开创。各族人民是我们维护国家统一、开展反分裂斗争的依靠力量。加强新形势下反分裂斗争，就要按照习近平总书记"最大限度团结各族群众"的要求，加强民族团结，筑牢各族人民共同维护祖国统一、维护民族团结、维护社会稳定的钢铁长城。

最大限度团结各族群众，要高举各民族大团结的旗帜，坚定不移坚持党的民族政策，坚持民族区域自治制度，促进各民族和睦相处、和衷共济、和谐发展；要坚持各民族共同团结进步、共同繁荣发展这个新时期民族工作的主题，高度

关注民族地区的发展，加大扶贫攻坚力度，帮助扶持民族贫困地区加快发展；要坚持以人为本、执政为民，切实关心各族人民的生产生活，努力为各民族群众办实事、办好事，让各族人民共享祖国繁荣发展的成果，把各族人民团结在党和政府周围。

最大限度团结各族群众，要坚持"三个离不开"，加强民族团结教育，在各民族中牢固树立国家意识、公民意识、中华民族共同体意识，促进各民族团结、和谐、互助，让各族人民都要像爱护自己的眼睛一样爱护民族团结、像珍视自己的生命一样珍视民族团结，为实现中国梦贡献力量。

最大限度团结各族群众，要全面贯彻党的民族宗教政策，团结信教群众，帮助广大干部群众正确认识正常宗教活动与非法宗教活动、宗教极端活动的界限，揭露宗教极端主义反人类、反社会、反文明的本质，自觉抵制宗教极端思想渗透。对宗教极端主义要敢于发声亮剑，采取有效措施拔除毒瘤、切断根源，彻底铲除宗教极端思想滋生的土壤。

28. 从源头上预防和减少社会矛盾的产生

维护国家安全，维护社会和谐稳定，是统筹推进"五位一体"总体布局和协调推进"四个全面"战略布局的重要保障，是建设社会主义现代化国家、实现中华民族伟大复兴中国梦的必然要求。

发展是执政兴国的第一要务，任何时候都不能耽误；国家安全、和谐稳定是第一责任，任何时候都要担当责任。国家安全了，社会和谐稳定了，我们才能把主要精力集中在推动经济社会发展上，用发展来解决前进道路上的问题。

维护国家安全，维护社会和谐稳定，就要做好预防化解社会矛盾工作。在经济社会发展的进程中，我们面临着很多困难和问题，也面临着很多社会矛盾，我们要敢于面对、勇于应对、善于克服。我们要按照习近平总书记"从源头上预防和减少社会矛盾的产生"的要求，有困难就要去克服，有问题就要去解决，有矛盾就要去化解，共产党人就要有这样的担当。在困难、问题、矛盾面前退缩的人，就不是敢于担当的人，就不是真正的共产党人。源头上的问题，是没有放大的问题，可以有效预防和化解。要重视从源头上预防和减少社会矛盾的产生，这是一个根本性、基础性的问题。从源头上预防和减少社会矛盾的产生，社会矛盾就会减少，社会矛盾就会变小。

要坚持社会公平正义，始终把人民放在心中最高位置，

给人民最大的尊重和理解，公正、公开、公平地协调处理各方面利益关系；要把实现好、维护好、发展好最广大人民的根本利益作为一切工作的出发点和落脚点，完善和落实维护群众合法权益的体制机制，全心全意为人民谋利益，不断增进人民福祉，让发展成果更多更公平惠及全体人民。

要完善和落实社会稳定风险评估机制，预防和减少利益冲突。想问题、做事情、做决策，要充分考虑社会稳定因素，对社会稳定风险要进行科学评估，要有应对的预案，多做既有利于推动发展，又有利于维护社会稳定的事。千万不能在小事情上引起影响社会稳定的大问题，搅乱改革发展的大局。

要全面推进依法治国，依法维护人民群众的合法权益。要依法执政、依法行政，依法处理各类社会矛盾，在涉及群众利益的问题上，不能凭长官意志、武断专行；要不断加强法治教育，增强群众的法治意识，引导群众通过法律程序、运用法律手段、依靠法律来解决问题，在全社会形成办事依法、遇事找法、解决问题用法、化解矛盾靠法的良好环境。

29. 保持对暴力恐怖活动的严打高压态势

恐怖活动是指以制造社会恐慌、胁迫国家机关或者国际组织为目的，采取暴力、破坏、恐吓或者其他手段，造成或者意图造成人员伤亡、重大财产损失、公共设施损坏、社会秩序混乱等严重社会危害的行为。

暴力恐怖活动是全人类的公害，其暴力行为严重威胁人民的生命安全、生存发展、社会生产和生活秩序，严重影响经济平稳健康发展和社会和谐稳定。受国际恐怖活动的影响，受敌对势力的煽动，受宗教极端思想蛊惑，在我国境内，民族分裂势力、极端宗教势力、暴力恐怖势力有组织的犯罪呈现出日益猖獗之势。2009年以来，在我国连续发生了十多起暴力恐怖犯罪案件，造成无辜群众重大伤亡，严重影响了经济社会发展和民族团结。

暴力恐怖活动是国家和民族的公害，暴力恐怖分子是人民的公敌。公害不除，国家难得安全，公敌不除，人民难得安宁。有效打击暴力恐怖活动，关系到国家安全、社会稳定、民心安宁，关系到建设社会主义现代化国家和实现中华民族伟大复兴中国梦，是全党、全国人民的共同期待。有效打击暴力恐怖活动，是体现我们党的执政能力，检验各地、各部门执行力的重要方面。在涉及党、国家、民族和人民的根本利益面前，我们要始终坚持旗帜鲜明的态度，采取坚决有力的措施打击暴力恐怖活动，与暴力恐怖分子作坚决的斗争，

务求全胜、大胜。

　　对待暴力恐怖活动，我们一定要按照习近平总书记的要求，必须保持严打高压态势。要高度关注暴力恐怖活动的态势，深刻把握暴力恐怖活动的规律，制定有针对性的打击措施；坚持先发制敌，变被动为主动，主动作为，主动行动，针锋相对，毫不留情；坚持露头就打，打早、打小、打苗头，以迅雷不及掩耳之势、用铁的手腕对暴力恐怖活动予以毁灭性打击，坚决把暴力恐怖分子嚣张气焰打下去，震慑敌人，要让敌人不敢、不能、不想恣意妄为；要鼓舞人民，增强人民对党和国家的信心，充分相信和依靠广大人民群众，深入开展各种形式的群防群治活动，打好反恐怖人民战争，夺取反暴力恐怖活动的最后胜利。

30. 青年要扣好人生的第一颗扣子

在现实生活中，我们不难看到，有的人好不容易花大价钱买了一件漂亮的衣服，想在朋友同事面前显摆一下，却在匆匆忙忙中把扣子扣错了，把第一粒扣子扣进了第二个扣眼里，结果闹出了大笑话，弄得自己狼狈不堪。衣服的扣子扣错是一个小失误，可以很快改过来，但是，如果人生的扣子从一开始就扣错，那就是一个很大的错误，要付出沉重代价。

青年时代是人生的黄金期，是人生的起步阶段和关键时期。习近平总书记要求青年"人生的扣子从一开始就要扣好"，这一朴素生动的比喻，蕴涵着丰富的人生哲理，深刻揭示了社会主义核心价值观教育抓早、抓小、抓实的重要性，充分体现了总书记对中国青年一代的厚爱，殷切希望广大青年自觉践行社会主义核心价值观，努力在实现中华民族伟大复兴中创造自己的精彩人生。

青年是国家的未来和民族的希望，青年的精神状态决定着国家的发展状态。培养好青年，关系到我们党的事业后继有人。青年一代要自觉用社会主义核心价值观来武装头脑，内化于心，外化于行，转化为具体的实际行动，把成长进步与国家、民族的命运紧密结合起来，自觉抵制拜金主义、个人主义、享乐主义等，自觉为国家富强、民族振兴、人民幸福而努力奋斗。

青年最富有朝气、最富有梦想，青年兴则国家兴，青年强则国家强。青年一代扣好人生的第一粒扣子，就是要走好人生的第一步。一步错，步步错，一步好，步步好。要在勤学、修德、明辨、笃实上下功夫，加强道德修养、注重道德实践，善于明辨是非、善于决断选择；要立志报效祖国、服务人民，从现在做起，从每一天做起，自觉向实践和人民学习，扎扎实实干事、踏踏实实做人，做到知行合一，不断提高自己的本领，不要好高骛远、眼高手低。

　　社会主义核心价值观集中体现了国家发展、社会进步、个人成长的价值追求。"青春须早为，岂能长少年！"广大青年要从点滴小事做起，自觉践行社会主义核心价值观，展现精神风貌。同时，要发挥青年的优势，努力弘扬和传播社会主义核心价值观，影响和带动更多的人。在日常生活和工作中，要吃苦在前、奉献在前，求真务实、勇于担当，用行动说话，坚守价值追求，做到知行合一，用自己的行为和品格影响带动群众，不断汇聚实现中国梦的强大精神力量。

31. 青年要同人民一道拼搏、同祖国一道前进

从 2000 年起，河北保定学院的 15 名毕业生响应国家西部大开发的号召，毅然放弃多家用人单位的录用及继续深造的机会，来到了新疆且末县中学任教。截至 2013 年，河北保定学院已有 97 名毕业生在新疆、西藏、贵州等地基层工作。虽然工作生活条件艰苦，但是十几年来没有一人退缩，全部扎根在西部大地，为西部的发展作出自己的努力。

青年是国家和民族的未来和希望，中国的当代事业发展离不开青年，中国的未来发展离不开青年。习近平总书记在给河北保定学院西部支教毕业生群体代表回信时指出："同人民一道拼搏、同祖国一道前进，服务人民、奉献祖国，是当代中国青年的正确方向"。这是总书记对当代青年的殷切希望，饱含深情期待，是当代青年必须坚持的努力方向。广大青年要自觉投入到建设中国特色社会主义的伟大实践中，在实现中国梦中绽放出青春的光彩。

要同人民一道拼搏。实现中华民族伟大复兴的中国梦，承载了多少代中国人民的梦想，也承载着当代中国青年的梦想。有梦想，就有希望。梦想不会自动实现，需要奋斗拼搏。广大青年要同人民一道拼搏，就是要与人民同心同德同拼搏，始终高举中国特色社会主义伟大旗帜，坚定中国特色社会主义道路自信、理论自信、制度自信、文化自信，奋力开创中国特色社会主义事业新局面。

要同祖国一道前进。全面建成小康社会，建设社会主义现代化国家，需要当代青年贡献出无穷的力量。广大青年要把自己的成长进步，自觉融入到实现国家富强、民族振兴、人民幸福的伟大进程中，与祖国同行，与祖国一道前进，跟上祖国前进的步伐，不断展现自己的风采，创造精彩的人生，贡献自己的力量。

　　要服务人民、奉献祖国。要始终对人民怀着一颗感恩的心，自觉投入人民的怀抱，在各自的岗位上为人民服务，为人民谋幸福，让人民过上幸福美满的生活。要把人民的幸福作为自己的幸福，把人民的快乐作为自己的快乐，努力为人民排忧解难，在服务人民中锻炼成长。要到祖国最需要的地方去，艰苦奋斗，努力工作，奉献祖国，在回报祖国中体现人生价值。

32. 作风建设要深入持久抓

在党的群众路线教育实践活动中，我们党集中时间、集中精力、集中火力、集中目标，深入整治形式主义、官僚主义、享乐主义和奢靡之风，党风政风为之一新，带动社风民风明显好转，努力营造了廉洁从政的政治生态，作风建设取得明显成效。

我们要清醒认识到，作风问题具有顽固性、反复性和长期性，抓一抓就会好转，抓和不抓大不一样，大抓和小抓大不一样；松一松作风问题就会缓过劲来，不正之风就会抬头反弹，有的还会变本加厉，有过之而无不及。

作风问题关系人心向背，关系党的执政基础，关系党的执政地位。加强作风建设，是我们党赢得人心、凝聚人心、汇集力量的关键所在，是推进中国特色社会主义伟大事业的必然要求。习近平总书记提出"作风建设是永恒课题，要标本兼治，经常抓、见常态，深入抓、见实效，持久抓、见长效"。这是由作风建设的重要性、长期性决定的。作风建设永远在路上，我们一定要按照总书记指出的作风建设的方向路径，认真抓好作风建设。

要经常抓、见常态。要把加强作风建设、改进作风作为经常性的工作，天天抓在手上，让作风建设常态化。不能热一头子，冷一阵子。要让各级领导干部自觉履行作风建设的责任。作风建设要经常抓，常抓不懈，做到势头不弱、力度

不减、温度不降，以严格的标准检验作风，以有力的措施纠正不良作风，让好做法行之有效，让好机制扎根落地。

要深入抓、见实效。要标本兼治，由表及里，由浅入深，深入抓好作风建设，务必取得实效。克服不良作风不可能一蹴而就，不可能毕其功于一役，形成优良作风不可能一劳永逸，对作风问题要深入抓下去，久久为功。要以踏石留印、抓铁有痕的劲头，咬定青山不放松的决心，不达目的不罢休的韧劲，持之以恒地抓作风建设，形成好的作风。

要持久抓、见长效。要把作风建设作为一场攻坚战和持久战，坚持不懈地抓下去，在作风建设上攻坚克难，打赢作风建设这场持久战。要通过完善制度、立破并举、扶正祛邪，建立作风建设的长效机制，形成清正严明的大气候，让歪风邪气无处藏身，把作风建设推向深入，把作风改到深处，让作风建设见长效、见实效。

33. 不能用形式主义反对形式主义

　　唯物辩证法告诉我们，内容和形式是辩证统一的，形式是由内容决定。内容是构成事物的一切内在要素的总和，形式是事物内在要素的结构或表现方式。做任何工作，都需要一定的组织形式、表现形式，但是，如果只讲形式，不重内容，那就是形式主义。

　　形式主义只重过程，不重结果，扎扎实实走程序，认认真真走过场；只图虚名，不务实效，搞镜中花、水中月，好看不中用。形式主义是我们党长期以来坚持反对的一种不正之风。毛泽东同志指出，形式主义害死人，实在是一种最低级、最幼稚、最庸俗的方法。习近平总书记提出"不能表面上热热闹闹，实际上用形式主义反对形式主义"的要求，切中了作风建设的要害，反映了群众的期盼，具有很强的针对性。

　　用形式主义反对形式主义，群众意见是很大的。在教育活动中，我们不难看到这样的情况，有的说的是反"四风"，做的还是"四风"那一套，我行我素，有过之而无不及；有的以会议落实会议，以文件落实文件，满足于召开多少场座谈会、发放多少张问卷，表面很重视，实际上是走过场，做给群众看，对上忽悠，对下欺骗；有的学习教育浅尝辄止，念上几个文件了事，不真学、真懂、真信、真用；有的听取意见不真心实意，听不进批评的意见，想听好话，想听戴高

帽子的恭维话；有的查摆问题避重就轻，查一堆无关紧要的问题，看似很多，实则没有问题；有的开展批评敷衍塞责、隔靴搔痒，变着花样开展表扬和自我表扬；有的整改满足于提要求、定方案，没有实质性的举措，根本不解决问题。这是无法取信于民的，只会使形式主义抬头。

加强作风建设要反对形式主义，要弘扬求真务实的作风，认真贯彻习近平总书记"空谈误国、实干兴邦"和"三严三实"的要求，以踏石留印、抓铁有痕的精神，严字当头，实字托底，以严的标准、严的措施、严的纪律纠正不良作风。要在抓常、抓细、抓长上下功夫，做到经常抓、见常态，深入抓、见实招，持久抓、见长效，以钉钉子精神抓下去，一抓到底。要坚持正确的用人导向，对那些埋头苦干、真抓实干的干部高看一眼，让他们得到重用，对那些作风飘浮、不干实事的干部嗤之以鼻，让他们没有市场，从而铲除形式主义赖以滋生的"土壤"。

34. 坚持稳中求进工作总基调

十八大以来，在以习近平同志为核心的党中央坚强领导下，我国经济社会发展总体平稳，稳中有进，经济运行处于合理区间，经济结构有新的变化，发展质量有新的提升，对外开放有新的突破，人民生活有新的改善，发展的协调性和可持续性增强。我国经济发展进入新常态，经济发展基本面没有改变。

正确看待经济发展基本面，看到经济发展取得的成绩和面临的困难，把握经济发展的有利因素和总体趋势，对于我们做好今后的经济工作具有重要的意义。习近平总书记提出"我国经济发展的基本面没有改变，要坚持稳中求进工作总基调"。经济发展基本面没有改变，就是经济发展的总体趋势没有改变，经济朝着平稳健康、向上向好的方向发展。我们一定要坚定经济发展的信心。

以经济建设为中心是兴国之要，发展是党执政兴国的第一要务，是解决我国一切问题的基础和关键。坚持稳中求进工作总基调，必须毫不动摇坚持以经济建设为中心，坚持加快推进改革开放不动摇，切实抓好发展这个第一要务，坚持不懈推动科学发展，稳中求进，顺势而为，主动适应新常态，保持经济平稳健康发展势头，实现有质量有效益可持续的发展。要一心一意谋发展，凝神聚力抓改革，释放发展新活力，创造发展新成果。

稳中求进，稳是第一位的。稳是进的基础，没有稳，进

很难。经济发展要防止大起大落，保持经济发展态势，稳住经济运行，保持合理的发展速度，才能稳定市场预期，提振发展信心，为在新常态下调整经济结构、扩大改革开放赢得时间和空间。

稳中求进，进是最根本的。进是稳的动力，进是为了更好地稳。只稳不进，稳是稳不住的。全面深化改革，调整经济结构，提升发展质量，都是"进"。要通过全面深化改革，加快推进经济体制改革和结构调整，不断挖掘发展优势和潜力，积极培育新的经济增长点，不断转变经济发展方式，推进创新驱动发展，既稳住发展速度，保持中高速增长，又大力推动转型升级，跃向中高端水平，实现我国经济平稳健康发展。

各地、各部门要坚持稳中求进的工作总基调，勇于改革创新，在新起点上实现新发展，在新常态下迈上新台阶。

35. 为群众办实事既要有诚心，也要讲方法

努力为群众办实事、办好事，已经成为各级领导干部的共识，是领导干部时常挂在嘴边的一句话。为群众办实事，帮助群众排忧解难，是各级领导干部的分内之事，是全心全意为人民服务的内在要求。怎样为群众办实事？习近平总书记要求我们："为群众办实事既要有诚心，也要讲方法"。态度决定一切，方法决定效果。有诚心，是对群众的态度问题，关系到干部的群众观点；讲方法，要求讲方式、求实效，让群众满意。

为群众办实事要有诚心，就是要对群众有一颗真诚之心，对群众始终怀有深厚的感情，把自己作为人民的公仆，真诚对待群众，真诚为群众办实事。要自觉践行全心全意为人民服务的宗旨，把群众的痛作为自己的痛，把群众的苦作为自己的苦，把群众的难作为自己的难，努力为群众办实事、办好事。对待群众，要始终怀有一颗真心，始终带着一份真感情，设身处地地感受群众的痛、苦、难，为群众解决实际问题。只有对群众有诚心，群众才能感受到你的真诚，才会被你的真情打动，积极配合支持你的工作，为群众办实事才能落到实处。对群众虚情假意、工作作风飘浮的干部，群众是不欢迎的。

为群众办实事要讲方法，就是要采用群众喜欢、乐意接受的方式，把实事办实、办好。要深入到群众中调查研究，

广泛听取群众的意见，充分尊重群众的意愿，摸准群众的脉搏，找准群众最需要解决的问题和最想办的事，找到群众的兴奋点，不能一厢情愿，凭主观去办事；要立足实际，量力而行，有多大能力就办多大的事，不要大口马牙、信口开河，开给群众大支票，群众只数到小票子；要用心办实事，办一件成一件，办一件好一件，让群众得到实实在在的实惠，取信于民，不能半途而废，搞半拉子工程，甚至给群众增加负担，失信于民。

为群众办实事，要注重组织群众、宣传群众、发动群众，充分发挥群众的积极性和创造性，善于集中群众的力量，形成办实事的合力，不能自己单打独干，把群众晾在一边看热闹。在为群众办实事的过程中，要时时出于公心，处处严于律己，干干净净做事，清清白白为官，树立廉洁奉公、干净干事的良好形象，不要在老百姓身上揩油，侵害群众利益。

36. 中国人的饭碗要牢牢端在自己手上

　　粮食安全与能源安全、金融安全并称为当今世界三大经济安全。我国是世界上最大的发展中国家，在加速推进工业化、城镇化的过程中，中国十三亿多人口的吃饭问题，是一个很大的安全问题，也是一个重大的政治问题。确保粮食安全是实现经济平稳健康发展的基本条件，是促进社会稳定和谐的重要保障，是确保国家安全的战略基础，我们一定要增强粮食安全意识，绷紧粮食安全这根弦，把粮食生产摆在重要的议事日程，千方百计抓好粮食生产。

　　粮食生产事关国家稳定大计。习近平总书记指出："解决好吃饭问题始终是治国理政的头等大事，中国人的饭碗任何时候都要牢牢端在自己手上"。要确保中国人的饭碗任何时候都牢牢端在自己手上，就必须高度重视粮食生产，抓好粮食生产。习近平总书记指出："粮食生产根本在耕地，命脉在水利，出路在科技，动力在政策"。这些都是粮食生产的关键点，我们要紧紧抓住，抓好落实。

　　人们常说，手中有粮，心里不慌。吃饱肚子，是人生存的第一需要。没有饭吃，饿着肚子，那是要出大事的。农民说，手中有地，心里不慌。粮食是从耕地里产出的，耕地是粮食生产的根本和依靠。粮食生产的根本在耕地。没有耕地，粮食是不会从天而降的。我国耕地总体质量不高、后备资源不足，我们要十分珍视耕地、珍惜耕地。在工业化、城市化

的进程中，不能为了一时的发展，大量占用耕地、毁坏耕地，要立足长远发展，采取切实有效的措施保护耕地，一定要给子孙留一碗饭吃。耕地红线不能逾越，我国 18 亿亩耕地红线必须守住。

粮食生产命脉在水利，就是要大力发展农村水利建设，不断改善粮食生产条件，提高耕地的抗灾减灾能力，改变一些地方靠天吃饭的局面；粮食生产出路在科技，就是要充分依靠科学技术进步，推广先进农科技术，不断提高粮食生产的科技化水平，提高耕地的生产力，提高粮食产量，在有限的土地上产出更多的粮食；粮食生产动力在政策，就是要完善和制定激励粮食生产的政策，完善粮食生产的体制和机制，有效调动广大农民的粮食生产积极性。

37. 坚持创新发展，依靠科技力量

改革开放近四十年来，我国经济持续快速健康发展，长期保持了两位数的增长速度，我国已经发展成为世界第二大经济体，经济实力、综合国力、国际地位显著提高，人民生活水平显著改善。

但是，我们应该看到，一些地方传统的高投资驱动、高耗能拉动、高污染兜底的发展方式，已经造成很多行业产能过剩，必须转变经济发展模式和增长方式。要突破自身发展瓶颈，加快转变经济发展方式、破解经济发展深层次矛盾和问题、增强经济发展内生动力和活力，习近平总书记指出"要突破发展瓶颈、解决深层次矛盾和问题，根本出路就在于创新，关键要靠科技力量"。

创新是时代进步的主题，也是中国未来发展的关键。党的十八大提出实施创新驱动发展战略，是立足全局、面向未来的重大战略，把创新在中国经济发展中的位置提得更高，适应了未来生产力发展的需求，为我国未来的经济社会发展指明了方向，具有深远而重大的意义，将产生深远的影响。

要在发展中赢得主动，必须增强创新意识，实现从"要我创新"到"我要创新"的转变。要坚定不移走中国特色自主创新道路，增强创新自信，深化创新体制改革，不断开创国家创新发展新局面，发挥科技创新的支撑引领作用，加快从要素驱动发展为主向创新驱动发展转变，加快从经济大国

走向经济强国。

　　人类文明的进步都伴随着科技的巨大进步。随着世界经济一体化的推进，新科技革命可以为经济发展提供强大的推动力量，科技创新与产业结合，推动产业发展，产生了巨大的经济效益、社会效益和生态效益，科技已经成为实现经济发展方式转变和产业结构优化升级的关键。

　　推动科技创新、发挥科技力量，要深化科技体制改革，强化企业在技术创新中的主体地位，形成以企业为主体、以技术为主导的产学研相结合的技术创新体系；要加快科研机构发展，提升整体科研水平，培育一流的创新型人才，为人才发挥作用、施展才华提供更加广阔的天地，为企业发展提供人才支持和智力保障；要加大对企业技术创新的财税政策扶持力度，鼓励企业在技术、管理、营销等方面进行创新，转变经济发展方式，调整优化产业结构；要加强国际科技合作，实现科技资源共享。

38. 适应新常态要保持战略上的平常心态

目前，我国经济增速从高速转向中高速，增长结构由中低端转向中高端，发展动力从传统增长点转向新增长点。我国经济发展进入新常态，这是中央审时度势做出的重大战略判断。习近平总书记要求我们"从当前我国经济发展的阶段性特征出发，适应新常态，保持战略上的平常心态"。认识新常态，适应新常态，引领新常态，是我国经济发展的必然要求，是做好经济工作的重要前提。

适应新常态，要认识新常态。增长速度换挡期，是由经济发展的客观规律所决定的，经济发展速度必然会下降，但不会无限下滑；结构调整阵痛期，是加快经济发展方式转变的主动选择，有阵痛，但不会长痛，是不得不过的关口；前期刺激政策消化期，是化解多年来积累的深层次矛盾的必经阶段，是必须经历的过程，但可以通过有效引导减缓各类风险的影响。

适应新常态，要保持好心态。新常态下，我国在同一时间重合出现经济增长的换挡期、结构调整的阵痛期与前期刺激性政策的消化期，因而产生"三期"叠加效应。我们要历史、辩证地看待这些阶段性特征和趋势性变化，保持平常心。发展速度有升有降是正常的，不以人的意志为转移，只要波动在合理范围内，就应保持平常心，不必大惊小怪，只要做到观念上适应、认识上到位、方法上对路、工作上得力，我

们就能平稳适应经济增速的调整。

适应新常态，要保持好状态。坚持发展方向不动摇，因势利导、趋利避害。在新常态下，发展仍然是我们执政兴国的第一要务，只有用发展才能解决新常态下出现的新问题和困难。在新常态下，我国经济发展仍然处于可以大有作为的重要战略机遇期，我国经济发展总体向好的基本面没有改变。虽然增长速度从高速增长变成中高速增长，但是，我国经济韧性好、潜力足、回旋空间大，还有很多发展机遇。党员干部要保持好的精神状态，从困难中看到机遇、把握机遇、用好机遇，凝心聚力推动发展，始终保持经济平稳健康发展的良好态势。

适应新常态，要引领新常态。要认清大势、乘势而上，准确把握发展大势，看清发展的本质和主流。要顺势而为，主动作为，积极投入到新常态的经济发展中，推动经济有质量、有效益、可持续的发展。要加大深化改革和结构调整的力度，正确处理好经济领域"破"与"立"的关系，突出创新驱动，转变发展方式，积极挖掘新动力，不断提高经济发展质量和效益，推动经济发展向中高端水平迈进。

39. 文明因交流而多彩，文明因互鉴而丰富

人类文明具有多样性。当今世界有 70 亿人口，200 多个国家和地区，2500 多个民族，5000 多种语言。世界各个国家、各个民族在发展的进程中，孕育和创造了多姿多彩的文明，都为世界文明进步作出了贡献。长期以来，世界文明共生共融，共同发展。习近平总书记提出"文明因交流而多彩，文明因互鉴而丰富"，充分表现了中国共产党和中国人民对人类文明开放包容、交流互鉴的胸襟和气度。

中华民族在 5000 年历史进程中，创造出了灿烂的中华文化。中国历来注重文明交流互鉴，努力把自己的文明成果贡献给世界，也善于学习世界先进文明成果。中国人开辟的著名的陆上丝绸之路、海上丝绸之路，既具有重要的经济意义，又发挥了东西方文明交流的重要作用。古代中国的"四大发明"，极大地促进了西方近现代科学的发展。同时，近代西方的科学技术，也有力地推动了中国的进步。各种文明之间的相互学习、相互交流，相互包容、相互依存，相互借鉴、相互促进，共同推进了世界的发展。

改革开放以来，我国经济社会发展取得了巨大成就，我国已经成为世界第二大经济体，但是，我们要清醒地认识到，我国仍然是世界上最大的发展中国家，我国是经济大国，但还不是经济强国，改革发展的任务依然繁重，需要面对和破解的发展难题依然很多，任重而道远。这就需要我们坚定不

移坚持改革开放，认真学习和借鉴各国人民创造的人类文明成果，取人之长、补己之短，不断推进中国特色社会主义伟大事业。

各种文明之间的沟通融合、共同进步，是世界发展的必然趋势。人类文明的多样性是整个社会进步的动力。各种不同文化交流，是相互学习、共同进步的重要基础；各种文明之间的交流，推动着整个人类文明不断提高到新的水平。文明因交流而多彩，文明因互鉴而丰富。这就要求我们不能唯我独尊，封闭自赏，要以积极开放的心态，主动学习的姿态，注重汲取不同国家、不同民族创造的优秀文明成果，交流互鉴、兼收并蓄，推进人类文明发展。

在新的历史时期，要坚持多样文明共同发展和不同文明交流互鉴，维护文明的多样性，尊重发展模式的多样性，增进人与人之间、国与国之间的相互理解，不断推动文明间的沟通和对话，不断发挥世界文明的重要作用，不断改进国家关系、维护世界和平、实现共同发展。

40. 世界和平才能结出发展的硕果

"贫瘠的土地上长不成和平的大树，连天的烽火中结不出发展的硕果"。从习近平总书记这一诗化的语言中，我们深切感受到，贫瘠的土地上长不出丰硕的果实，贫穷不可能给一个国家带来和平；连天的烽火中只会国无宁日、民不聊生，战争不可能给一个国家带来发展。

"发展是安全的基础，安全是发展的条件"。发展与安全是相互依存的，也是相互促进的。一个国家，只有不断发展，才能为安全奠定坚实的基础。国家发展了，不断提高经济实力和综合国力，才有能力维护自身的安全；一个国家，只有拥有安全，发展才能有良好的环境，才能更好地发展。可以说，发展是最大的安全，安全是最好的发展。我们一定要把发展和安全紧紧抓在手上。

习近平总书记深刻指出，对亚洲大多数国家来说，发展就是最大的安全，也是解决地区安全问题的"总钥匙"。这是中国的深切体会，是发自肺腑的大实话、真心话。新中国成立以来，特别是改革开放以来，中国共产党团结带领全国各族人民，坚持以经济建设为中心，坚持四项基本原则，坚持改革开放，坚持把发展作为执政兴国的第一要务，一心一意抓改革，凝心聚力促发展，中国的经济实力、综合国力和国际地位显著提高，为国家安全提供了坚强保障，中国有实力维护国家安全，有实力维护国家统一和领土完整。同时，

国家安全也有力地促进了中国的改革发展，有力地推动了中国特色社会主义伟大事业。

　　亚洲地域辽阔、幅员广大，亚洲国家发展极不平衡，大多数国家属于发展中国家。对发展中国家来说，发展是第一位的，发展是最大的安全。必须紧紧围绕发展这条主线，举全国之力，心无旁骛推动国家经济社会发展，不断提高经济实力和综合国力，才能为国家安全提供保障。对亚洲来说，发展是解决地区安全问题的"总钥匙"，只有亚洲各国不断发展，在世界经济发展中发挥重要作用，不断提升亚洲地区在世界的地位和影响力，才能提高亚洲在世界的话语权，才能更好地维护地区安全。一句话，只有用发展这把"总钥匙"，才能打开亚洲地区的安全之门。

41. 知行合一、行胜于言

社会主义核心价值观是社会主义核心价值体系的内核，体现社会主义核心价值体系的根本性质和基本特征，反映社会主义核心价值体系的丰富内涵和实践要求，是社会主义核心价值体系的高度凝练和集中表达。社会主义核心价值观是国家、社会、人民的精神旗帜，给人以信念和力量。培育和践行社会主义核心价值观是我们党和国家凝聚民心、提振信心、凝魂聚气、强基固本的基础工程。

党的十八大提出，要积极培育和践行社会主义核心价值观，这是推进中国特色社会主义伟大事业、实现中华民族伟大复兴中国梦的一项长期战略任务。倡导富强、民主、文明、和谐是国家层面的价值目标，倡导自由、平等、公正、法治是社会层面的价值取向，倡导爱国、敬业、诚信、友善是公民个人层面的价值准则，这与中国特色社会主义发展要求相契合，与中华优秀传统文化和人类文明优秀成果相承接，是我们党凝聚全党全社会价值共识作出的重要论断。

习近平总书记指出："培育和践行社会主义核心价值观，贵在坚持知行合一、坚持行胜于言，在落细、落小、落实上下功夫。"这就给我们指明了培育和践行社会主义核心价值观的关键点和着力点。

面对世界范围思想文化交流交融交锋形势下价值观较量的新态势，面对改革开放和发展社会主义市场经济条件下思

想意识多元多样多变的新特点，积极培育和践行社会主义核心价值观，对于巩固马克思主义在意识形态领域的指导地位、巩固全党全国人民团结奋斗的共同思想基础，对于促进人的全面发展、引领社会全面进步，对于集聚全面建成小康社会、实现中华民族伟大复兴中国梦的强大正能量，具有重要现实意义和深远历史意义。

坚持知行合一，就是要深刻把握社会主义核心价值观的深刻内涵，明确国家层面、社会层面、个人层面的价值取向，牢记在心，内化为精神追求，外化为实际行动，实现知和行的高度统一；坚持行胜于言，就是要重视行动，用行动来践行社会主义核心价值观；在落细、落小、落实上下功夫，就是要从细节入手、在小处着力，从一点一滴做起，把社会主义核心价值观落到实处。

42. 正确发挥政府和市场的作用

　　经济体制改革是全面深化改革的重点，核心问题是处理好政府和市场的关系，使市场在资源配置中起决定性作用，更好发挥政府作用。把市场在资源配置中"起基础性作用"修改为"起决定性作用"，这是对市场作用的全新的定位。"决定性作用"和"基础性作用"之间，具有本质的区别，使市场在资源配置中起决定性作用，是我们党在不断发展完善社会主义市场经济体制的过程中，对中国特色社会主义建设规律认识的一个新突破，是马克思主义中国化的一个新成果，标志着社会主义市场经济发展进入了一个新阶段。

　　习近平总书记提出，在市场作用和政府作用的问题上，要讲辩证法、两点论，"看不见的手"和"看得见的手"都要用好，形象直观、通俗易懂，对发挥好市场作用和政府作用具有重要的指导意义。用好"看不见的手"和"看得见的手"，发挥市场在资源配置中的决定性作用，更好地发挥政府作用，二者是有机统一的，统一于发展和完善社会主义市场经济体制中，二者不是相互否定的，不能割裂开来、对立起来，既不能用市场在资源配置中的决定性作用取代甚至否定政府作用，也不能用更好发挥政府作用取代甚至否定使市场在资源配置中起决定性作用。

　　用好"看不见的手"，就是要更好地发挥市场的作用。要坚持社会主义市场经济改革方向，从广度和深度上推进市

场化改革，加快建设统一开放、竞争有序的市场体系，建立公平开放透明的市场规则，让市场在所有能够发挥作用的领域都充分发挥作用，使市场在资源配置中起决定性作用，推动资源配置实现效益最大化和效率最优化，让企业和个人有更多活力和更大空间去发展经济、创造财富。

用好"看得见的手"，就是要更好地发挥政府的作用。科学的宏观调控，有效的政府治理，是发挥社会主义市场经济体制优势的内在要求。要明确政府的定位，政府的职能不能错位、越位、缺位，该管的一定要管，而且要管好、管到位，做到在位不缺位，到位不越位，进位不错位，不该管的就不管，让市场管，该放的权一定要放足、放到位。要切实转变政府职能，深化行政体制改革，创新行政管理方式，严格依法行政，切实履行职责，健全宏观调控体系，加强市场活动监管，加强和优化公共服务，促进社会公平正义和社会稳定，促进共同富裕。要减少政府对资源的直接配置，减少政府对微观经济活动的直接干预，把市场机制能有效调节的经济活动交给市场，把政府不该管、管不好的事交给市场。

43. 努力建设天蓝地绿水净的美丽中国

　　党的十八大提出："把生态文明建设放在突出地位，融入经济建设、政治建设、文化建设、社会建设各方面和全过程，努力建设美丽中国，实现中华民族永续发展。"这是我们党首次把生态文明纳入五位一体建设，强调要把生态文明建设放在突出地位，纳入社会主义现代化建设总体布局。

　　面对资源约束趋紧、环境污染严重、生态系统退化的严峻形势，把生态文明建设摆在突出地位，融入社会主义现代化全过程，体现了尊重自然、顺应自然、保护自然的理念。习近平总书记提出"努力建设天蓝地绿水净的美丽中国"，为美丽中国建设指明了方向。

　　天蓝地绿水净，是人民群众的真情期盼。人民希望看到湛蓝的天空，蓝天上白云飘舞，不希望看到雾霾重重、黄沙弥漫；人民希望看到大地铺满绿色，充满生机，不希望满目疮痍、浓烟滚滚；人民希望看到干净的水，捧起来就能喝，不希望看到江河被污染、四处污水横流。

　　人民对美好生活的向往，就是我们的奋斗目标。努力建设天蓝地绿水净的美丽中国，是全面建成小康社会、建设社会主义现代化国家、实现中华民族伟大复兴中国梦的必然要求。人民有期盼，我们就要追求；人民有希望，我们就要努力。我们要高度重视生态文明建设，切实保护生态环境，整治环境污染，建设天蓝地绿水净的美丽中国。

保护生态环境，整治环境污染，要规划先行、严守底线。在经济发展过程中，要划定并严守生态红线，严守生态环境保护底线，推动经济发展与环境保护相协调；深化环评制度改革，严格项目环评，从严控制高耗能、高污染、资源性项目以及低水平重复建设和产能过剩建设项目，严格控制污染物排放总量；强化过程监管制约，加强地方、部门之间的协调合作机制，建立全方位的监管网络，有效防治环境污染；落实环境目标责任制，地方政府对环境质量负总责，企业要加大治污投入，加强生产全过程的环境治理；建立环境治理跨地区、跨领域联合作战的联防联控机制，建立陆海统筹的污染防治区域联动机制；严格问责机制，把环境保护相关指标纳入党委、政府考评体系，实行环境保护"一票否决"；建立生态环境损害责任终身追究制，对那些乱决策、瞎指挥、造成环境污染严重后果的人，要一查到底。

44. 改革要坚持从具体问题抓起

　　党的十八届三中全会作出了全面深化改革的战略部署。全面深化改革，要突出重点、抓住要害、突破难点，同时，要按照习近平总书记"改革要从具体问题抓起"的要求，切实提高改革的针对性和有效性。坚持从具体问题抓起，这是一种最基本的领导方法，也是最有效的工作方法，牵住了全面深化改革的牛鼻子，我们一定要积极运用到实际工作中。

　　坚持从具体问题抓起，要坚持问题导向。全面深化改革已经进入了深水区和攻坚期，各种新情况、新矛盾、新问题不断出现。深水区问题就会藏得更深，更不容易发现，需要趟过深水区；攻坚期面对的问题就会更难，改革的难度就会更大，需要攻坚克难。全面深化改革，要有明知山有虎、偏向虎山行的精神气度。要从具体问题抓起，树立强烈的问题意识，以解决问题为目标，善于发现问题，带着问题思考，善于解决问题，不断扫清改革道路上的障碍。

　　坚持从具体问题抓起，是坚持马克思主义哲学方法论的体现。习近平总书记指出："中国共产党人干革命、搞建设、抓改革，从来都是为了解决中国的现实问题"。全面深化改革，就是为了解决经济社会发展中存在的问题。具体的就是实际的。从具体问题抓起，把一个个具体问题解决了，量的积累达到一定程度，改革的难题也就解决了。把一个个小问题解决了，大问题就会迎刃而解。各地各部门在深化改

革的过程中，既要按照中央的统一部署，又要坚持一切从实际出发，针对不同的问题，采取有效的措施，重在解决具体问题。

坚持从具体问题抓起，是实现改革目标的要求。全面深化改革的总目标是完善和发展中国特色社会主义制度，推进国家治理体系和治理能力现代化。这是一个庞大的系统工程，需要全党、全国人民的共同努力。全面深化改革，要总体谋划、整体统筹，抓重点、抓关键，善于抓住主要矛盾、着力解决突出问题。要抓住重大问题，下最大的决心、使出最大的力气，认真解决重大问题。同时，要注重解决具体问题，切实解决发展中存在的突出矛盾和问题，把有利于稳增长、调结构、防风险、惠民生的改革举措往前排，解决群众关心的实际问题，抓紧、抓细、抓实、抓出成效，让群众不断感受到改革的成果，调动广大群众参与和支持改革的积极性和创造性。

45.坚定改革目标，狠抓落实到位

　　党的十八届三中全会吹响了全面深化改革的号角。在中国大地上，全面深化改革已经成为全党、全国人民的共识和自觉行动。在深化改革的关键时刻，习近平总书记明确提出"目标是否坚定，决定改革的成败；落实能否到位，决定蓝图的实现"，就是要求我们坚定改革的目标，坚持不懈推进改革，认真抓好改革任务的落实，实现改革蓝图。

　　目标是否坚定，决定改革的成败。全面深化改革的总目标是完善和发展中国特色社会主义制度，推进国家治理体系和治理能力现代化。目标已经确定，方向已经明确。目标坚定，改革就能成功；目标不坚定，改革就要失败。面对新形势新任务，在新的历史起点上全面深化改革，是全面建成小康社会，建设富强民主文明和谐的社会主义现代化国家，实现中华民族伟大复兴的中国梦的必然要求。我们要始终坚定改革的目标，坚定改革的信念，咬定青山不放松，坚定不移推进改革，不达目标不罢休，在任何困难面前都不动摇目标。

　　落实能否到位，决定蓝图的实现。习近平总书记指出："今天，摆在我们面前的一项重大历史任务，就是推动中国特色社会主义制度更加成熟更加定型，为党和国家事业发展、为人民幸福安康、为社会和谐稳定、为国家长治久安提供一整套更完备、更稳定、更管用的制度体系"。蓝图已经绘就，

前景美好动人。落实到位，蓝图就能实现；落实不到位，蓝图就要落空。无论多美好的蓝图，如果不抓落实，就是一幅远方的画，最终只能画饼充饥。这就需要我们按照中央的统一部署和安排，敢于担当，逢山开路，遇河架桥，攻坚克难，狠抓各项改革任务的落实，推进、推进、再推进，落实、落实、再落实。

全面深化改革的巨轮已经扬帆起航，需要我们同心协力、乘风破浪、一路前行。全面深化改革，每一个领域的改革任务都很艰巨，我们要抓好落实：增强发展的内生动力，就要深化行政体制改革，加快简政放权步伐；推进新型城镇化，实现城乡一体化，就要推进户籍制度改革；构建现代财政制度，发挥中央和地方两个积极性，提高财政水平，就要深化财税体制改革；加强和改进新时期党的建设，提高党的执政能力，加强党的先进性和纯洁性建设，就要深化党的建设制度改革；加强党风廉政建设和反腐败斗争，就要深化纪检制度改革；坚持社会公平正义，让人民在每一个司法案件中感受到公平正义，就要深化司法体制改革。这些改革，都需要啃硬骨头、攻下山头，一项项落实。

46. 汇聚起实现中国梦的强大力量

习近平总书记在北京会见第七届世界华侨华人社团联谊大会代表并发表重要讲话时提出"共同的根让我们情深意长，共同的魂让我们心心相印，共同的梦让我们同心同德"，并对中华民族的"根"、"魂"、"梦"进行了深入论述，在海内外中华儿女中引起强烈反响，进一步增强了中华民族的凝聚力和向心力，激发了海内外中华儿女为国家富强、民族振兴、人民幸福而奋斗的热情。

团结统一的中华民族是海内外中华儿女共同的根，共同的根让我们情深意长。在世界各地，有几千万海外华侨，他们都是中华大家庭的成员，他们共同拥有一个祖国，他们的根永远在中国。长期以来，一代又一代海外侨胞，热情支持中国革命、建设、改革事业，为中华民族发展壮大、促进祖国和平统一大业、增进中国人民同各国人民的友好合作作出了重要贡献。作为中华儿女，根同在、心相连，他们真诚希望祖国团结统一，希望祖国繁荣富强。

博大精深的中华文化是海内外中华儿女共同的魂，共同的魂让我们心心相印。中华文明有着5000多年的悠久历史，是中华民族自强不息、发展壮大的强大精神力量。中华儿女的身上都有鲜明的中华文化烙印。中华文化是中华儿女共同的精神基因，是中华民族不断发展进步的原动力，是连通海内外中华儿女的中国魂。中华儿女有共同的魂，在世界上就

会拥有特定的精、气、神。海内外中华儿女都是中华文化的笃信者、传承者、躬行者，都在从中华文化中汲取营养、智慧和力量，不断传承和弘扬中华文化，讲述好中国故事、传播好中国声音，促进中外民众相互了解和理解，为实现中国梦营造良好环境。

实现中华民族伟大复兴是海内外中华儿女共同的梦，共同的梦让我们同心同德。中国梦既是国家梦、民族梦，也是每个中华儿女的梦。实现国家富强、民族振兴、人民幸福，是每一个中华儿女的共同梦想。广大海外侨胞拥有赤忱的爱国情怀、雄厚的经济实力、丰富的智力资源、广泛的商业人脉，是实现中国梦的重要力量。只要海内外中华儿女紧密团结起来，有力出力，有智出智，团结一心奋斗，就一定能够汇聚起实现梦想的强大力量。

47. 中国坚持走和平发展道路，是世界繁荣发展的正能量

中国是世界经济增长的重要贡献者。在经济新常态下，中国经济从高速增长期进入中高速增长期。2014 年，中国经济增长放缓至 7.4%，但是，中国经济规模首次超过 60 万亿元，中国经济对世界经济增长的贡献率达到近 30%，进口商品达到近 2 万亿美元，占世界的 10%，为世界提供了一个巨大的市场。从绝对数量来说，中国经济增长对世界经济的贡献仍然排在第一。从全球经济发展的情况看，中国经济增长即使放慢，也仍然是全球增长最快的国家之一。

习近平总书记指出："中国坚持走和平发展道路，是世界繁荣发展的正能量。"这就是一种世界大局、全球眼光、未来视野。中国是世界上最大的发展中国家，是世界第二大经济体，中国拥有世界上最大的市场，中国的购买力影响着世界市场，中国的和平发展对世界的发展举足轻重。

中华民族自古以来就是爱好和平的民族，中国作为世界上有影响力的国家之一，是维护世界和平的重要力量。实现和平发展，是中国人民的真诚愿望和不懈追求。中国坚持走和平发展道路，就是要把中国国内发展与对外开放统一起来，把中国的发展与世界的发展联系起来，把中国人民的根本利益与世界人民的共同利益结合起来。

中国坚持走和平发展的道路，关键是要把中国自己的事办好，推进中国经济在新常态下实现新发展，这本身就是对

世界最大的贡献。要坚持以经济建设为中心，把发展作为第一要务，推动经济平稳健康发展和社会和谐稳定，不断改善人民生活，以自身的发展不断对人类进步事业做出新的更大的贡献。

求和平、促发展、谋合作，是世界各国人民的共同心愿，也是不可阻挡的历史潮流。中国坚持走和平发展道路，就要坚持改革开放，开展全方位对外合作，与世界各国携手前进，实现发展共赢。

中国的和平发展道路是实现国家富强、民族振兴、人民幸福的必由之路，要统筹国内发展和对外开放，参与经济全球化，坚持广泛合作、互利、共赢的发展道路，实现和平的发展、开放的发展、合作的发展、和谐的发展。十三亿多中国人民坚持走和平发展道路，为世界和平与发展的崇高事业做出积极贡献，就是世界繁荣发展的正能量。

48. 适用法律不能有双重标准

在国际关系中，我们不难看到适用法律双重标准的实例。如在网络管理问题上，美国在国内对互联网进行严格管理，保护国家安全，对外却横加指责其他国家加强网络管理，鸡蛋里挑骨头，要求其他国家自由民主；美国在国内建立专门的网络战部队，肆无忌惮地对包括盟友在内的其他国家进行网络入侵和秘密监听，对外却捕风捉影，诬陷中国进行网络攻击。二十世纪五六十年代美国没有与其他国家商量就为日本设立防空识别区，却对中国宣布划设东海防空识别区指手画脚，指责中国没有与他国商量，搞双重标准，对国内说一套、做一套，对他国横加干涉，无端指责。

习近平总书记提出"适用法律不能有双重标准"，这是十三亿多中国人民向世界发出的声音。所谓双重标准，就是在同一个问题上，对自己实行一个标准，自己做的都是合法的，对别人实行另外一个标准，别人做的都是不合法的，都不符合国际标准。在国内一个标准，对国外另外一个标准，就会形成双重标准。双重标准无法说服人，双重标准最终就会没有标准，不利于维护世界和平，不利于维护地区安全。

适用法律不能有双重标准，首先要坚持国家主权平等。主权和领土完整不容侵犯，各国应该尊重彼此核心利益和重大关切。国家不分大小、强弱、贫富，都是国际社会平等成员，都有平等参与国际事务的权利。各国的事务应该由各国

人民自己来管。要尊重各国自主选择的社会制度和发展道路，反对出于一己之利和一己之见，采取非法手段颠覆他国合法政权。世界的命运必须由各国人民共同掌握，世界上的事情应该由各国政府和人民共同商量来办。

适用法律不能有双重标准，必须共同推动国际关系法治化。推动各方在国际关系中遵守国际法和公认的国际关系基本原则，用统一适用的规则来明是非、促和平、谋发展。在国际社会中，法律应该是共同的准绳，只能有一个标准，不能有只适用他人、不适用自己的法律。应该共同维护国际法和国际秩序的权威性和严肃性，各国都应该依法行使权利，反对歪曲国际法，反对以"法治"之名行侵害他国正当权益、破坏和平稳定之实。要共同推动国际关系合理化，适应国际力量对比新变化推进全球治理体系变革，体现各方关切和诉求，更好维护广大发展中国家正当权益。

49. 世界好，大家才会好

在2008年北京奥运会的主题歌里，有这样一句歌词："我和你，心连心，同住地球村"，让人觉得温馨亲切。是的，人类只有一个地球，各国共处一个世界。世界再大，其实就是我们共同生活的一个地球村，是我们共同的家园。

各国共同发展，是世界持续发展的重要基础，是各国人民的长远利益和根本利益。每个国家都是世界这个大家庭的成员，大家都能发展，世界才能共同发展。习近平总书记提出，我们应该把本国利益同各国共同利益结合起来，努力扩大各方共同利益的汇合点，不能这边搭台、那边拆台，要相互补台、好戏连台。

"各美其美，美人之美，美美与共，天下大同"，是中华文明的优秀传统。各美其美，就是传承和弘扬民族优秀传统文化，守护民族的灵魂；美人之美，就是尊重他国的文化，尊重他国的道路选择，成人之美；美美与共，就是维护文化的多样性，促进世界文化交流；天下大同，就是促进文明之间相互尊重，实现人类文明的共同繁荣。

不能这边搭台、那边拆台。世界繁荣，大家繁荣；世界衰落，大家衰落。世界各国本身就是一个命运共同体，与荣俱荣，要顺应时代潮流，把握正确方向，坚持同舟共济，推动世界发展。对世界各国来说，搭起适合本国发展的舞台，可谓来之不易。要把本国利益同各国共同利益结合起来，努

力扩大各方共同利益的汇合点，千万不能这边搭台、那边拆台，也不能阻止他国搭台，把自己的意志强加给他国。合作共赢是普遍适用的原则，应该成为各国处理国际事务的基本政策取向，要坚持双赢、多赢、共赢，不能把本国的赢建立在他国的输上，不能妄图一国独大、通吃天下。国家无论大小、强弱、贫富，都应该做和平的维护者和促进者，同心维护和平，为促进共同发展提供安全保障。

要相互补台、好戏连台。世界好，大家才会好。在世界这个大舞台上，只有相互补台，才能好戏连台，只有好戏连台，世界才会精彩。国际社会应该相互理解尊重，相互帮助支持，努力实现共赢发展，推动世界经济发展和人类文明进步。国际社会应该倡导综合安全、共同安全、合作安全的理念，共同谋求世界发展，不能把世界作为相互角力的竞技场，更不能为一己之私把一个地区乃至世界搞乱。要坚持同舟共济、权责共担，携手应对气候变化、能源资源安全、网络安全、重大自然灾害等日益增多的全球性问题，共同呵护人类赖以生存的地球家园。

50. 作风问题抓和不抓大不一样，小抓大抓也大不一样

党的十八大以来，以习近平同志为核心的党中央高度重视作风建设，从自身做起，严格执行八项规定，扎实开展以为民、务实、清廉为主题的群众路线教育实践活动，深入整治形式主义、官僚主义、享乐主义和奢靡之风等不正之风，切实纠正不良作风，取得了显著成效，党风、政风、社风明显改善。习近平总书记提出的"作风问题抓和不抓大不一样，小抓大抓也大不一样"，已经被十八大以来的实践充分证明。

中国共产党成立 90 多年以来，团结带领全国各族人民，经过艰巨卓绝的斗争，建立了新中国，开辟了建设中国特色社会主义伟大道路，改革开放和社会主义现代化建设取得巨大成就，把一个积贫积弱、被动挨打的国家变成了有国际地位、有综合实力的世界第二大经济体。在新的历史时期，我们要清醒认识到，坚持党要管党、从严治党，切实把党管理好、建设好，真正把作风问题解决好，是我们面临的迫切任务。

作风问题抓和不抓大不一样。作风问题具有长期性、顽固性和反复性，作风建设永远在路上。作风问题影响党的形象，影响干群关系，影响党的事业发展，这已经成为共识。对作风问题，我们要高度重视，以对党和人民高度负责的态度，对作风问题真抓实管。抓作风问题，可以防微杜渐，可

以防患于未然，可以校正方向，可以营造风清气正的干事创业环境。作风出了问题，如果我们不抓，不以为然，视而不见听而不闻，那么作风问题就会越来越严重，无限放大，泛滥成灾，影响人民群众对党的信心，成为党和国家事业发展的重要障碍。

作风问题小抓大抓也大不一样。小抓，即小打小闹，就会隔靴搔痒，不疼不痒，作风问题就会依然突出，甚至还会放大；大抓，就要下最大的决心，用最大的力气，用最狠的实招，全覆盖、零容忍地抓作风问题，把作风问题解决好。要坚持马克思主义群众路线、践行群众观点，把实现好、维护好、发展好最广大人民根本利益作为作风建设的出发点和落脚点，把改进作风的过程融入到贯彻执行党的理论路线方针政策的过程中，融入到推动改革开放和社会主义现代化建设的过程中，务求实效、务求全胜，使作风有一个全新的转变。

51. 共产党人要有强烈的忧患意识

　　生于忧患，死于安乐，这是被无数实践证明的真理。习近平总书记提出"我们共产党人的忧患意识，就是忧党、忧国、忧民意识，这是一种责任，更是一种担当"，要求全党增强忧患意识，确实给我们注入了一针强力的清醒剂。强烈的忧患意识是我们党执政兴国的宝贵经验，更是中国共产党人一以贯之的自觉意识。总书记的谆谆教诲，高瞻远瞩、语重心长、意味深长，具有很强的现实针对性和长远的指导意义，值得共产党人细细品味、认真思量、自觉践行。

　　共产党人忧党，就要为党分忧，强化执政意识，为党的事业发展而奋斗。在新的历史时期，我们党面临着"四大考验"和"四大危险"，这也是每一个共产党人面临的考验和危险。我们要有忧患意识，更要有担当精神，自觉经受住考验，积极化解危险。要坚定理想信念，自觉加强党性锻炼，不断提高工作能力和执行力，为提高党的执政能力、巩固党的执政地位尽心尽力；要自觉坚持党的群众路线，以民为本、关注民生，加强党与人民群众的联系，为夯实党的执政基础尽心尽力；要牢记空谈误国、实干兴邦和"三严三实"的要求，切实转变作风，想在实处、干在实处，为国家富强、民族振兴、人民幸福尽心尽力；要严格遵守党纪国法，坚持权为民所赋、权为民所用，与贪污腐败行为做坚决斗争，始终做到一身正气、两袖清风、清正廉洁，为保持党的先进性和

纯洁性尽心尽力。

共产党人忧国，就要坚持国家利益至上。贫穷就要挨打，落后就会被动。发展是我们党执政兴国的第一要务。我们要实现"两个一百年"奋斗目标和中华民族伟大复兴的中国梦，还有很长的路要走，需要不断努力奋斗。只有不断发展进步，始终保持经济平稳健康发展，才能不断增强经济实力和综合国力，才能在国际竞争中赢得主动。这就需要我们以主人翁的姿态投入到实施"四个全面"战略中，立足岗位、尽职尽责、努力工作，不断推进中国特色社会主义事业。

共产党人忧民，就要强化宗旨意识。共产党人来自人民、植根人民，要一心为了人民。要坚持立党为公、执政为民，始终把人民放在心中的最高位置，努力实现好、维护好、发展好人民群众的根本利益，努力为人民谋福祉。要想人民所想，急人民所急，解人民所难，真心实意为人民办实事、办好事，把人民团结在党和政府的周围。要高度关注困难群众，加大扶贫攻坚力度，不断提高困难群众的生活水平，让贫困地区的群众在全面建成小康社会中不掉队。

52. 中国的事情要办好首先中国共产党的事情要办好

中国共产党是中国特色社会主义事业的领导核心，中国共产党的领导是坚持中国特色社会主义道路、实现中华民族伟大复兴的根本保证。习近平总书记指出："中国特色社会主义最本质的特征就是坚持中国共产党的领导，中国的事情要办好首先中国共产党的事情要办好。"这是根据党的性质、宗旨、奋斗目标、执政地位和党在现阶段的任务，坚持治国必先治党、治党务必从严，对全党提出的要求。

在新的历史时期，在世情、国情、党情发生深刻变化的新形势下，我们党依然面临着"四大考验"和"四大危险"，要应对和战胜前进道路上的各种风险和挑战，关键在党。打铁还需自身硬。作为在十三亿多人口的国家执政的马克思主义政党，中国共产党要团结带领全党全国人民实现"两个一百年"目标，实现中华民族伟大复兴的中国梦，把中国的事情办好，首先就要把自己的事情办好，把党建设成为中国特色社会主义事业的坚强领导核心。

中国的事情要办好首先中国共产党的事情要办好，就是要求我们坚持党要管党，聚精会神地抓好党的建设。坚持党要管党，要在全党特别是各级党员领导干部中形成抓好党建是本职、不抓党建是失职、抓不好党建是不称职的共识，全面落实党建工作责任制，健全党委统一领导、部门齐抓共管、一级抓一级、层层抓落实的党建工作格局，不断增强党建工

作的整体合力。要按照树立科学理念、积极改革创新、遵循客观规律、注重实际成效的思路，坚持不懈加强党的建设，不断自我净化、自我完善、自我革新、自我提高，不断提高党的执政能力，巩固党的执政地位，使我们党越来越成熟、越来越强大、越来越有战斗力。

中国的事情要办好首先中国共产党的事情要办好，就是要求坚持从严治党，切实把从严治党的要求落到实处。坚持从严治党，最根本的就是要严格按党章办事、按党的制度和规定办事，并贯穿于党的建设的各方面工作中，切实体现到对各级党组织、党员、干部进行教育、管理、监督等各个环节中，不断解决党内存在的问题。要坚持从严治吏，从严教育、管理、监督各级领导班子和党员领导干部，让各级领导干部守纪律、懂规矩。要切实加强党风廉政建设，保持反腐败的高压态势，坚持"老虎"、"苍蝇"一起打，坚持反腐败全覆盖、无禁区、零容忍。要加强作风建设，坚决整治"四风"，纠正各种不良作风，营造风清气正的干事创业环境。

53.努力营造良好的从政环境和政治生态

从政环境是对从政的动机、行为、规范和与之相匹配的风气和舆论评价的总和，是廉洁从政的整体环境，是政治生活现状以及政治发展环境的集中反映，反映着一个地方政治生活的总体面貌，影响着党员干部的价值取向。政治生态是指影响一个地方政治生活、领导活动和干部队伍建设的党风、政风、社会风气的综合体现，核心是领导干部的党性问题、觉悟问题、作风问题。

一个时期以来，一些地方、部门的政治生态存在突出问题，严重影响了党的事业发展，已经到了极不正常的地步。有的显规则弱化、潜规则盛行，权权交易、权钱交易、权色交易触目惊心；有的把党内政治生活庸俗化、随意化、平淡化，同志之间不能正常开展批评与自我批评；有的不能坚持正确的选人用人导向，德才兼备、踏实能干的干部长期坐冷板凳，一些背倚权势、不干实事的人却一再得到重用。这些问题可谓林林总总，形形色色，不胜枚举，令人痛心。

习近平总书记明确要求"必须营造一个良好从政环境，也就是要有一个好的政治生态"，这是对党的作风建设中存在问题的深刻洞察，要求从严治党、端正党风政风，具有很强的针对性和指导性，为加强党的建设、改进作风指明了方向。

从政环境受到不正之风侵蚀，政治生态受到污染，就会使好人难做、坏人横行，使想干事的人没机会干事，能干事

的人干不了事，会干事的人无从干事，严重影响了党在人民心中的形象。政治生态好，就能增强党组织的凝聚力和战斗力，激发广大党员干部干事创业的精气神；政治生态不好，就会搞乱政治生活，人为制造矛盾，影响党的执政能力，影响党的事业发展。

营造良好的从政环境，就是要营造政治文明、政通人和、安定有序、公平公正、风清气正的政治生态环境。加强党的建设，一定要把营造良好从政环境和政治生态作为一项重要任务下大气力来抓，切实解决好党员干部的价值追求、思想作风、行为规范的问题，推动形成政治清明、政府清廉、干部清正的良好局面。各级领导干部要发挥模范带头作用，自觉坚定理想信念，树立正确的世界观、权力观、事业观，自觉践行党的宗旨，加强党性锻炼，自觉加强道德修养、养成良好习惯，自觉遵守党的纪律、严格党内政治生活，为形成良好的政治生态作出努力。

54. 用制度确保改进作风规范化、 常态化、长效化

习近平总书记明确要求"以刚性的制度规定和严格的制度执行，确保改进作风规范化、常态化、长效化，切实防止'四风'问题反弹"，为持之以恒改进作风、避免短期效应、防止"四风"反弹指明了方向。

作风问题具有反复性、顽固性，并非一日之功、一次活动之功。干部群众的担忧是不无道理的。改进不良作风虽然取得了实效，但是，"四风"问题并没有根除，依然不同程度存在，甚至改头换面以新面目出现，新问题不断暴露出来。作风建设永远在路上。改进作风，要久久为功，善作善成，善始善终，不能虎头蛇尾，要在抓常、抓细、抓长上下功夫，形成规范化、常态化、长效化，把我们党建设成作风严谨、组织严密、制度严格、纪律严明的马克思主义执政党。

要形成刚性的制度规定。要巩固教育实践活动期间的制度成果，进一步用制度把改进作风的成效固定下来，建立长效机制。同时，按照于法周延、于事简便的要求，建立和完善改进作风的制度体系。制度设计要于法周延，要总体统筹、整体谋划、周到周全，织密制度网，减少制度盲点，堵上制度空白点；制度设计要于事简便，要提高制度执行的可操作性，做到设计科学、程序清晰、要求具体、责任明确，有利于遵循遵守，有利于执行落实，有利于检查督促。提高制度的科学性，各项制度要相互衔接、相互贯通，管得住现在、

跟得上发展、经得起检验，有利于整治和根除"四风"。

要严格执行制度，确保制度落到实处。制度如果执行不力，落实不到位，就成了墙上的一张纸，就会成为"稻草人"，看着畏惧，实则没有人害怕。如果改进作风的制度只是装进文件袋、贴在墙上、喊在嘴上，没有落到实处，是没有任何效用的。制度的权威性来自刚性，制度的约束力来自执行力。制度要发挥作用，就要不折不扣地执行，形成常态化。改进作风，整治"四风"，就要抓好制度的落实，制度面前说一不二，纪律所向利剑高悬，从严治党毫不放松。在制度面前不能当"老好人"，不搞能放则放，在规矩面前不能搞"变通"，不搞能让则让。要加强督促检查落实，严格责任追究，让制度成为带电的高压线，让广大党员、干部守纪律、讲规矩。

55. 发展必须是遵循经济规律的科学 发展和遵循自然规律的可持续发展

经济规律是经济发展过程中内在的、本质的、必然的联系，不以人的意志为转移。在新常态下如何推动经济发展？习近平总书记明确指出："发展必须是遵循经济规律的科学发展，必须是遵循自然规律的可持续发展"。总书记的这一重要论述，对推动经济平稳健康发展和社会和谐稳定，对做好当前和今后的经济工作，具有重要的指导意义。

实践充分证明，尊重规律，遵循规律，顺势而为，按照规律办事，经济社会就能持续健康发展；藐视规律，违背规律，逆势而动，逆规律而上，不仅不会发展，还要受到规律的惩罚，付出沉重的代价。大跃进逆规律而进，最终不进而退，给国家和人民的事业带来危害；改革开放顺规律而上，极大地解放和发展了生产力，有力推动社会主义现代化建设。

发展必须是遵循经济规律的科学发展。中国需要的发展，是全面、协调、可持续的科学发展。要实现科学发展，就必须遵循经济规律，按照经济规律来办事。要按照新常态下的经济规律来办事，遵循市场经济的一般规律，充分发挥市场在资源配置中的决定性作用。要理性面对经济从高速增长到中高速增长，把握换挡节奏，坚持区间调控，同时，要顺应新常态下提高发展质量和效益的内在要求，坚持速度、质量和效益统一，坚持定向调控，稳步提质增效，统筹抓好稳增

长、促改革、调结构、惠民生工作，使经济运行在合理区间，实现实实在在、没有水分的发展，民生改善、就业充分的发展，劳动生产率提高、经济活力增强、结构调整有成效的发展。在经济新常态下，如果我们逆经济规律而上，一味追求高速增长，搞强刺激，踩大油门，换挡不调速，就会欲速而不达，甚至出现大起大落，自己折腾自己。

发展必须是遵循自然规律的可持续发展。我们需要的发展，不是一个阶段的发展，而是可持续的发展、持久的发展。要实现可持续发展，我们就要遵循自然规律，按照自然规律办事，在利用自然、改造自然中，要尊重自然，不能漠视自然；要敬畏自然，不能破坏自然；要守护自然，不能破坏生态环境，始终守住生态红线，做到既要金山银山又要绿水青山，在共享发展的物质成果中共享发展的生态成果，这样的发展才是可持续的发展，才是惠及当代造福子孙的发展。

56. 要真枪真刀推进改革

2014 年是全面深化改革的开局之年，开局决定全局，开局决定结局，做好开局之年的工作，对全面深化改革具有重要的影响和促进作用。习近平总书记提出"要真枪真刀推进改革，为今后几年改革开好头"。真枪真刀推进改革，充分表明了我们党全面深化改革的坚定信心和求真务实的精神。

真枪真刀推进改革，就是要出实招、用实力、求实效，敢动真、敢碰硬、敢啃硬骨头，在全面深化改革上取得新进展、新突破、新成效，不能虚晃一枪，玩花架子。

2014 年，在以习近平同志为核心的党中央坚强领导下，全面深化改革在经济、政治、文化、社会、生态文明建设和党的建设等重点领域突破前行，啃下了一些硬骨头，出台了一系列改革方案，取得了一些改革成果，在一些重要领域和关键环节取得重大进展和积极成效，形成了上下联动、主动作为、蹄疾步稳、狠抓落实的好局面，呈现出全面播种、次第开花的生动景象，有力促进了稳增长、调结构、惠民生、防风险等方面的工作。实践证明，中央真刀真枪推进改革，全面深化改革的开局之年开了好头，起了好步，有力推动了今后的改革。

党的十一届三中全会以来的实践证明，改革给中国带来了巨大的红利，改革极大地调动了人民的积极性和创造性，极大地解放和发展了生产力，打破了计划经济的藩篱，使社

会主义市场经济从无到有发展起来，推动我国经济社会持续、快速、健康发展。我国从一个积贫积弱的国家发展成为世界第二大经济体，国家经济实力、综合国力、国际竞争力、国际影响力迈上一个大台阶，人民生活水平显著提高，国家面貌发生历史性的深刻变化。全面深化改革，是中国坚定不移的方向，是中国人民的坚定选择。

2015 年是全面深化改革的关键之年，习近平总书记要求"气可鼓而不可泄，要巩固改革良好势头，再接再厉、趁热打铁、乘势而上，推动全面深化改革不断取得新成效"。改革的路还很长、很远。我国的改革已经进入深水区和攻坚期，随着改革的深入，深水区的水还会更深，攻坚期的难还会更多，需要我们一往无前，趟过深水区，知难而进，攻坚克难，需要我们继续真刀真枪推进改革，只有这样，我们才能把改革不断引向深入。

57. 共同为改革想招、一起为改革发力

全面深化改革是一个复杂的系统工程，涉及面广，覆盖领域宽，是一场深刻的革命。全面深化改革不仅仅是推进一个领域的改革，也不是推进几个领域的改革，而是推进所有领域的改革，最终实现国家治理体系和治理能力现代化的目标。

改革开放以来，我们每一次在认识上的突破和在实践上的创新，每一次改革的成功实施，都离不开群众的智慧，无不来自群众的实践。农村家庭联产承包责任制是二十世纪八十年代初期在农村推行的一项重要的改革，是农村土地制度的重要转折，也是中国农村现行的一项基本经济制度。这项改革就是来自农民的创造。三十多年前，安徽省凤阳县小岗村的十八位农民在一纸分田到户的"大包干"生死契约上按下鲜红的手印，拉开了中国农村改革的序幕。

完成改革任务，实现改革目标，需要顶层设计，更需要紧紧依靠人民，要鼓励地方、基层、群众解放思想、积极探索，鼓励不同区域进行差别化试点。习近平总书记要求"引导广大干部群众共同为改革想招、一起为改革发力"。他指出，要充分调动各方面积极性，改革任务越繁重，我们越要依靠人民群众支持和参与，善于通过提出和贯彻正确的改革措施带领人民前进，善于从人民的实践创造和发展要求中完善改革的政策主张。

随着全面深化改革的推进，会触及越来越多的深层次矛盾，会遇到越来越多的困难和问题，会遇到越来越错综复杂的既得利益羁绊。破解改革难题、闯过改革难关，需要我们敢于担当、攻坚克难，更需要发挥广大干部群众的作用。要善于引导干部群众共同为改革想招，一起为改革出力，各展其能、各尽其力，形成万众一心谋改革、携手共进促改革的新局面。

　　闭门造车出门不合辙，改革切忌关门拍脑袋。众人拾柴火焰高。全面深化改革，必须坚持党的群众路线，充分调动干部群众的积极性和创造性。改革的"招"从哪里来？要广泛征求群众的意见建议，问计于民，共同想招，要发挥干部群众的聪明才智，善于集中民智，集思广益，破解改革难题。这样，我们就没有冲不破的藩篱，没有攻克不了的难关。

58. 共产党人要拥有人格力量

邓小平同志说过："共产党人干事业，一靠真理的力量，二靠人格的力量。"习近平总书记指出："共产党人拥有人格力量，才能无愧于自己的称号，才能赢得人民赞誉。"共产党人拥有人格力量，在群众中就有影响力和凝聚力，就能把群众团结起来，就能发挥先锋模范作用，就能带动群众为实现党的长远目标和近期任务而奋斗。在新的历史时期，我们要按照总书记的要求，把人格力量作为干事创业的重要支撑，自觉锻造共产党人的人格力量。

人格力量是人的性格、气质、能力、品行等方面具有的吸引人的魅力。共产党人的人格力量，是对人民群众的影响力、感召力、凝聚力和战斗力的集中体现。在中国革命时期，老一辈共产党人正是以"人生自古谁无死，留取丹心照汗青""砍头不要紧，只要主义真""牺牲我一个，幸福亿万人"的伟大人格，团结和影响了广大人民群众，共同为国家独立和民族解放事业而奋斗。新中国成立以来，县委书记的好榜样焦裕禄、党的好干部孔繁森、人民的好公仆郑培民，还有牛玉儒、杨善洲、高德荣等一大批优秀共产党员，都是用共产党人的人格力量影响和带动了时代风尚。

共产党人拥有人格力量，要坚定理想信念，牢记入党誓言，自觉履行对党的承诺，为实现"两个一百年"目标而奋斗，任何时候精神上都不能缺"钙"；要坚持立党为公、执

政为民，把人民放在心中的最高位置，全心全意为人民服务，努力实现好、维护好、发展好最广大人民的根本利益，努力为人民谋幸福；要坚持党的群众路线，自觉践行群众观点，加强党与人民群众的血肉联系；要牢记"空谈误国、实干兴邦"，大力弘扬求真务实的作风，努力为群众办实事、办好事，为群众排忧解难，不断提高人民的幸福感；要严于律己、清正廉洁，自觉纠正不良作风，整治不正之风，与贪污腐败行为作斗争，做到一身正气、两袖清风、清正廉洁；要加强党性锻炼，提高自身修养，提高自身的综合素质，在群众中树立良好形象，做合格的共产党员。

我们坚信，广大共产党人拥有人格力量，在人民群众中具有感召力和影响力，我们党就能不断增强凝聚力和战斗力，团结和带领全党全国人民协调推进"四个全面"战略布局，不断推进中国特色社会主义伟大事业，创造无愧于时代、无愧于人民、无愧于历史的业绩，谱写中华民族伟大复兴中国梦的壮丽华章。

59. 作风建设要坚持不懈抓常、抓细、抓长

教育实践活动有期限，加强作风建设无尽期。加强作风建设，是新时期党的建设伟大工程的重要组成部分，始终伴随着我们党的执政过程。习近平总书记指出："解决作风方面存在的问题，根本要靠坚持不懈抓常、抓细、抓长。"这就给我们加强作风建设提出了新要求。

抓常、抓细、抓长，是我们党加强作风建设的基本经验，也是新时期加强作风建设的根本要求。解决作风方面存在的问题，抓常是基础，抓细是根本，抓长是保障，三个重要环节统一于作风建设的全过程，任何一个环节都不可偏废。

抓常，就是要经常抓，突出经常性。要把作风建设作为各级党组织经常性的工作，列上党建工作的重要议事日程，纳入党员、干部的日常管理中，加强教育引导、加强监督检查、加强纪律约束。要把作风建设时时抓在手上，形成作风建设常态化，一天一天抓下去，一年一年抓下去。要把握作风建设的总体态势，一旦发现作风方面的问题，就要着手解决，把问题解决在萌芽状态，不能让小问题变成大问题，不能让作风问题抬头。

抓细，就是要从小处抓，突出务实性。党的作风是党的宗旨、性质的体现，党员、干部的作风直接影响到党和政府在群众中的形象。作风建设抓细，就要从细节入手，不放过党员干部作风方面的每一个细小问题。作风建设抓细，要发

扬求真务实的精神，坚持抓大不放小，抓"大"要从面上入手，着力解决党员干部作风上存在的突出问题；抓"小"要从点上着力，切实解决党员干部作风上存在的小问题，防微杜渐，防患于未然。教育引导党员干部从自身做起，从点滴做起，从小事做起，时时处处严格要求自己。

抓长，就是要长期抓，突出持久性。作风建设要取得实效，关键是坚持不懈地抓下去，始终保持整治"四风"和纠正不良作风的高压态势，对发现的问题严肃查处。作风建设不能搞一阵风，不能紧一阵、松一阵，不能一头子热、一头子冷。抓长，要高度重视制度建设，建立作风建设的长效机制，用制度来管人、管事、管权，用制度来规范党员、干部的言行。要抓好制度的落实，提高制度的权威性，确保制度出台一个就执行落实好一个，不要让制度成为稻草人和橡皮筋。

60. 坚持不懈严格党内政治生活，坚决反对党内政治生活庸俗化

习近平总书记要求"坚持不懈严格党内政治生活，坚决反对党内政治生活庸俗化"，剑锋所指是党内政治生活庸俗化问题，要求通过严格党内政治生活，增强党内政治生活的政治性、原则性、战斗性，不断提高党内政治生活质量和水平。

从总体看，当前党内的政治生活是积极健康的，但是，一些地方、部门的党内政治生活出现了庸俗化问题：有的政治学习搞形式主义，满足于应付上级检查，学习停留在读报纸、念文件，不注重用科学理论武装头脑，讨论空对空，自说自话，不着边际；有的奉行明哲保身，不能正确开展批评与自我批评，不敢开展积极的思想斗争，民主生活会变着法子自我赞颂和相互吹捧，变成了表扬与自我表扬会；有的缺乏全局意识、大局意识，地方、部门保护主义严重，搞拉帮结派、团团伙伙，搞封建人身依附关系；有的不讲纪律、不讲原则，把拉拉扯扯、吹吹拍拍的庸俗习气当作潜规则，甚至在党内培植小团体、小群体、小圈子、小山头；有的执行民主集中制不力，民主不够、集中不够，一些地方、部门的"一把手"家长制作风严重，一手遮天、独断专行，一个人说了算，严重影响党内民主的发展。

庸俗化是党内政治生活的"毒瘤"，它把党内生活平庸化、低级化，破坏了积极、健康、正常的党内政治生活，降

低了党员干部的免疫力，削弱党的凝聚力和战斗力，影响党的执政地位和执政形象。

严格党内政治生活是增强我们党自我净化、自我完善、自我革新、自我提高能力的重要途径。我们要充分认识严格党内政治生活的重要意义，从严格规矩、破潜规则入手，全面加强党内政治生活，增强党内政治生活的政治性、原则性、战斗性，不断提高党内政治生活的质量。要按照习近平总书记的要求，改善政治生态，营造良好从政环境，认真执行党的民主集中制，着力解决发扬民主不够、正确集中不够、开展批评不够、严肃纪律不够等问题。要认真开展批评和自我批评，依靠自身力量解决自身问题，自我批评襟怀坦白，相互批评对同志负责，实现自我修复、保持肌体健康，努力营造又有集中又有民主，又有纪律又有自由，又有统一意志又有个人心情舒畅的生动活泼的政治局面。

61. 党员、干部永远是人民公仆

全心全意为人民服务，是我们党的根本宗旨，也是党员、干部的根本宗旨；党员、干部是人民的公仆，必须全心全意为人民服务。这就是党员干部的角色定位。

但是，在现实生活中，我们不难看到一些党员干部存在着这样一些问题：有的淡忘了宗旨意识，把为人民服务错位成人民为他们服务；有的角色定位发生错位，由人民"公仆"变为人民"主人"，对群众颐指气使；有的淡忘群众观点，严重脱离群众，自认为可以主宰群众、支配群众，甚至侵害群众利益，变成腐败分子；有的看不起群众，认为群众野蛮无知、不讲道理，怕接触群众，怕与群众对话，从心理上拒绝亲近群众；有的对群众漠不关心，对群众反映的问题不理不睬、久拖不办，从感情上伤害群众。

习近平总书记要求"坚持不懈强化宗旨意识，解决好党员、干部是人民公仆的角色定位问题"，总书记的这一重要论述，为党员、干部加强党性修养，增强宗旨意识，找准角色定位，更好履行共产党人的崇高职责，提供了基本遵循，指明了努力方向。

公仆的第一个字就是"公"，这就要求党员、干部要一心为公，一切为了党和人民的根本利益，不能有任何私心，同时，党员、干部要自觉当好人民的公仆，在人民面前不能官气十足，不能搞封建人身依附关系，成为一些贪官污吏的

奴仆。我们要清醒认识到，党员、干部不论是身居高位，还是手握重权，都要做到位高不擅权、权重不谋私；党员干部只有为人民服务的责任，没有当官做老爷的权力；只有为人民服务的权力，没有凌驾于群众之上、侵害群众利益的权力。

党员、干部来自人民，植根人民，如果找不准角色定位，就会严重脱离群众，甚至走到群众的对立面。党员、干部一定要自觉坚定理想信念，把人民放在心中最高的位置，找准自己的角色定位，自觉把角色定位定格在人民公仆上，强化为人民服务的公仆意识，始终保持同人民群众的血肉联系，不断加强与群众的联系，经受住精神懈怠危险、能力不足危险、脱离群众危险、消极腐败危险的考验，成为让党放心、让人民满意的好公仆。

62. 中华优秀传统文化的文脉不能断

在第 30 个教师节到来之际，习近平总书记到北京师范大学看望师生时动情地说："我很不希望把古代经典的诗词和散文从课本中去掉，加入一堆什么西方的东西，我觉得'去中国化'是很悲哀的。"总书记觉得"去中国化"很悲哀，我们可以看出总书记沉重的心情，可以看到总书记对"去中国化"的忧思。这个教师节给我们多了一些沉思和反思。

习近平总书记高度重视中华优秀传统文化的传承和弘扬，他指出："中华优秀传统文化已经成为中华民族的基因，植根在中国人内心，潜移默化影响着中国人的思想方式和行为方式"。他认为中华优秀传统文化是提高国家文化软实力最深厚的源泉。

但是，在现实中我们不难看到，有的以教材改革之名，把古代经典的诗词和散文从课本中去掉，加入一堆西方的东西；有的以为学生减负之名，把《雷雨》、《孔雀东南飞》等20 多篇承载几代人记忆的课文删除；有的甚至无聊之极，来讨论鲁迅文章该不该退出课本？这种"去中国化"的做法，确实是让人感到非常悲哀的。因为，这种"去中国化"去掉的是中华优秀传统文化的精华和精神，去掉的是中华文化的文脉。

中华优秀传统文化博大精深，在经历了几千年的沉淀后，依然璀璨辉煌。青少年是祖国的未来，他们承担着传承中华

优秀传统文化的重任，承担着实现中华民族伟大复兴中国梦的重任，需要传统文化的滋养。如果青少年没有接受到良好的传统文化教育，对中国传统文化没有学习和感悟，在成长的道路上就会失去文化根基，就会缺失对祖国深沉的爱，就会迷失前进的方向。

中华优秀传统文化是中华民族共同的魂，中华优秀传统文化的文脉千万不能断。我们一定要按照总书记的要求，把那些经典嵌在学生的脑子里，成为中华民族的文化基因。在学生的课本里，不仅不能"去中国化"，还要进一步加强"中国化"，加大中华优秀传统文化的学习分量，不断改进教学方式，让青少年不断接受中华优秀传统文化的熏陶，在成长中树立正确的世界观、人生观、价值观，激发爱国情怀，立志为国家富强、民族振兴、人民幸福努力学习。

63. 民主要用来解决人民要解决的问题

民主是社会历史发展的产物，与一个国家的经济、社会、历史文化传统、现实发展任务以及面临的主要问题密切相关。在中国共产党的领导下，中国人民经过长期实践和反复探索，建立了人民代表大会制度、中国共产党领导的多党合作和政治协商制度、民族区域自治制度和基层群众自治制度为基本框架的人民民主的制度体系。中国特色社会主义民主已经深深植根于中国大地。

中国特色社会主义民主的出发点和落脚点，就是团结全体人民，调动人民群众的积极性、主动性和创造性，共同建设中国特色社会主义。习近平总书记深刻指出："民主不是装饰品，不是用来做摆设的，而是要用来解决人民要解决的问题的"。这就是说，民主不是花瓶里的花，不是客厅里挂的画，不是摆在那里做样子给人看的。中国特色社会主义民主是实实在在的，有丰富的内涵，有切实可行的实现形式，是用来解决人民要解决的问题的。

中国特色社会主义民主是真实的民主，本质是人民当家作主，工人阶级和广大劳动人民在共产党领导下掌握国家政权并享有广泛而真实的民主权利。中国特色社会主义民主建立在生产资料公有制为主体的经济基础之上，不受资本的操纵，不是少数人的民主，而是最广大人民的民主。

民主不是装饰品，不是用来做摆设的，就是说，民主就

要真民主。要坚持人民的主体地位，把人民当作国家的主人，牢固树立人民是历史创造者的意识，尊重人民首创精神，尊重人民的劳动和创造。要拜人民为师，甘当人民的学生，虚心向人民学习，善于总结人民的经验，不断增长政治智慧，提高治国理政能力。

民主是要用来解决人民要解决的问题的。协商就要真协商，真协商就要协商于决策之前和决策之中，根据各方面的意见和建议来决定和调整决策，从制度上保障协商成果落地，使我们的决策和工作更好顺乎民意、合乎实际、推动发展。要坚持党的群众路线，践行群众观点，广泛听取群众的意见和建议，真实反映群众愿望，真情关心群众疾苦，真心实意为群众办实事、办好事，努力实现好、维护好、发展好最广大人民的根本利益。

64. 找到全社会意愿和要求的最大公约数

在世情、国情、党情发生深刻变化的新形势下，在经济多元化、利益多样化的前提下，我们党的执政环境已发生了深刻变化，面临着许多前所未有的新情况、新问题、新挑战，正在经受着执政考验、改革开放考验、市场经济考验和外部环境考验。我们一定要知难而进，攻坚克难，勇于面对挑战，经受住各种考验，不断推进改革开放。

习近平总书记指出："在中国社会主义制度下，有事好商量，众人的事情由众人商量，找到全社会意愿和要求的最大公约数，是人民民主的真谛。"改革开放是强国之路，我们必须坚定不移走下去。我国改革已经进入攻坚期和深水区，扎实有效推进改革开放，各级领导干部的一个重要职责，就是要广泛听取各方面的意见，统筹各种利益诉求，求同存异，形成合力，在改革开放上取得实效。

中国正处在一个加速转型的时期，深化改革会触及到各方面的利益，凝心聚力、形成合力的难度不断加大。没有统一的认识，没有广泛的群众基础，改革难以顺利推进，很难取得最后成功。形成共识是形成合力的群众基础，思想认识越统一，形成的共识越多，团结的人越多，就能形成更大的合力，我们寻求到的公约数就越大，改革开放就越主动，就能收到事半功倍的效果。

找到最大公约数的过程，就是一个统一认识，形成合力、

形成聚焦的过程。要做好深入细致的思想工作，统一认识、明确目标、凝心聚力，形成共识。在改革决策的酝酿、出台和实施过程中，各级领导干部要切实转变作风，深入实际、深入群众，充分听取各方面的意见，找到问题的聚集点，不断化解矛盾，找到利益的共同点，统筹各方利益诉求，把一切可以团结的人团结起来，把一切可以调动的力量调动起来，汇合成继续推进改革开放的强大动力。

找到最大公约数，应该成为各级领导干部的基本工作方法。在具体工作中，不能采取简单粗暴的办法，不能采用只顾利益、不顾后果的办法，不能采取只顾眼前、不顾未来的办法，只会伤害群众，只会因小失大。要善于思考问题，认真研究问题，切实解决问题，聚集各方面的智慧，团结各方面的力量，形成强大的社会合力。只要我们寻求到最大公约数，就能把合力增到最大，把阻力降到最小，就能冲破思想观念的障碍、突破利益固化的藩篱，形成强大的推动力，把改革开放的伟大事业不断推向前进。

65. 人民群众是社会主义协商民主的重点

坚持人民主体地位，有利于充分调动人民群众的积极性主动性创造性，为建设中国特色社会主义提供最广泛的群众基础、最可靠的力量源泉。习近平总书记提出"人民群众是社会主义协商民主的重点"，就是要求我们始终坚持人民主体地位，牢记人民当家作主，把社会主义协商民主的重点放在人民群众身上。

人民是历史的创造者、社会变革的推动者，是我们国家的主人。人民群众衷心拥护和支持党和国家，人民群众在改革发展中充分发挥主人翁精神，中国特色社会主义就能从胜利走向胜利。坚持人民群众是社会主义协商民主的重点，就是要把与人民群众广泛商量的过程作为实现人民当家作主的过程，在决策之前和决策之中与人民群众充分协商，既尊重大多数群众的意愿，又照顾少数群众的合理要求，形成最大公约数，聚集社会正能量。

坚持人民群众是社会主义协商民主的重点，就是要把人民放在心中最高位置，与人民群众心连心、同呼吸、共命运，全心全意为人民服务。要把尊重社会发展规律与尊重人民历史主体地位结合起来，把为崇高理想奋斗、完成党的各项工作与为最广大人民谋利益结合起来，形成高度的统一。在治国理政时与人民群众进行广泛协商，发扬民主、集思广益，统一思想、凝聚共识，实现科学决策、民主决策。

坚持人民群众是社会主义协商民主的重点，让人民当家作主，必须落实到国家政治生活和社会生活之中。要积极稳妥地推进政治体制改革，拓宽民主渠道，丰富民主形式，扩大公民有序政治参与，保证人民依法实行民主选举、民主决策、民主管理、民主监督。党要支持和保证人民通过人民代表大会行使国家权力，依法管理国家事务和社会事务、管理经济和文化事业。要进一步完善协商民主制度和工作机制，推进协商民主广泛、多层、制度化发展，广纳群言、广集民智，增进共识、增强合力。要进一步健全基层民主制度，保证人民依法直接行使民主权利。要建立健全权力运行制约和监督机制，确保权力行使的过程成为为人民服务、对人民负责、受人民监督的过程。

66. 两岸相亲、心灵契合

中共中央总书记习近平在会见台湾和平统一团体联合参访团时提出："我们所追求的国家统一不仅是形式上的统一，更重要的是两岸同胞的心灵契合。"习近平总书记的话让人们心中充满温暖，与他提出的"两岸一家亲"、"我们是真心诚意对待台湾同胞的"、"心之相系、情之相融"等重要论述一脉相承。

习近平总书记不仅谈到"我们理解台湾同胞因特殊历史遭遇和不同社会环境而形成的心态，尊重台湾同胞自己选择的社会制度和生活方式，愿意用真诚、善意、亲情拉近两岸同胞的心理距离"，还第一次提到"台湾同胞也需要更多了解和理解大陆十三亿同胞的感受和心态，尊重大陆同胞的选择和追求"，这些话语充满尊重、包容、理解，入情入理、入脑入心。

实现国家统一，是全体炎黄子孙的共同愿望，是实现中华民族伟大复兴的必然要求。在国家统一上，两岸同胞实现心灵契合，具有广泛的基础：血脉在一起，血管里流动的都是中华民族的血，拥有共同的祖宗；根在一起，根在中华民族的团结统一，都希望中华民族团结在一起，形成统一强大的力量，共同应对世界风云变幻和今后的各种挑战，战胜前进道路上的困难；魂在一起，中华文化是中华民族共同的魂，是中华民族共同的文脉和精神动力；梦在一起，都渴望实现

中华民族伟大复兴，让中华民族永远屹立于世界民族之林，不断创造伟大的中华文明。两岸同胞有这么多的共同点，就一定能够互相包容、互相理解、互相接受，达到心灵契合。

两岸同胞应该增进相互理解和尊重。相互理解，就能以心相交；相互尊重，就能以心相拥。古人说：以利相交，利尽则散；以势相交，势去则倾；惟以心相交，方成其久远。两岸关系和平发展进程正不断向前推进，没有因遇到一些沟坎而止步，反映了两岸同胞共同心愿。两岸同胞始终血浓于水，始终心心相印、守望相助，为心灵契合奠定了基础。两岸走近、同胞团圆，是两岸同胞的共同心愿。两岸同胞多一份理解，多一份包容，多一份尊重，达到心灵契合，必将推动国家统一。

67. 全面深化改革需要法治保障，全面依法治国也需要深化改革

　　党的十八届三中全会、四中全会分别作出全面深化改革和全面推进依法治国的战略部署，这是以习近平同志为核心的党中央基于对党、国家、民族前途命运高度负责的基础上的顶层设计，这是贯彻落实党的十八大精神的重要步骤。目前，我国已经形成了全面深化改革和全面依法治国同步推进的良好态势。

　　习近平总书记深刻指出："全面深化改革需要法治保障，全面推进依法治国也需要深化改革。"这一重要论述，充分说明了全面深化改革与全面依法治国是相依相存、共同促进的关系，二者不可偏废。全面深化改革的目标是实现国家治理体系和治理能力现代化，主要解决发展动力问题；全面推进依法治国的目标是建设中国特色社会主义法治体系，建设社会主义法治国家，主要解决法治保障问题。

　　同一方向、同向而行。全面深化改革和全面依法治国是有机统一的，统一于建设中国特色社会主义，同时，二者还是同向的，最终目标都是建设富强民主文明和谐的社会主义国家，实现国家富强、民族振兴、人民幸福，实现中华民族伟大复兴的中国梦。同一方向，就应该同向而行，明确目标路径，朝着一个共同的目标前进。既要寓改革于法治之中，让改革成果通过法律形式固化；又要寓法治于改革之中，推动司法体制改革，良性互动。不能逆向而行，越走越远，相

差万里。

　　同时发力、同步推进。全面深化改革和全面依法治国是相辅相成的，构成治国理政的双轮驱动。全面深化改革需要全面依法治国提供法律保障，要在法律的轨道上进行。要树立法治思维，体现法治精神，遵守法律规范，遵循法律原则，维护法律权威，依法推进改革，深化改革的领域所涉及的法律法规的立改废，以及试点工作需要的法律授权，要与立法部门主动衔接，无缝对接，万无一失，让改革始终走在法治轨道上，做到于法有据。全面依法治国需要全面深化改革提供动力支持，同时，我们还要同时推进司法体制改革，促进公正司法、公平正义。

68. 改革推进到哪里、督察就跟进到哪里

随着改革的不断深入，一系列改革方案相继出台。出台的这些改革方案，经过上上下下、方方面面的努力，经过反反复复、几上几下的调查研究、科学论证，凝聚着中央的集体智慧，聚集了各有关方面和人民群众的力量，是改革第一阶段的重要成果。习近平总书记要求"要开展落实督察，做到改革推进到哪里、督察就跟进到哪里"，核心就是要求通过督察，抓好改革方案的落实。

落实改革方案，完成改革任务，改革才具有实际意义，人民才会欢迎改革。改革方案来之不易，需要好好珍惜。不能认为方案出台就算了事，就完事大吉，就可以松一口气。不能让方案束之高阁，成为改革的花瓶，成为对上交代、对下应付的摆设。改革方案不落实，改革就无法深入推进，就会半途而废。

深入推进改革，关键是要抓好改革方案的落实。"一分部署，九分落实"，"抓而不成，不如不抓"，就是说再好的方案不落到实处，就是一纸空文。出台改革方案，只是深化改革的第一步，今后要走的路更长，工作任务更重。改革的成败，在于把一个个改革方案落到实处，成为改革的实际行动。要把重点放在改革方案的落实上，用最主要的精力、花最大的力气来抓落实，把方案落实到位，改革才能见到实效。

抓好改革方案的落实，各级领导干部要大力弘扬求真务

实的作风，在改革方案出台后，集中精力抓好方案的落实。要根据改革方案的统一部署，抓好每一个关键环节的改革，不放过任何一个细节，把改革任务一项一项落到实处。

抓好改革方案的落实，要抓好落实督察，做到改革推进到哪里，督察就跟进到哪里。要建立科学有效的督察机制，要在督察中落实，在落实中督察，方案出台与督察落实同步，改革推进与督察落实同步，确保督察不缺位、不掉队。要坚持问题导向，在督察中发现问题，及时反馈问题，有效解决问题，攻坚克难，深入推进改革。要督察改革方案的组织领导、落实措施、落实重点、落实力度，既要重视改革施工方案质量，又要考核验收改革竣工结果，做到全程督察，步步紧跟，毫不松懈。要通过建立良好的督察机制，同步建立方案落实的问责机制，对那些没有完成改革任务或完成不到位的要问责，推动党员干部抓好方案落实。

69.流转土地经营权不能搞强迫命令，不能搞行政瞎指挥

小康不小康，关键看老乡。引导农村土地经营权有序流转，发展农业适度规模经营，是生产力发展的自然过程，是调整农村产业结构、培植富民产业的需要，是全面建成小康社会的必然要求。

土地是农民的命根子，是农民生存和发展的基本保障，承担着农民的基本生活、就业、社保等功能。土地问题涉及广大农民的切身利益，关系到农村稳定和社会和谐。习近平总书记深刻指出："要尊重农民意愿，坚持依法自愿有偿流转土地经营权，不能搞强迫命令，不能搞行政瞎指挥。"总书记的这一重要论述，为流转土地经营权提供了根本遵循。

土地流转经营权是一个渐进过程，不能脱离国情农情。我国农村人口众多，耕地面积少，农村情况千差万别，引导农村土地经营权有序流转，发展农业适度规模经营，一定要紧密结合实际，积极稳妥地推进。要坚持农村土地集体所有，以农民为主体，坚持依法自愿有偿，让广大农民真正受益，依法保障农民的根本权利。这是土地经营权流转必须坚守的政策底线。如果不顾实际、不尊重农民的意愿，搞强迫命令，强行流转土地，就会带来一系列社会问题。

流转土地经营权，要坚持依法自愿有偿。土地承包经营权属于农民家庭，土地经营权流转，要坚持群众路线，深入实际、深入群众，广泛听取群众的意见和建议，与群众多商

量，商量得越多越好，形成共识，形成最大公约数。土地是否流转、怎样流转、价格如何确定，应由土地承包农户自主决定，流转收益应归承包农户所有。推进土地流转和适度规模经营，不能搞强迫命令，不能用简单化的行政干预手段，不能搞行政瞎指挥，不能强行推进。

有序推进土地流转经营权，发展适度规模经营，政府要把实现好、维护好、发展好最广大农民的根本利益作为出发点和落脚点，既不能越位，包办代办，也不能缺位，放任自流。政府要根据各地自然经济条件、农村劳动力转移程度、农业机械化、社会化服务水平和农民群众的接受程度，因地制宜确定合理的适度经营规模。既要积极鼓励，又不能拔苗助长；既要避免土地大面积撂荒，又要防止土地过度集中；既要避免土地经营规模小而碎，又不能片面追求快和大。政府要做好政策服务引导，规范流转程序，加强市场监管，对工商企业租赁农户承包地，要有严格的准入门槛，加强土地流转经营权的事后监管。

70. 以百姓心为心

在《老子》第四十九章里有这样一句话：圣人恒无心，以百姓心为心。意思是，圣人没有固定不变的意志，而是以百姓的意志为意志。引申来说就是，我们不能以自我意志去决定好恶、判断是非，也不能以自我意志去限定百姓意志，而要以百姓意志为主去决定自己的意意。这样才能顺应自然、符合百姓意愿，才能消除我们与群众之间的隔阂，达到人我合一的境界。

习近平总书记提出"要坚持'以百姓心为心'"，就是要求我们把人民放在心中的最高位置，充分尊重群众、相信群众、依靠群众，深入了解群众的所思、所想、所盼，在一切工作中准确把握群众的意愿，按照最广大群众的意志把事情办好，努力实现好、维护好、发展好最广大人民的根本利益。

坚持"以百姓心为心"，就要对群众充满深情，做到心中有民。得民心者得天下。我们党来自人民、植根人民、服务人民、依靠人民，与人民须臾不可分离，是血肉关系、鱼水关系。人民群众是我们党的执政之基、力量之源，党的事业就是人民的事业，党的事业发展离不开人民的支持。要把群众的喜、怒、哀、乐放在心上，忧群众所忧，急群众所急，解群众所难，乐群众所乐，把自己融入到群众之中，与群众融为一体。对群众的苦处、难处，不能视而不见、麻木不仁。

坚持"以百姓心为心"，就要坚持党的群众路线，自觉践行群众观点。要深入到群众中去，认真倾听群众心声，认真听取群众的意见建议，充分汲取群众智慧，让群众的心与我们的心融合在一起，让广大群众的意志变成我们的意志，变成我们的实际行动。这样，我们想干的事才会变成群众想做的事，才能得到群众的真心支持。想问题、办事情、做决策，都要把群众高兴不高兴、满意不满意、答应不答应作为重要的检验标准，多做群众满意、群众高兴、群众答应的事，不要做违背群众意愿、伤害群众的事。

　　坚持"以百姓心为心"，就要把群众的利益摆在第一位，始终把实现好、维护好、发展好最广大人民根本利益作为一切工作的出发点和落脚点，让人民群众共享发展成果，让发展成果更多更公平惠及全体人民。做好一切工作，让群众真正得到实惠，把群众利益最大化，我们才能不断温暖群众的心，让群众看到希望、增强信心，把人民群众团结在党和政府周围，变成实现中华民族伟大复兴中国梦的巨大力量。

71. 方向决定道路，道路决定命运

　　党的十八大以来，习近平总书记在一系列重要讲话中，多次论述我国改革开放的基本经验。他指出："我国改革开放之所以取得巨大成功，关键是我们把党的基本路线作为党和国家的生命线，始终坚持把以经济建设为中心同四项基本原则、改革开放这两个基本点统一于中国特色社会主义的伟大实践，既不走封闭僵化的老路，也不走改旗易帜的邪路"。

　　方向决定道路。没有改革开放，就没有中国的今天，也就没有中国的明天。改革开放是决定当代中国命运的关键抉择，是建设中国特色社会主义的活力之源，是全面建成小康社会，建设社会主义现代化国家，实现中华民族伟大复兴的必然要求。坚持改革开放是我们坚定不移的方向，任何时候都不能动摇。坚持改革开放的方向，决定了必须坚持中国特色社会主义道路，改革开放必须始终走在中国特色社会主义道路上。

　　道路决定命运。习近平总书记指出："道路问题是关系党的事业兴衰成败第一位的问题，道路就是党的生命。中国特色社会主义是科学社会主义理论逻辑和中国社会发展历史逻辑的辩证统一，是根植于中国大地、反映中国人民意愿、适应中国和时代发展进步要求的科学社会主义，是全面建成小康社会、加快推进社会主义现代化、实现中华民族伟大复兴的必由之路"。中国道路就是中国特色社会主义道路，是实

现国家富强、民族振兴、人民幸福的政治前提和条件、方向、路径选择。没有正确的道路，再美好的愿景、再伟大的梦想，都是不可能实现的。坚持中国特色社会主义道路就是党的生命，决定党、国家、民族和人民的命运。中国人民一定要坚定中国特色社会主义道路自信、理论自信、制度自信、文化自信，在自己选择的道路上实现自己的梦想。

坚持改革开放的发展方向，坚持中国特色社会主义道路，既不走封闭僵化的老路，也不走改旗易帜的邪路。封闭僵化的老路是一条死路，只会让国家和民族积贫积弱，陷入被动挨打的落后状态；改旗易帜的邪路是一条绝路，只会葬送中国改革发展的美好前程。中国特色社会主义道路是一条被实践证明、被人民欢迎的新路，代表了当代中国发展进步的根本方向，是实现中华民族伟大复兴的必由之路，我们必须坚定不移地走下去。

72. 发展才能自强，科学发展才能永续发展

发展是执政兴国的第一要务，这已经成为全党、全国人民的共识。新中国成立以来，特别是改革开放以来，中国大地发生了翻天覆地的变化，我国从一穷二白、贫穷落后的国家发展成为世界第二大经济体，国家综合实力、人民生活水平显著提高，国际地位、国家影响、民族形象显著提升，世界对中国刮目相看，世界对中国人民高看一眼，中国人民扬眉吐气。这些成就，都归功于发展。中国特色社会主义的伟大实践充分证明，发展才能自强，只有发展才能让中国傲然屹立于世界，才能实现国家富强、民族振兴、人民幸福的伟大梦想。

"天行健，君子以自强不息。"人如此，国家也如此。中国的自强，来自源源不断的发展。面向未来，我们必须按照习近平总书记"发展才能自强，科学发展才能永续发展"的要求，坚持抓好发展这个执政兴国的第一要务。要把发展作为坚定的方向，把发展作为最大的共识，把发展作为最大的定力，用全面建成小康社会、全面深化改革、全面依法治国、全面从严治党统领各项工作，凝心聚力抓发展，一心一意促发展，用心用力抓好经济建设、政治建设、文化建设、社会建设和生态文明建设，推进经济平稳健康发展和社会和谐稳定，不断推动中国特色社会主义伟大事业向前发展。

习近平总书记提出"科学发展才能永续发展"，对我国

经济社会发展具有重要的指导意义，是我们在发展道路上必须遵循的基本原则。

永续发展一语最早是由国际自然和自然资源保护联盟、联合国环境规划署及世界野生动物基金会在1980年出版的世界自然保育方案报告中提出的。同年3月，联合国大会向全球发出呼吁：必须研究自然的、社会的、生态的、经济的以及利用自然资源体系中的基本关系，确保全球的永续发展。

永续发展是涉及经济、社会与环境的综合概念，以自然资源的永续利用为根本，以良好生态环境为基础，以经济永续发展为前提，以社会全面进步为目标，是一种最高境界的发展。中国需要的发展，不是一个阶段、一个时期的发展，而是长期、持久的科学发展、永续发展。要坚持以人为本，推动经济社会全面、协调、可持续发展，促进经济社会和人的全面发展，统筹兼顾各方面的发展。只有这样，中国的发展之路才能走得更长、更远、更稳。

73. 只有深化改革才能破解难题、化解风险

　　党的十八届三中全会指出："实现中华民族伟大复兴的中国梦，必须在新的历史起点上全面深化改革"。习近平总书记深刻指出："要破解中国发展中面临的难题、化解来自各方面的风险挑战，除了深化改革，别无他途"。总书记的这一重要论述，更加坚定了我们全面深化改革的信心。

　　改革开放以来，我国经济保持了三十余年的高速增长，已经成为世界第二大经济体。但是，我们还要看到中国发展面对着许多难题，面临来自各方面的风险挑战，还有很多硬骨头，还有很多坡要爬，还有很多坎要上。目前，我国发展经济与保护环境的矛盾十分突出。我国有十三亿多人口，资源相对贫乏，我们不能再沿用高物耗、高能耗、高污染的粗放型经济增长模式，必须发展以低能耗、低排放、低污染为基础的"低碳经济"。群众期望有更完善的收入分配制度、更可靠的社会保障、更高水平的医疗卫生服务、更舒适的居住条件，这些都是群众关注的焦点，我们必须用改革来回应，用发展来回报群众。要通过深化改革推动发展，释放更多的"红利"，让更多群众更公平地享受更广泛的发展成果。

　　破解中国发展中面临的难题，化解来自各方面的风险挑战，改革是唯一出路，必须坚定不移深化改革，用改革的办法来迎接挑战、化解风险、破解难题。深化改革是加快转变经济发展方式、促进经济结构调整的必然要求，是提高经济

发展质量和效益、保持经济平稳健康发展的根本保障。要以改善需求结构、优化产业结构、促进区域协调发展、推进城镇化为重点，着力解决制约经济持续健康发展的重大结构性问题，破除转变发展方式的体制性障碍。在改革的攻坚期，要勇于担当，攻坚克难，扫清发展障碍；在改革的深水区，要勇往直前，涉过险滩，开辟新的天地。

人民对美好生活的向往，就是我们的奋斗目标。全面深化改革，就是要完善和发展中国特色社会主义制度，推进国家治理体系和治理能力现代化，就是要让国家变得更加富强、让社会变得更加公平正义、让人民生活得更加幸福。我们相信，全面深化改革必将破解中国发展中面临的难题，化解来自各方面的风险挑战，给生机勃勃的中国注入新的活力，提供强大的发展动力，推动中国继续在改革开放的道路上破冰前行，不断推进中国特色社会主义伟大事业，谱写出中华民族伟大复兴中国梦的华美篇章。

74. 保持清醒头脑，永不骄傲自满

在庆祝中华人民共和国成立 65 周年招待会上，习近平总书记总结回顾新中国 65 年的光辉历程之后，深情地说："一个充满生机的中国，一个充满希望的中国，已经巍然屹立在世界的东方"。紧接着，习近平总书记指出："无论什么时候我们都不能骄傲自满，党不能骄傲自满，国家不能骄傲自满，领导层不能骄傲自满，人民不能骄傲自满，而是要增强忧患意识、慎终追远，始终保持艰苦奋斗的作风。"

在举国欢庆新中国成立 65 周年的喜庆时刻，习近平总书记提出"五个不能骄傲自满"，切中时弊，无疑给我们注入一针冷静剂，让我们更加清醒；语重心长，无疑是一剂良药，让我们更加明白，具有很强的现实针对性和重要的指导性。

新中国成立以来特别是改革开放以来，我国经济社会发展取得了巨大成就，经济实力、综合国力、国际影响显著提高，人民生活水平显著改善，成为世界第二大经济体。但是，我们要清醒地认识到，我国仍处于并将长期处于社会主义初级阶段的基本国情没有变，人民日益增长的物质文化需要同落后的社会生产之间的矛盾这一社会主要矛盾没有变，我国是世界上最大的发展中国家的国际地位没有变，我国改革发展的任务依然十分艰巨、任重道远。

生于忧患，死于安乐。回首我们国家取得的巨大成就和辉煌业绩，中国人民完全有理由感到骄傲和自豪。但是，我

们要牢记：谦虚使人进步，骄傲使人落后，自满使人停步。对一个人如此，对党、对国家、对领导层、对人民也如此。小富即安是不思进取的突出表现，骄傲自满必然贻误发展。实现全面建成小康社会，建设富强民主文明和谐的社会主义现代化国家，实现中华民族伟大复兴的中国梦，实现国家富强、民族振兴、人民幸福，我们面对很多困难和挑战，还有很长的路要走，我们不能骄傲自满，不能沾沾自喜，不能停步不前。

面对新的世情、党情、国情，面对复杂的国际国内形势，我们要始终保持清醒和自觉，不能骄傲自满，要始终头脑清醒，时刻不忘韬光养晦、居安思危、未雨绸缪，按照"四个全面"战略布局，求真务实、真抓实干，勇于担当、多做贡献，干好每一天、干好每一年，把我们自己的事办好，不断推进中国特色社会主义伟大事业。

75. 风清则气正，气正则心齐，心齐则事成

以习近平同志为核心的党中央坚持党要管党、从严治党，以坚定的决心和巨大的魄力，在全党深入开展以"为民务实清廉"为主题的党的群众路线教育实践活动，有效整治"四风"，纠正不良作风，严肃了党风党纪，切实加强了党和群众的血肉联系，极大地推动了国家治理体系和治理能力现代化。中国人民从党中央的一系列务实举措中看到了国家富强、民族振兴、人民幸福的新希望。

风尚习俗谓之风气。习近平总书记指出："风清则气正，气正则心齐，心齐则事成。"总书记把风清作为气正、心齐、事成的根本前提，强化了风清在治党治军、治国理政中的重要地位。三句话连为一体，互为基础，相互依托，层层递进，形成了有机的统一，无论对党和国家，还是对地区、部门，都具有重要的指导意义。

风清则气正。社会发展需要浓烈的正气，正气来自风清，风不清则气不正。深入开展党的群众路线教育实践活动以来，各地各部门聚焦"四风"顽症，对作风之弊、行为之垢进行了一次大排查、大检修、大扫除。群众反映强烈的各种歪风邪气被正风肃纪，在反"四风"中被扫除。风清了，气就正了，我们欣喜地看到，中国的政治生态为之改善，党风政风为之一新，社会风气为之好转，人民的信心为之增强，国际社会对中国的信心为之提高。人民群众深切地感受到，随着

风清了，不正之风远离了，旧习惯改了，潜规则不灵了，作风建设取得了新实效。

气正则心齐。民心齐方有天下治。随着党风、政风和社会风气的转变，随着正气树立起来，中国人民的凝聚力、向心力大幅提升，中国人民对党和政府的信心大增，对国家发展的方向普遍感到乐观。中国人民看到了国家和民族的希望，形成了众志成城之势。

心齐则事成。人心齐，泰山移。愚公移山，靠的是坚持不懈，关键是世代同心。十三亿多中国人民齐心协力、凝心聚力，心往一处想，劲往一处使，我们就一定能实现"两个一百年"奋斗目标，实现中华民族伟大复兴的中国梦。风清了，气就正了；气正了，心就齐了，十三亿多中国人民的心齐了，汇聚成了源源不断的巨大力量，党和国家的伟大事业必定从成功走向成功。

76. 正人必先正己，正己才能正人

孔子说："苟正其身矣，于从政乎何有？不能正其身，如正人何？"意思就是，如果端正了自身的行为，管理政事还有什么困难呢？如果不能端正自身的行为，怎能使别人端正呢？孔子把"正身"看成从政为官的重要根本。

习近平总书记深刻指出："正人必先正己，正己才能正人"。这是对中国优秀传统文化的传承和弘扬。总书记此语一出，振聋发聩，这无疑是对各级领导干部的一大警醒。

各级领导干部是党和人民事业发展的中坚骨干力量，在建设中国特色社会主义、实现中华民族伟大复兴中国梦的历史进程中发挥着模范带动作用，一定要牢记总书记"正人必先正己，正己才能正人"的教诲，把正己摆在十分突出的位置，万事从正己开始，在干部群众中树立良好的形象。

焦裕禄是县委书记的榜样，他为什么有永不消失的人格力量？为什么在群众中有那么深远的影响力？为什么群众会信服他？因为他身正！从他身上，群众看到了我们党一心为民谋幸福的形象，看到了我们党全心全意为人民服务的宗旨，看到了共产党人艰苦奋斗、无私奉献的精神品质。所以，群众信他、服他，愿意跟党走。

孔子说："其身正，不令而行；其身不正，虽令不从。"意思就是，自身正了，即使不发布命令，老百姓也会去干；自身不正，即使发布命令，老百姓也不会服从。从中，我们不难看到领导干部身正对群众的影响和带动作用。

正人必先正己，领导干部只有身正，说话才有人听，干事才有人跟，才有号召力和影响力，才能把人民群众凝聚在党和政府的周围，形成巨大的群众力量。正己才能正人，领导干部只有身正，才能影响和带动一大批党员干部群众，形成干事创业的合力。对那些无所事事、不务正业的干部，群众是敬而远之的；对那些贪图享乐、奢靡浪费的干部，群众是怨声载道的；对那些贪污腐化、侵害群众利益的干部，群众是恨之入骨的。那样的干部，群众是万万不敢靠近的。

　　领导干部要想正人，首先要正己，只有正己，才能正人，正己始终处在核心的位置。所以，领导干部一定要从正己做起，时时处处规范自己的言行，做到心中有党、与党同行，心中有民、为民服务，心中有责、勇于担当，心中有戒、清正廉洁，只有这样，群众才会相信我们、依靠我们、支持我们、紧跟我们。

77. 坚持问题导向，从细处入手，向实处着力

马克思曾经说过："问题就是公开的、无畏的、左右一切个人的时代声音。问题就是时代的口号，是它表现自己精神状态的最实际的呼声。"可见，问题是个好东西。我们一定要按照习近平总书记的要求，始终坚持问题导向。

做任何工作，不可能总是一帆风顺、一顺百顺的，都会遇到很多困难和问题。在新的历史时期，在经济新常态下，在全面建成小康社会、全面深化改革、全面依法治国、全面从严治党的进程中，我们面临着许多问题，需要我们正确看待、有效应对、有力解决。对待问题的态度，就是我们对待工作的态度。问题并不可怕，可怕的是看不到问题，更可怕的是不把问题当问题。这就需要我们善于发现问题，找到问题所在，不怕问题多，就怕找不到；需要我们正视问题，而不是回避问题，视而不见，甚至在问题上面铺上鲜花，掩人耳目；需要我们研究问题，找准问题的根源，找到发生问题的根本原因，才能对症下药；需要我们妥善解决问题，把问题一个一个解决掉，排除前进道路上的障碍。

怎样对待问题？怎样解决问题？习近平总书记教给我们最基本的方法，那就是："只有坚持问题导向，从细处入手，向实处着力，一环紧着一环拧，一锤接着一锤敲，才能积小胜为大胜。"坚持问题导向，是一种客观务实的态度，体现的是积极面对问题、主动发现问题、有效解决问题的态度，

体现的是一种胆略、气魄和自信。

做好一切工作的过程，就是不断发现问题、研究问题、解决问题的过程。问题是需要面对的，是不可回避的；问题是需要解决的，是不可掩藏的。小问题不解决，长期拖下去，就会日积月累，变成大问题。问题小的时候，是很好解决的，一旦放大，就很难解决，就要花费百倍的气力。把小问题"养"大，确实是一笔不划算的买卖。

解决前进道路上的问题，需要我们从细处入手，不放过任何枝末细节的小问题，看重小问题带来的大影响；需要我们向实处着力，不放任小问题长大，用心用力把小问题解决在萌芽状态；需要有持之以恒的精神，坚持不懈地解决问题，一环紧着一环拧，一锤接着一锤敲，直到把所有问题解决掉。小问题消除了，中问题排除了，大问题解决了，我们的工作就向前推进了，就能积小胜为大胜，不断推动事业发展。

78. 群众意见是一把最好的尺子

　　党的性质和宗旨决定了我们党始终把人民放在心中的最高位置，全心全意为人民服务。习近平总书记提出："让群众满意是我们党做好一切工作的价值取向和根本标准，群众意见是一把最好的尺子。"这就为我们做好工作指明了价值取向，提出了根本标准，那就是：让群众满意。同时，总书记还为我们提出了检验工作的最好尺子，那就是：群众意见。我们一定要深刻理解和把握，并运用到实际工作中。

　　我们党肩负着建设中国特色社会主义、实现中华民族伟大复兴中国梦的历史重任，肩负着实现国家富强、民族振兴、人民幸福的历史重任，在这个进程中，我们党全心全意为人民服务的宗旨决定了我们所做的一切工作，都是为了实现好、维护好、发展好最广大人民的根本利益，为了让人民过上幸福美满的生活。让人民满意，是我们一切工作的价值取向。这就要求我们在做任何工作之前，首先要想一想：人民会不会满意？在做完工作后，也要想一想：人民满意吗？总之，一切工作都要围绕着让人民满意来开展，多做人民满意的事。人民满意了，人民就会支持我们，我们的工作就会有无穷的力量；人民满意了，我们的工作才会有实际意义、有实在价值。

　　总书记提出把群众意见作为检验工作的最好尺子，具有深刻的内涵和重大的指导意义。群众意见是个好东西。群众

对我们的工作能提意见，本身就是对我们的关心，是对我们的支持，说明群众与我们一条心，希望把工作做得更好。这就要求我们要高度重视群众的意见，正确看待群众的意见，虚心接受群众的意见，不断改进我们的工作。

群众对我们的工作满意不满意，群众意见就是一把最好的尺子，用这把尺子量一量，我们就知道工作的好与坏，好的方面继续发扬光大，不足的方面用心改进；群众对我们做的事高兴不高兴、答应不答应，群众意见就是一面最好的镜子，用这面镜子照一照，我们就能看到工作中存在的问题，下决心解决问题，让群众满意。在实际工作中，我们一定要把群众意见这把尺子随时拿在手上，用好这把尺子。

从让群众满意出发，重视听取群众的意见，用群众意见检验我们的工作，不断改进我们的工作，直到让群众满意，这就是我们应该掌握的基本的工作方法，也是我们对待群众的根本态度。

79. 作风建设必须持之以恒

2013 年 6 月以来在全党深入开展的群众路线教育实践活动取得了显著成效。通过开展这一活动，人民群众看到风清了、气正了、心齐了、劲足了，人民群众看到党的优良作风又回来了，党的号召力、影响力、凝聚力和战斗力明显提升了，党的威信和形象大大提高了。群众对这一活动点赞，脸上写满了满意的笑脸。

群众路线教育实践活动作为一个活动，有开始，就会有结束。但是，随着活动的结束，群众又生出许多担忧，正如习近平总书记所说，"广大干部群众最担心的是问题反弹、雨过地皮湿、活动一阵风，最盼望的是形成常态化、常抓不懈、保持长效"。总书记明确提出"活动收尾绝不是作风建设收场"，这无疑是给广大群众吃下了一颗定心丸。加强党的作风建设，深入整治"四风"，纠正不良作风，深得民心，深得群众拥护，群众期盼作风建设不停步、不收场。活动收尾绝不是作风建设收场，作风建设永远在路上。

中国共产党是一个拥有 8900 万党员、在一个十三亿多人口的大国长期执政的马克思主义执政党，要经受"四大考验"，应对"四大危险"，永远立于不败之地，就必须持之以恒地加强作风建设。

群众的担忧并不是无缘无故的。如果问题反弹，问题只会越来越大，有过之而无不及；如果雨过地皮湿，还会让更

多的人滑倒；如果活动一阵风，风过尘埃会更多，这些都是需要我们引起高度警觉的。广大群众最盼望作风建设形成常态化、常抓不懈、保持长效，就是希望我们锲而不舍地把作风建设抓下去，不断引向深入，取得更大的实效；就是希望我们继续保持作风转变的好势头，让"好"落地生根，不能让不正之风死灰复燃。

各级党委要高度重视作风建设，急群众所急，忧群众所忧，解群众所难，不松劲、不懈怠，继续巩固已有的成果，壮大新的战果，持续推动作风建设向纵深发展，迈向新阶段。各级领导干部要勇于担当，把作风建设紧紧抓在手上，认真履行党风廉政建设和反腐败工作主体责任和一岗双责的责任，从自身做起，严以律己，把工作做细做实，为转变作风作出应有的努力。

80. 世间事，做于细，成于严

　　习近平总书记在党的群众路线教育实践活动总结大会上，语重心长地告诫全党，世间事，做于细，成于严。同时提出"从严是我们做好一切工作的重要保障"、"要把讲认真贯彻到一切工作中去"的要求，发人深省，具有重要的指导意义。

　　事实上，总书记批评的"一切何必当真的观念，一切干一下得了的想法，一切得过且过的心态"，在我们的实际工作中随处可见。很多时候大家可能见怪不怪，不以为然了。见怪不怪其怪自败。这些错误观念、错误想法、错误心态，是对工作的极端不负责任，对党和人民的事业发展极为不利，必须坚决根除。一切何必当真，就不会叫真，就不会认真，就会粗枝大叶，把真的事不当事，把真的工作不当真，事事敷衍了事；一切干一下得了，就是在应付工作，就是在应付上级，既不用心，也不用力，再重要的工作，干一下，得了；一切得过且过，就是对什么工作都不当一回事，不以为然，得一天过一天。

　　世间事，做于细，就是干事创业要从细处做起，注重细节，在小处着力。要想深，做细，把工作做细做实。粗线条，追求大概过得去，满足于走过场，工作是不可能取得实效的。要讲认真，自己跟自己较劲，既抓关键，又抓细节，不放过任何一个细节，着力解决每一个问题，不断推进工作取得实

效。抓作风建设，整治"四风"，要做于细，努力纠正群众身边的不正之风，要从小处改起，认真整改，不能管一阵放一阵、严一阵松一阵，不能让小矛盾积重难返、小问题酿成大患。

世间事，成于严，就是事业的成功在于严，要严格要求，在严字上着力。做任何工作，要严字当头，全程严格，严字收尾，真管真严、敢管敢严、长管长严，才能取得实实在在的成效。只要有严肃认真的态度，有严密周到的安排，有严谨细致的作风，有严格有力的措施，有从严从实的考核，就能取得成功。要把讲认真贯穿到一切工作中，万事都讲认真，万事都敢较真，从严要求自己，从严对待工作，追求最大的工作效益。只有这样，我们党的事业才能积小胜为大胜，不断走向成功的彼岸。

81. 从严治党需要教育与制度同向发力、同时发力

坚持思想建党和制度治党是我们党的优良传统，是我们党加强和改进党的建设的有效途径。习近平总书记提出"从严治党靠教育，也靠制度，二者一柔一刚，要同向发力、同时发力"，具有深刻的内涵，对推进新时期党的建设伟大工程具有重大的现实意义和指导意义。

从严治党既要靠教育，也要靠制度，这是辩证统一的，统一在党的建设伟大工程中，统一在全面从严治党中。教育和制度，教育是基础，制度是保障，二者一柔一刚，刚柔相济，同向发力、同时发力，就能在从严治党中发挥更大的作用。

从严治党靠教育，就是要高度重视党员、干部的教育，突出抓好理想信念教育。理想信念是党员、干部思想和行动的"总开关"。理想的滑坡是最致命的滑坡，信念的动摇是最危险的动摇。理想信念动摇，党员、干部就会胸无大志，意志消沉，迷失前进的方向，丧失精神动力，不能发挥先锋模范作用；背弃理想信念，党员、干部的政治生命就会终止，甚至走到人民的对立面。所以，要通过多种形式的教育，让党员、干部牢固树立正确的世界观、人生观、价值观、政绩观、权力观、是非观，坚定共产主义理想、中国特色社会主义信念和中华民族伟大复兴中国梦共同理想，坚定中国特色社会主义道路自信、理论自信、制度自信、文化自信，积极

投身到全面建成小康社会、全面深化改革、全面依法治国、全面从严治党的进程中。

从严治党也靠制度，就是要高度重视党的制度建设，建立从严管理党员、干部的长效机制。制度具有长期性、根本性、权威性和稳定性，是从严治党的根本保障。"牛栏关猫是不行的"。制度建设要突出针对性和实用性，制度不在于多，而在于精，要管用。要形成制度体系，搞好配套衔接，互为补充，增强整体功能，形成制度一张网。制度多，落实不到位，流于形式，是普遍存在的突出问题。要抓好制度的落实，切实提高制度执行力，真正用制度管权管事管人。要坚决维护制度的严肃性和权威性，坚持制度面前人人平等、执行制度没有例外，不留"暗门"、不开"天窗"，坚决纠正有令不行、有禁不止的行为，不能让制度成为"稻草人"和橡皮筋。

82. 思想上松一寸，行动上就会散一尺

全面从严治党是推进新时期党的建设伟大工程的必然要求。习近平总书记指出："对党员、干部来说，思想上的滑坡是最严重的病变。思想上松一寸，行动上就会散一尺"。这是多么深刻的警醒，为我们敲响了多么响亮的警钟。

党的十八届六中全会作出了全面从严治党的重要部署。全面从严治党，加强党的执政能力建设和先进性、纯洁性建设，不断提高党的凝聚力和战斗力，把我们党建设成为中国特色社会主义事业的坚强领导核心，这是全党的责任，是全体党员、干部的共同责任，需要广大党员干部积极参与、发挥作用。党员、干部思想上滑坡，就是最本质、最致命的滑坡，就是最严重的病变，就会一落千丈，就会变得党员不像党员，干部不像干部，就会动摇我们党的执政根基，需要引起我们的高度警觉。

思想上松一寸，行动上就会散一尺。一尺等于十寸，从"一寸"与"一尺"的变化关系中，我们不难看到，思想对行动有巨大的影响作用。试想，如果一个党员、干部的思想松了，"总开关"没拧紧，理想动摇了，信念不坚定了，宗旨意识不强了，党纪国法观念不强了，那么，他们的行动会变成什么样？他们就会走到党和人民的对立面，危害党和人民的事业，侵害党和人民的利益，就会伤害组织，毁了自己，后果真是不敢想象！

全面从严治党，一定要坚持思想建党，用好思想建党这个传家宝，抓好思想教育这个根本，夯实新时期党的建设伟大工程的思想基础。只有切实加强思想教育，不断提高党员、干部的思想素质，坚定党员、干部的理想信念，才能守住建党、强党、兴党的生命线。要坚持不懈地加强党员、干部的思想教育、理论教育、理想教育、信念教育、道德教育，树立正确的世界观、人生观、价值观，树立正确的是非观、义利观、权力观、事业观，把"总开关"拧紧。

　　党员、干部也要自觉拧紧"总开关"，防止思想上滑坡。要认真学习马列主义、毛泽东思想、邓小平理论、"三个代表"重要思想、科学发展观，深入学习习近平总书记系列重要讲话精神，用中国特色社会主义理论武装头脑，坚定中国特色社会主义道路自信、理论自信、制度自信、文化自信，始终走在建设中国特色社会主义的道路上，为全面建成小康社会、建设社会主义现代化国家、实现中华民族伟大复兴中国梦而奋斗。

83. 牛栏关猫关不住

在农村生活过的人都知道，牛栏的空隙很大，可以关住牛，但是，牛栏关不住猫，猫可以钻空子，可以自由出入。习近平总书记用"牛栏关猫是不行的"这句通俗易懂的话，直白地告诫我们加强制度建设、编织好制度网的极端重要性，让人一听就懂，一看就明白，心领神会。

制度建设带有根本性、全局性、长期性和稳定性，加强制度建设，是加强党风廉政建设、整治"四风"、纠正不良作风的根本保障。我们一定要高度重视制度建设，坚持用制度管权，靠制度管人，按制度办事，建立长效机制。

牛栏关猫关不住，这是一个带有乡土味的朴实道理。我们要清醒地认识到，加强制度建设是一门很大的学问，没有制度肯定不行，制度空泛缺乏约束力也不行。正如总书记所说，制度不在多，而在于精，在于务实管用，突出针对性和指导性。

在现实生活中，我们不难看到，有些地区、部门制定了很多制度，汇编成立了很多大大小小的册子，花了不少功夫，耗费了不少人力物力，但是，一大堆制度却没有发挥应有的作用。原因在于，很多制度都是以下套上，流于形式，空泛无力，缺乏针对性和指导性，没有可操作性，可谓牛栏关猫。制度不是越多越好，不能用数量取胜，要用质量取胜。所以，在制度的制定中，一定要广泛听取党员干部群众的意见，把

制度的实用性、实效性摆在第一位，做到务实管用，制度制定一个有用一个、管用一个，切实发挥制度的应有的作用。

制度多而无用，一个重要的原因就是重制定轻落实，制度成了摆设，成为应付上级检查的摆设，成为写在纸上、挂在墙上、掉在地上的废纸。这是一个具有普遍性的问题，需要引起我们的重视。

维护制度的权威性和严肃性，要狠抓制度的落实。制度一旦制定，就具有普遍约束力。要坚持制度面前人人平等，在执行制度中一视同仁、没有例外，不能留"暗门"，让"老虎"可以逃跑，不能开"天窗"，关牛用牛栏，关猫用猫笼，扎牢制度的笼子。同时，要坚决纠正有令不行、有禁不止的行为，使制度成为硬约束，不能成为可松可紧、弹性很大的橡皮筋。

84. 从严治党必须从党内政治生活严起

重温党的历史，我们发现，党内政治生活的概念最早是毛泽东同志在《古田会议决议》中提出的，"纠正的方法：主要是教育党员使党员的思想和党内的生活都政治化，科学化。"党的十一届五中全会通过的《关于党内政治生活的若干准则》，正式提出"党内政治生活"这一概念。

党内政治生活是指党内全部政治活动，包括党内组织体系、党内文化、党内政治关系、党内制度等内容。具体来讲，主要是指党内的思想文化活动、党内领导决策活动、党内关系和党内制度、党内行为状态等。

习近平总书记在党的群众路线教育实践活动总结大会上明确提出："党内政治生活是党组织教育管理党员和党员进行党性锻炼的主要平台，从严治党必须从党内政治生活严起"。从总书记的重要论述中，我们看到，在全党严肃认真开展党内政治生活，是从严治党的必然要求，成为从严治党的新常态。

在党的群众路线教育实践活动中，广大党员经历了一次严格的党内政治生活，这是一次久违的、真枪实弹、脸红心惊、富有成效的党内政治生活，党性真正得到了锻炼和提高。实践证明，从严治党必须从党内政治生活严起，要"严"字当头，从严要求，才能发挥应有的作用，不能让党内政治生活流于形式、可有可无、可松可紧。

从党内政治生活严起，必须坚持党的政治纪律，坚持党的集中统一，党员、干部要在思想上、政治上、行动上与以习近平同志为核心的党中央保持高度一致，自觉维护党的团结和统一，维护中央的权威，不能口是心非、自行其是；必须严格执行党的民主集中制，按照民主集中制原则来设定和处理党内各种重要关系，坚决做到"四个服从"，既充分发扬民主，调动各方面的积极性，不搞独断专行，又善于集中统一，集中各方面的智慧，体现党的力量；必须严格坚持批评与自我批评，同志之间坦诚相待、相互帮助、共同提高，在党内形成批评与自我批评的良好氛围。

　　从党内政治生活严起，贵在经常、重在认真、要在细节。每一个党员、干部都要增强党内政治生活意识，自觉参与党内政治生活，在严格的党内生活中锻造政治品格，接受经常性的党性锻炼，把自己锻造成为忠诚于党、个人干净、勇于担当，守纪律、懂规矩的党员、干部。

85. 从严治党，重在从严管理干部

　　政治路线确定之后，干部就是决定的因素。各级干部是党的理论路线方针政策的具体执行者、组织者、推动者。习近平总书记指出："从严治党，重在从严管理干部"。总书记还告诫全党："我们国家要出问题主要出在共产党内，我们党要出问题主要出在干部身上。"从严管理干部，把干部管好，对于建设高素质的干部队伍，提高党的领导水平和执政能力，夯实党的执政基础，巩固党的执政地位，推进党和人民事业发展，具有重要的现实意义。

　　目前，一些地方和部门在干部管理中还存在着认识不够、要求不严、措施不严、监督不严等问题，干部自觉接受管理监督的意识还不强，干部监督管理机制有待进一步完善。

　　从严管理干部，要"严"字当头。严是爱，松是害，对干部管理若失之于宽、失之于软，就会导致干部身上的小毛病演变成大问题，最终害了干部。寓言故事里的"差不多先生"信奉"凡事只要差不多，就好了"，最终只会一事无成。从严管理干部，就是要按照习近平总书记的要求，坚持以严的标准要求干部、以严的措施管理干部、以严的纪律约束干部，使干部心有所畏、言有所戒、行有所止。

　　从严管理干部，要以严的标准要求干部，高标准、严要求。各级干部要争做"信念坚定、为民服务、勤政务实、敢于担当、清正廉洁"的好干部，自觉践行总书记提出的"三

严三实"的要求，做到对党忠诚、个人干净、勇于担当。要自觉把"三严三实"作为修身做人的基本遵循、为官用权的警世箴言、干事创业的行为准则。

从严管理干部，要以严的措施管理干部。要严把干部"入口关"，严格执行领导干部选拔任用条例，坚决防止带病提拔；严把干部"管理关"，严格执行干部管理各项规定，不能让干部天马行空；严把干部"教育关"，切实加强干部的思想教育和理想信念教育，加强党性锻炼，筑起一道坚固的干部管理防线。

从严管理干部，要以严的纪律约束干部。要加强干部管理制度建设，用严的纪律来规范干部的行为，严格执行干部纪律，确保纪律的严肃性和权威性，使干部身边随时都有一把纪律的戒尺，做到心有所畏、言有所戒、行有所止。

我们要以对党和人民高度负责的精神，切实加强干部管理，敢抓敢管，善抓善管，努力培养一支适应建设中国特色社会主义要求的高素质干部队伍，为全面建成小康社会、全面深化改革、全面依法治国、全面从严治党提供坚强的组织保证。

86. 不正之风离我们越远，群众就会离我们越近

党的十八大以来，以习近平同志为核心的党中央深入整治形式主义、官僚主义、享乐主义、奢靡之风等不正之风，纠正不良作风，得到了党内外的衷心拥护和支持，赢得了党心民心，增强了党的凝聚力和战斗力，提升了党在人民心中的形象。

党风是党的性质、宗旨和世界观在行动上的表现，关系到党的生死存亡，关系到建设中国特色社会主义事业的兴衰成败。中国共产党是在拥有十三亿多人口的中国执政的马克思主义政党，巩固党的执政地位，完成党的近期任务，实现党的远大目标，完成全面建成小康社会、全面深化改革、全面依法治国、全面从严治党的战略布局，持续推动中国特色社会主义事业，实现中华民族伟大复兴的中国梦，需要得到全体中国人民的真诚拥护和支持。加强作风建设，整治不正之风，纠正不良作风，是我们必须担当的历史责任。

在发展社会主义市场经济条件下，商品交换原则不断渗透到党内生活中，有的党员、干部没有经受住各种诱惑考验，走到了人民的对立面。不正之风损害了党的形象，影响了党的事业发展，伤害了干部队伍。群众对不正之风是深恶痛绝的。

群众痛恨的，就是我们反对的。习近平总书记指出："不正之风离我们越远，群众就会离我们越近"。这一"远"一

"近"，我们得到的是民心，得到的是群众的支持，得到的是我们党与人民的血肉联系。不正之风离我们越远，我们党就能保持先进性和纯洁性，更有凝聚力和战斗力了，更有执政能力了，群众就会离我们越近，就会靠近我们党、贴近我们党、拥护和支持我们党。从这一"远"一"近"中，我们不难看到整治不正之风的巨大作用。让不正之风远离我们，越远越好；让群众靠近我们，越近越好。

作风问题具有顽固性和反复性，要有长期作战的思想准备，打一场持久战、攻坚战。要持之以恒地抓下去，真抓实抓，一抓到底，不见成效不松手，见了成效不放手。要严字当头，严格要求，严格纪律，严肃查处，始终保持对不正之风的高压态势，不能让不正之风抬头。

87. 改进作风要持续努力久久为功

　　逆水行舟，不进则退，这是常人都知道的道理。要想让船逆流而上，一篙也不可放缓，不可以松劲，更不可以放弃，需要坚持不懈、持之以恒地努力，只有这样，船才能乘风破浪，一路前行，到达成功的彼岸。如果一旦松劲、放缓，船就会顺流而下，远离成功的目标。

　　在坚硬的巨石面前，从高处落下的一滴水实在太渺小，可以说它的力量微不足道。一滴水能穿破石头，靠的是坚忍不拔、毫不放弃，一滴也不可弃滞，只有这样日积月累、年复一年，巨石才会被一滴水穿透，一滴水才会展现出自己的力量。

　　抓作风建设需要的是逆水行舟、滴水穿石的坚持和韧劲，认定目标、毫不动摇，无所畏惧、勇往直前，一路向前、战无不胜。习近平总书记指出："现在，改进作风到了节骨眼上，社会上有种种议论和思想情绪。很多人担心活动一结束就曲终人散、'四风'问题又'涛声依旧'了。还有一些人盼着紧绷的弦松一松，好让自己舒服舒服。一些人等着看中央还要出什么招，看左邻右舍有什么动静"。这是一种非常可怕的习惯性思维，这种曲终人散、等待观望的惯性思维对抓好作风建设是极为不利的，必须坚决杜绝。

　　习近平总书记明确提出："作风建设永远在路上，永远没有休止符，必须抓常、抓细、抓长，持续努力、久久为功"。

这充分表明了党中央抓作风建设的坚定决心。作风建设永远在路上，作风建设永远伴随着中国共产党的发展壮大。中国共产党是不轻言放弃的马克思主义执政党，一旦看准的问题，就会一往无前地解决，一旦想做的事，就会一抓到底，不达目的誓不罢休。

各级党委一定要与党中央保持高度一致，把作风建设紧紧抓在手上，认准大方向，不等待观望，不松劲、不懈怠，深入推进作风建设，认真抓好整改，把作风问题解决在萌芽状态，不让"四风"有抬头的机会，不让"四风"死灰复燃，真正把作风建设抓成让党满意、让群众满意的工程。

各级领导干部要坚持正确方向，克服松松劲、歇歇气，左看看、右看看，走一步、看三步的错误思想，积极投入到作风建设中，从自身做起、从小事做起，坚守正道、弘扬正气，努力改进思想作风、工作作风、领导作风、干部生活作风，努力改进学风、文风、会风，不沾染歪风邪气。

88. 从严治党必须依靠人民

　　全面从严治党，是党十八届六中全会作出的战略部署。中国共产党是建设中国特色社会主义的坚强领导核心，要提高党的执政能力，提高党的先进性和纯洁性，增强党的凝聚力和战斗力，就必须坚持党要管党、从严治党，不断加强党的思想建设、组织建设、作风建设、制度建设和反腐倡廉建设。

　　中国共产党是在十三亿多人口的国家执政的马克思主义政党，肩负着全面建成小康社会、建设社会主义现代化国家、实现中华民族伟大复兴中国梦，实现国家富强、民族振兴、人民幸福的历史重任。把中国共产党建设好，是国家、民族、人民的根本利益所在，是全国人民的共同心愿。习近平总书记指出："人民群众中蕴藏着治国理政、管党治党的智慧和力量，从严治党必须依靠人民"，这就要求我们在全面从严治党的过程中，充分发挥人民群众的力量，调动人民群众的积极性，得到人民群众支持和帮助。

　　要办好中国的事情，必须把我们党的事情办好。坚持党要管党、从严治党，就必须充分相信和依靠各级党组织、党员、干部和人民群众，充分发挥他们的积极性和创造性。各级党委要认真履行党建工作、党风廉政建设和反腐败工作的主体责任，就要把党要管党、从严治党作为重要的工作，纳入重要的议事日程，经常抓、长期抓，不断创新推进新

时期党的建设伟大工程，取得实实在在的成效。党员、干部要积极参与党要管党、从严治党，严格执行党章和党的纪律，严格执行党的规定，严格执行党中央的决策部署。要发挥先锋模范作用，主动作为，影响和带动更多的群众团结在党的周围。

从严治党必须依靠人民，让人民支持和帮助我们党，就要按照总书记的要求，畅通两个渠道，一个是建言献策渠道，一个是批评监督渠道。各级党员领导干部要坚持党的群众路线，放下架子、贴近群众，沉下身子、走近群众，迈开步子、走向群众，深入到第一线，深入到群众中去，认真听取群众对从严治党的意见和建议，多向群众请教从严治党的方法。要虚心接受人民群众的批评，听真话、听实话，敢于听刺耳的话、听得进尖锐的意见。要重视群众的意见，从中吸取从严治党的智慧和力量。要自觉接受群众的监督，把自己的工作、生活主动置于群众的监督之下，在群众的监督中不断改进工作，完善自己。

89. 群众的意见是我们最好的镜子

怎样对待群众的意见？这是一个如何看待群众的政治问题，也是一个如何对待群众的态度问题。加强党与人民群众的血肉联系，领导干部发挥着重要的模范带头作用。领导干部来自群众，植根群众，工作生活在群众之中，与群众密不可分，群众对每一个领导干部是知根知底的。正如习近平总书记指出："群众的眼睛是雪亮的，群众的意见是我们最好的镜子"。领导干部的一言一行，群众看在眼里，记在心头，心里都有一个评判标准，心里都有一杆秤，无时不在给领导干部打分。可以说，人民群众就是领导干部最公正的评判师。

对群众的意见，各级领导干部必须树立科学的态度，平心静气正确对待群众的意见，虚心听取群众的意见。我们的工作，不可能事事做到位，不可能事事周全，不可能没有任何瑕疵。群众给我们提出意见，不是故意在鸡蛋里挑骨头，不是故意为难我们，而是对我们工作的关注，是对我们个人的关心，是对我们的真诚帮助。对群众的意见，我们要始终保持诚恳欢迎的态度，坐得下来听，静得下心来听，听得进心里去。千万不要群众一提意见，就满脸不高兴，把脸拉得老长，甚至火冒三丈、横加指责，如果这样，只会把群众推得越来越远。一旦群众不敢提意见，不敢讲真话，你就再也听不到实话，你就会陷入盲目之中，就会远离群众，得不到

群众的支持。

　　要把群众的意见作为最好的镜子，充分相信群众，依靠群众，认真采纳群众的意见。要从群众的意见中，看到我们真实的工作、真实的自己，看到存在的问题。群众提出的意见，只要对我们从严治党有利，对领导干部有利，对我们的事业有利，我们就要真诚欢迎。群众对我们有意见，说明我们的工作还做得不够，需要更加努力；群众对我们有很大意见，说明我们的工作还有很大的差距，还存在着严重的问题，需要下决心认真改进。要对群众的意见进行认真梳理、分门别类，深入分析研究，有针对性地提出整改措施。千万不能我行我素，你提你的意见，我照样做我的，这是对群众的极大不尊重，只会伤害群众的心。

　　领导干部对党忠诚、个人干净、敢于担当，一心为民、联系群众、艰苦奋斗，求真务实、勇于担当、实绩突出，群众就会给你打高分。我们把群众的意见作为镜子，随时照一照，及时发现存在的问题，不断改进工作，走好今后的路。

90. 文艺创作要扎根人民、扎根生活

　　创作出优秀的作品，是每一个文艺工作者的追求。要出好作品，就要有好的创作方法。习近平总书记指出："文艺创作方法有一百条、一千条，但最根本、最关键、最牢靠的办法是扎根人民、扎根生活。"总书记的这一重要论述，说到了文艺创作的根子上，明确要求文艺工作者深入到人民群众中，深入到现实生活中。

　　文艺创作要扎根人民，就是要与人民融合在一起。人民是文艺创作的源头活水，一旦离开人民，文艺就会变成无本之木、无根的浮萍、无魂的躯壳，变得苍白无力、无病呻吟。扎根人民，要牢记人民是历史的真正创造者，自觉与人民同呼吸、共命运、心连心，以人民的欢乐为乐，以人民的忧患为忧，为人民抒写，为人民抒情，为人民抒怀。扎根人民，要对人民爱得真挚、爱得彻底、爱得持久，把人民群众作为自己的楷模，乐做人民群众的孺子牛。扎根人民，要虚心向人民学习，甘做人民群众的小学生，把人民的冷暖、人民的幸福放在心中，把人民的喜怒哀乐倾注在自己的作品中，从人民的伟大实践和丰富多彩的生活中汲取营养，不断进行生活和艺术的积累，不断发现美、创造美、展现美。要走进群众，深入到最基层、最穷苦、最困难的地方，亲身感受人民群众的生活，真正同群众打成一片，增进群众感情，锤炼作风意志，不断提升艺术创作水平。

文艺创作要扎根生活，就要放下架子、迈开步子、走出院子、扑下身子，深入到十三亿多人民建设中国特色社会主义伟大事业的现实生活中。文艺是时代前进的号角，最能代表一个时代的风貌，最能引领一个时代的风气。中华民族正处在伟大复兴的历史阶段，伟大的时代呼唤无愧于伟大民族、伟大时代的优秀作品。只有扎根生活，才能创作出充满时代气息、受到人民认可、具有广泛影响力的优秀的作品。要自觉融入到人民群众中，用心体会人民群众投身伟大实践的伟大之处，真正认识到人民群众多彩生活的绚丽之美。要积极投入到实践中，亲身感受中国人民为实现"两个一百年"奋斗目标、实现中华民族伟大复兴中国梦而努力奋斗的精神风貌，亲身见证中国大地发生的翻天覆地的变化，获取创作源泉，激发创作灵感。

91. 文艺不能在市场经济大潮中迷失方向

1942 年，毛泽东同志《在延安文艺座谈会上的讲话》中就指出："为什么人的问题，是一个根本的问题，原则的问题。""这个根本问题不解决，其他许多问题也就不易解决。"习近平总书记要求文艺"坚持为人民服务、为社会主义服务这个根本方向"，"文艺不能在市场经济的大潮中迷失方向"，这是我们党对文艺战线提出的根本要求。坚持正确的文艺方向，对文学艺术的繁荣发展具有重要的意义。

改革开放以来，我国文艺战线创作了大量脍炙人口的优秀作品，为人民群众提供了丰富的文化产品，但是，在文艺创作方面还存在着有数量缺质量、有"高原"缺"高峰"的现象，作品数量很大，精品力作不多，存在着抄袭模仿、千篇一律的问题，同质化竞争、跟风突出，存在着机械化生产、快餐式消费的问题，粗制滥造、低俗庸俗盛行。要解决这些问题，最根本的就是要坚持文艺的正确方向。

文艺要坚持为人民服务的方向。社会主义文艺，从本质上讲，就是人民的文艺。为人民服务，是文艺坚定不移的方向。文艺工作者要坚持以人民为中心的创作导向，把为人民服务作为自己的天职，把人民作为文艺表现的主体，一切创作来源于人民，一切创作为了人民，一切创作为人民服务，不断满足人民日益增长的精神文化需求。文艺工作者要走向人民，深入人民，用心抚摸他们的脉搏，用情倾听他们的呼

声，真实记录他们的精彩，尽力展现他们的风采，创作出无愧于伟大时代、具有中国气派的艺术精品，赢得最广大人民群众的欢迎，实现文学质量、社会效益和市场效益的多赢。

文艺要坚持为社会主义服务的方向。文艺工作者要自觉投入到建设中国特色社会主义的伟大实践中，在全面建成小康社会、全面深化改革、全面依法治国、全面从严治党的伟大进程中发现创作素材，激发创作灵感，创作出集思想性、艺术性、观赏性于一体的优秀文艺作品，弘扬主旋律、传播正能量，讲好中国故事，传播中国声音，成为时代的歌者、人民的歌者。文艺工作者要有十年磨一剑的恒心，守得住清贫，耐得住寂寞，厚积薄发，努力创作出一大批优秀作品，为推进中国特色社会主义伟大事业，实现"两个一百年"奋斗目标，实现中华民族伟大复兴的中国梦凝心聚力，提振民族精神。

92. 坚持以人民为中心的创作导向

习近平总书记一针见血地批评当前存在的不正常的文化现象，并明确指出："低俗不是通俗，欲望不代表希望，单纯感官娱乐不等于精神快乐。"总书记的这一重要论述，切中了当前文艺界的时弊，应该引起文艺工作者深思。

我们不难看到，文艺市场上"唯收视率"、"唯票房价值论"暗流涌动，通俗化被异化成为低俗化、庸俗化。一些选秀节目、穿越剧迎合少数观众的低级趣味，充斥着大量低俗、庸俗、媚俗元素，不少镜头画面让一家老小都不能坐在一起观看。有的把恶俗当通俗，把腐朽化为神奇，千篇一律抄袭模仿，用浅薄文化来迁就所谓"快餐时代"；有的盲目歪曲历史、糟蹋历史，胡编乱造、指鹿为马，把历史搞得面目全非，让人看不清历史的真面目。有的充斥着欲望，钩心斗角、尔虞我诈，大肆张扬人性之恶，让人看不到希望。说实话，那样的文艺作品，作者本人是不希望自己的家人去看的。

我们要清醒地认识到，低俗不是通俗，欲望不代表希望，单纯感官娱乐不等于精神快乐。低俗实则是用低劣的手段来媚俗、媚众，借搞笑之名行庸俗之实，追求的是"票房价值"最高，为的是自己的钱包最鼓。观众一眼就能看穿低俗背后的险恶用心。用低俗的手段换来的钱，是黑心钱、昧心钱，是不干净的钱，揣在包里也应该心里不安。欲望是一时的、阴暗的，希望是长久的、阳光的，欲望不能代表希望，只有

让社会充满希望，让人民充满希望，国家和民族才能永远走在希望之路上。单纯感官娱乐不等于精神快乐，单纯感官娱乐只能让人快乐一时，精神快乐才能振奋精神力量。

文学艺术来源于生活，又高于生活，需要贴近实际、贴近群众、贴近生活，需要通俗易懂。这就需要我们坚持以人民为中心的创作导向，深入实际、深入生活、深入群众，在人民群众中发现真善美，真正创作出接地气、聚人气的文艺作品，让人民想看、爱看。

文学艺术是铸造灵魂的工程，文艺工作者是灵魂的工程师。为了弘扬民族精神，为了党和国家的事业发展，为了青少年的健康成长，为了中华民族的未来，文艺工作者要勇于担当社会责任，重艺德、讲品位，守住良心的底线，大力提倡真情高尚，反对矫情低俗，让高雅作品成为文艺创作的主流，让低俗作品没有市场。要创作出更多优秀的作品，用光明驱散黑暗，用美善战胜丑恶，让人们看到希望。

93. 文艺不能当市场的奴隶，不要沾满了铜臭气

　　习近平总书记要求"文艺不能当市场的奴隶，不要沾满了铜臭气"，一语切中文艺市场上存在的问题，说出了人民群众的心里话，振聋发聩，发人深省。这是对文艺工作者的谆谆告诫，也为正确把握文艺与市场的关系指明了方向。

　　改革开放以来，我国文学艺术发展的主流是好的，但是，文艺市场存在的一些突出问题，令人堪忧。我们要清醒认识到，那种急功近利、粗制滥造的作品，是在文艺市场竭泽而渔，本身就是对文艺的伤害，直接影响文艺市场健康发展，影响人民精神生活健康向上，人民是不欢迎的。

　　文艺不能当市场的奴隶，不要沾满了铜臭气，就要坚持以人民为中心的创作导向。要把人民作为文艺创作的源泉，把人民作为创作的主角，把人民作为服务的对象，把广大人民高兴不高兴、满意不满意、答应不答应作为检验文艺作品的重要标准，作为文艺创作的风向标。要充分考虑作品的社会效果，努力以高尚的职业操守、良好的社会形象、文质兼美的优秀作品赢得人民喜爱和欢迎。

　　文艺产品体现着人类的价值观，承载着塑造人文精神、引领社会风尚、提升道德素养的重要职责，除了具有商品经济属性外，更具有精神属性，这就要求文艺工作者既尊重创作规律，又尊重市场规律，把社会效益放在第一位，正确处理义利关系，同时争取最好的经济效益，实现社会效益和经

济效益的高度统一。

文艺不能当市场的奴隶，不要沾满了铜臭气，要求广大文艺工作者始终坚持文艺的正确方向，坚持文艺为人民服务、为社会主义服务，坚守文艺的社会责任和道德底线，不要在市场经济的大潮中迷失方向，不能沦为金钱的奴仆，不能为了钱而创作，不能成为市场的奴隶，不能被市场牵着鼻子走。要树立正确的世界观、人生观、价值观，正确对待名利、地位、影响，要有底气，不要沾满铜臭气，要有正气，不要沾染歪风邪气，不把文艺作为追名逐利的工具。要强化社会责任，勇于担当传承优秀文化、弘扬民族精神、铸造民族灵魂、引领时代风尚、凝聚人民力量的社会责任，成为时代风气的先觉者和先行者，坚守社会大义，不为蝇头小利，以思想精深、艺术精湛、制作精良的优秀作品丰富人民文化生活，凝聚奋发前行的精神力量。

94. 坚持法治为了人民、依靠人民、造福人民、保护人民

　　中国共产党植根人民、来自人民，与人民有着血肉不可分割的关系。习近平总书记指出："坚持人民主体地位，必须坚持法治为了人民、依靠人民、造福人民、保护人民"。我们坚持人民主体地位，党坚持人民至上，把人民放在心中的最高位置，把全心全意为人民服务作为根本宗旨，把人民的根本利益作为最高利益，为实现人民幸福而努力奋斗，做到发展为了人民、发展依靠人民、发展成果由人民共享。

　　全面依法治国，必须始终坚持人民主体地位。人民是我们党执政兴国的力量源泉。只有坚持人民主体地位，不断增进人民福祉、促进人的全面发展，我们才能把人民团结在党的周围，不断推进全面依法治国进程，不断推动经济社会持续健康发展，共同为实现"两个一百年"奋斗目标和中华民族伟大复兴的中国梦而奋斗。

　　坚持法治为了人民，就是要明确法治为了谁。全面依法治国，要以保障人民根本权益为出发点和落脚点，保证人民依法享有广泛的权利和自由、承担应尽的义务，维护社会公平正义，促进共同富裕；保证人民在党的领导下，依照法律规定，通过各种途径和形式管理国家事务，管理经济文化事业，管理社会事务。坚持法治为了人民，依法治国才能拥有最广泛的群众基础，才能赢得人民的拥护支持。

　　坚持法治依靠人民，就是要明确法治依靠谁。人民是依

法治国的重要力量，只有依靠广大人民群众，充分调动群众的积极性和创造性，全面依法治国才能向纵深推进。法律的权威来自人民内心拥护和真诚信仰。人民拥护法律，法律就有了力量和生命力；人民信仰法律，法律就有了权威。所以，在法律制定、法制宣传、法律实施的全过程，我们都要充分相信和依靠人民，得到人民的支持。

坚持法治造福人民，就是要明确法治为谁造福。全面依法治国，就是为了实现好、维护好、发展好最广大人民的根本利益，不断提高人民的幸福指数。要通过法治切实保护人民的根本利益，让人民在法治的阳光下，权利得到保障，生活更有尊严，不断造福人民。要通过建立和完善法治体系，让人民群众共享改革发展成果，获得实实在在的利益，增强人民群众的获得感，真正过上幸福生活。

坚持法治保护人民，就是要用法治来保护人民。全面依法治国，就是为了更好地保护人民。用法治保护人民，就要彻底解决有法不依、执法不严、违法不究的问题，解决好执法司法不公、司法腐败损害群众利益的问题；就要解决一些领导干部知法犯法、以言代法、以权压法、徇私枉法的问题；就要通过法治手段，保护人民的根本利益，让人民在每一个司法案件中感受到公平正义，让人民真真切切地感受到法治保护人民的力量。

95. 人民权益要靠法律保障，法律权威要靠人民维护

卢梭说过："一切法律中最重要的法律，既不是刻在大理石上，也不是刻在铜表上，而是铭刻在公民的内心里。"是的，刻在大理石上和铜表上的法律，肯定是重要的法律，但是，如果不把法律刻在人民的心上，得不到人民的真心拥护，人民不去维护法律、遵纪守法、依法办事，这样的法律是毫无意义的。习近平总书记指出："人民权益要靠法律保障，法律权威要靠人民维护"。

人民权益要靠法律保障。我们党高度重视法治建设。长期以来，特别是党的十一届三中全会以来，我们党把依法治国确定为党治国理政的基本方略，把依法执政确定为党治国理政的基本方式，积极推进社会主义法治建设，取得了历史性成就，中国特色社会主义法律体系已经形成。党领导人民制定法律，目的就是为了保护人民的根本利益。实践证明，法律保障是经常性、持久性、规范性的保障，人民的权益只有靠法律才能得到根本保障。

法律权威要靠人民维护。法律体现了国家意志和人民意志，本身是拥有权威的。但是，法律在执行过程中，有没有权威，就要靠人民来维护。只有广大人民信仰法律，维护法律，自觉遵纪守法，自觉依法办事，自觉运用法律维护自己的权益，法律才有权威和力量。

维护法律权威，要抓住领导干部这个关键少数，不断提

高领导干部的法治素养，发挥领导干部的模范带动作用，在全社会形成尊法、学法、守法、护法和用法的良好氛围。各级领导干部要强化法律意识，牢记法律红线不可逾越、法律的高压线不可触碰，牢记法无授权不可为，自觉尊敬法律、敬畏法律、遵守法律，做到依法履职、依法办事、依法用权，不能以言代法、以权压法、徇私枉法。在干事创业中，领导干部要自觉运用法治思维和法治方式解决问题、化解矛盾、维护稳定，不能搞权大于法。要通过模范遵守法律，用法律规范自己的言行，严格执行法律，体现法律的公平正义，彰显社会的法治精神，提高群众的法治信仰。

靠法律保障人民权益，靠人民维护法律权威，必须深入开展法治宣传，不断增强社会的法治观念和法律意识。要让全体人民成为社会主义法治的忠实崇尚者、自觉遵守者、坚定捍卫者，自觉尊法，尊崇法治、敬畏法律；自觉学法，带头学习法律、掌握法律；自觉守法，遵纪守法、捍卫法治；自觉用法，厉行法治、依法办事。只要全体人民尊法、信法、守法、用法、护法，法律就会有权威，就会有影响力，就能得到很好地执行。要弘扬社会主义法治精神，建设社会主义法治文化，增强全社会厉行法治的积极性和主动性，形成守法光荣、违法可耻的社会氛围。

96. 全面深化改革与全面推进依法治国相互依存、相互促进

  党的十八大以来，以习近平同志为核心的党中央高度重视法治中国建设，强调依法治国是党领导人民治理国家的基本方略，依法执政是党治国理政的基本方式，重大改革都要于法有据。习近平总书记指出："全面深化改革需要法治保障，全面推进依法治国也需要深化改革"，这就把全面深化改革与全面推进依法治国有机统一起来，形成相互依存、相互促进、不可分割的关系。

  全面深化改革与全面依法治国，都是建设中国特色社会主义的重要方法和举措，从根本上来说，它们的价值特征、本质属性和追求是一致的，目标方向是一致的，相辅相成、相互推动，都是为了实现国家富强、民族振兴、人民幸福。全面深化改革，必须发挥法治的引领和规范作用，正确处理改革与法治关系，确保各项改革始终走在法治轨道上，做到于法有据，蹄疾步稳。

  全面深化改革需要法治保障，全面推进依法治国也需要深化改革。全面深化改革，推进体制机制创新，促进国家治理体系和治理能力现代化，进一步解放和发展生产力，促进社会公平正义，可以为依法治国创造条件。全面推进依法治国，建设中国特色社会主义法治体系，建设社会主义法治国家，确保改革始终走在法治轨道上，可以为全面深化改革提供有力的法治保障，促进国家治理体系和治理能力现代化。

全面深化改革，要坚持按照法治思维和法治方式来推进。在改革进程中，要始终遵循宪法精神和法治原则，坚持把法治方式作为推进改革的行为准则，遵守法定程序、依法办事、于法有据，自觉维护正当权益，维护法律尊严，通过严格执行法律法规来规范改革行为，让各项改革在法治轨道上推进。要坚持依法行政，加快建设法治政府。政府既是行政执法的主体，又是改革的实施者和执行者。政府要按照"法定职责必须为，法无授权不可为"的基本准则，依法管理经济社会事务。要坚持公正司法，通过深化司法体制改革，推动司法机关依法独立行使审判权和检察权，推进审判公开、检务公开，加强对司法行为的内外部监督，提高司法公信力和权威性，守住司法维护社会公平正义的最后一道防线。要加强宣传教育，营造全民学法知法尊法守法的良好氛围，增强全民法治观念，形成自觉守法、遇事找法、解决问题靠法、化解矛盾用法的良好氛围，夯实全面深化改革的社会基础。

97. 有事多商量，遇事多商量，做事多商量

毛泽东同志说过一句名言："有事多和群众商量"。在革命、建设和改革开放的不同时期，中国共产党人紧紧依靠协商民主，通过商量办事，团结一切可以团结的力量，调动一切可以调动的积极因素，充分发挥人民的积极性和创造性，赢得了一次又一次胜利。

在新的历史时期，习近平总书记深刻指出："我们坚持有事多商量，遇事多商量，做事多商量，商量得越多越深入越好，就是要通过商量出办法、出共识、出感情、出团结"。总书记这一重要论述，充分表现出我们党坚持立党为公、执政为民，坚持人民当家作主，尊重人民、相信人民、依靠人民，坚持团结一切可以团结的力量，聚集各方面智慧致力于国家富强、民族振兴、人民幸福的执政理念，为我们实施"四个全面"战略，持续推动经济平稳健康发展，提供了重要的思想方法和实践方式。

实践证明，社会主义协商民主，是中国社会主义民主政治的特有形式和独特优势，是中国共产党的群众路线在政治领域的重要体现，也是中国共产党人为人类在民主制度探索中提供的独特的、独有的、独到的新路径。

"商量"这两个字，没有居高临下的感觉，没有距离感，让人觉得亲切，给人一种亲近感。"商量"就是对人民的充分尊重，就是以低调、平等的姿态面对群众，广泛听取各方

面的意见。"商量"体现了我们党的执政理念和民主作风，彰显了一种求同存异的精神，追求的是最大公约数，形成最大社会正能量。"商量"已经在中国大地形成共识，正在开花结果。

　　我们要按照总书记的要求，在改革发展的进程中，牢固树立商量意识，有事多商量，遇事多商量，做事多商量，涉及人民群众利益的事情，要具体地、实在地、广泛地进行商量。要通过商量出办法，找到攻坚克难、解决问题、化解矛盾、推动工作的办法；要通过商量出共识，在全党、全国人民、全社会形成实施"四个全面"战略布局的共识，形成实现"两个一百年"奋斗目标的共识，形成实现中国梦的共识；要通过商量出感情，增进党和人民的感情，增进党员、干部与群众的感情，增进中国共产党与各民主党派的感情，增进对党、对国家、对人民的感情；要通过商量出团结，把最广大的人民群众团结在一起，把各方面的力量凝聚在一起，把十三亿多人民的智慧聚集在一起，形成强大的社会正能量。

98. 党和法治的关系是法治建设的核心问题

　　党的领导和社会主义法治是一致的，社会主义法治必须坚持党的领导，党的领导必须依靠社会主义法治。把坚持党的领导、人民当家作主、依法治国有机统一起来是我国社会主义法治建设的一条基本经验。只有在党的领导下依法治国、厉行法治，人民当家作主才能充分实现，全面依法治国才能有序推进。

　　社会主义法治必须坚持党的领导。我国宪法以根本法的形式反映了党带领人民进行革命、建设、改革取得的成果，确立了在历史和人民选择中形成的中国共产党的领导地位。党的领导是中国特色社会主义最本质的特征，是社会主义法治最根本的保证。坚持党的领导，是社会主义法治的根本要求，是党和国家的根本所在、命脉所在，是全国各族人民的根本利益所系、幸福所系，是全面推进依法治国的题中应有之义。

　　党的领导必须依靠社会主义法治。宪法是国家的根本大法，是治国安邦的总章程，赋予了我们党治国理政的责任和使命。依法治国是党领导人民治理国家的基本方略，依法执政是党治国理政的基本方式。党是社会主义法治建设的领导者、组织者、实践者，要把实现党的主张和人民意志有机统一起来，善于把党的理论、路线、方针、政策通过法定程序转化为国家意志，成为全国人民共同遵守的法律规范。各级

党组织必须转变领导方式、执政方式，提高科学执政、民主执政、依法执政水平，实现党、国家、社会各项事务治理制度化、规范化、程序化。

提高党的执政能力和执政水平，推进国家治理体系和治理能力现代化，党必须坚持依法治国。党领导人民制定宪法和法律，党领导人民执行宪法和法律，党自身必须在宪法和法律范围内活动，真正做到党领导立法、保证执法、带头守法，党员必须模范遵守国家的法律法规。各级领导干部都要牢记，任何人都没有法律之外的绝对权力，任何人行使权力都必须为人民服务、对人民负责并自觉接受人民监督。共产党员永远是劳动人民的普通一员，除了法律和政策规定范围内的个人利益和工作职权以外，不得谋求任何私利和特权。党员、干部要牢固树立法治意识，自觉运用法治思维和法治方式想问题、办事情、做决策，带动全社会尊法、守法、用法。

99. 法律的生命力在于实施，法律的权威也在于实施

制定法律，从根本上来说，就是要通过实施法律，体现法律价值，实现立法意图，这是建设社会主义法治国家的必然要求。习近平总书记深刻指出："法律的生命力在于实施，法律的权威也在于实施"。法律有没有生命力，关键在于实施，如果法律制定出来，就束之高阁，没有得到很好实施，法律不会发挥任何作用；法律有没有权威，关键也在实施，法律的权威性是在严格实施的过程中体现的，法律得不到很好实施，就会成为稻草人，不会有任何权威性和影响力。

建设中国特色社会主义法律体系，需要制定和完善很多法律。制定好法律不容易，实施好法律的任务更艰巨。中国特色社会主义法律体系，包括完备的法律规范体系与高效的法治实施体系、严密的法治监督体系、有效的法治保障体系，都需要通过法律实施紧密联系在一起，充分体现出来。人民既关注法律的制定，更关注法律的实施环节及实施效果。

中国特色社会主义法律体系已经形成，总体上做到了有法可依，关键是要加强法律的实施，做到有法必依、执法必严、违法必究，才能充分发挥法律保护公民合法权利、保障社会有序运行、维护国家长治久安的作用。在全面推进依法治国的进程中，我们一定要高度重视法律实施，在法律实施这个关键环节上下功夫，形成良好的法治环境。

实施好法律，是推动法治中国建设的必然要求。党领导

人民制定和执行宪法和法律，党自身必须在宪法和法律范围内活动，真正做到党领导立法、保证执法、带头守法。各级政府是行政执法主体，承担着维护公共利益、人民利益和社会秩序的重要责任，要加快建设职能科学、权责法定、执法严明、公开公正、廉洁高效、守法诚信的法治政府，确保政府一切活动都在法制框架内开展、在法治轨道上运行。要按照"法无授权不可为"的政府权力运行规则，严格依法行政，确保法律实施公平公正，充分体现社会公平正义，切实保护人民群众的根本利益。司法是维护社会公平正义的最后一道防线。政法战线要严格按照法律规定行使权力，做好法律实施的各项工作，严格遵守法律，严格依法办事，公正执法、维护正义，切实维护法律的生命力和权威性。

100. 树立法治权威首先要把宪法的权威树立起来

党的十八届四中全会决定提出建立宪法宣誓制度，凡经人大及其常委会选举或者决定任命的国家工作人员正式就职时公开向宪法宣誓。十二届全国人大常委会第十一次会议审议通过了关于设立国家宪法日的决定，明确将 12 月 4 日设立为国家宪法日，通过多种形式开展宪法宣传教育活动。2014 年 12 月 4 日，全国各地举行了宪法宣誓活动，宣誓人表示要忠于国家、忠于人民、忠于宪法和法律，忠实履行法律职责，维护公平正义，维护法制统一。

设立国家宪法日，就是为了彰显宪法权威，增强公职人员宪法观念，激励公职人员忠于和维护宪法，增强全社会的宪法意识，进一步凸显了宪法在中国政治生活中的重要地位。习近平总书记深刻指出："法治权威能不能树立起来，首先要看宪法有没有权威"。这就告诫我们，树立法治权威，要把宪法权威摆在第一位，切实维护宪法的权威性。

宪法是国家的根本法，是治国安邦的总章程，是党和人民意志的集中体现，具有最高的法律地位、法律权威、法律效力。宪法是法律的法律，发挥着法律统帅作用。习近平总书记指出："坚持依法治国首先要坚持依宪治国，坚持依法执政首先要坚持依宪执政。要坚持党的领导、人民当家作主、依法治国有机统一，坚定不移走中国特色社会主义法治道路，坚决维护宪法法律权威"。全面推进依法治国，一定要树立

法治权威，特别要把宪法的权威树立起来，在全社会形成敬畏宪法、尊重宪法、遵守宪法、执行宪法、维护宪法的良好氛围，让宪法成为人们不能逾越的红线、共同守住的底线。

宪法的生命力在于实施，宪法的权威也在于实施。党的十八届三中全会提出，要进一步健全宪法实施监督机制和程序，把实施宪法要求提高到一个新水平。要完善全国人大及其常委会宪法监督制度，健全宪法解释程序机制；加强备案审查制度和能力建设，依法撤销和纠正违宪违法的规范性文件；在全社会普遍开展宪法教育，增强全民宪法意识，弘扬宪法精神，自觉维护宪法。要加强宪法实施，依据宪法治国理政，切实维护宪法的权威和尊严，坚决纠正一切违反宪法的行为，确保宪法的全面有效实施。

101. 司法是维护社会公平正义的最后一道防线

目前，司法领域还存在着司法体制不完善、司法职权配置和权力运行机制不科学、人权司法保障制度不健全等问题。司法不公、司法公信力不高，严重影响了司法部门的形象，影响了依法治国的进程。有的司法人员知法犯法、执法违法，办了冤假错案，造成恶劣的社会影响；有的作风不正、办案不廉，办金钱案、关系案、人情案，办案看谁送的钱多，看谁的关系后台硬，看谁的人情重；有的"吃了原告吃被告"，干扰正常的司法程序；等等。

公正是法律的灵魂，是司法的终极目的；公平正义是人类社会共同的理想，是社会主义法治的根本价值，是广大人民群众的强烈愿望和要求。习近平总书记深刻指出："司法是维护社会公平正义的最后一道防线"。维护社会公平正义，是全社会的共同责任，总书记把司法作为最后一道防线，可见司法发挥的重要作用，对司法机关寄予厚望。公正司法是维护社会公平正义的最后一道防线，司法公正对社会公正具有重要引领作用，司法不公对社会公正具有致命破坏作用。守好这道防线，核心是增强司法的公信力，让受到侵害的权利得到保护和救济，让违法犯罪活动受到制裁和惩罚。

法治是公正之治、平等之治、正义之治、文明之治。司法战线守住维护社会公平正义的最后一道防线，为实现"两个一百年"奋斗目标、实现中华民族伟大复兴的中国梦提供

有力保障，要把维护社会大局稳定作为基本任务，把促进社会公平正义作为核心价值追求，把保障人民安居乐业作为根本目标，坚持严格执法、公正司法，切实维护人民群众的根本利益。

守住维护社会公平正义的最后一道防线，司法战线要把促进社会公平正义作为司法工作的生命线。要弘扬法治精神，肩扛公正天平的大旗，手持法律正义之剑，以公正为核心要素，以为民为目标指向，以平等为精髓要义，以公开为重要保障，以廉洁为底线要求，信仰法治、坚守法治，树牢法治思维，遵循法治方式，把好法治底线，提升法治能力，严格执法，依法办事，做好每一个司法环节的工作。要依法用权、严以用权，不能滥用权力侵犯群众合法权益，不能执法犯法，造成冤假错案。要让人民群众在每一个司法案件中都感受到公平正义，让人民群众感受到公平正义就在身边，公平正义永远站在人民群众一边。

102. 革命的政治工作是革命军队的生命线

军队政治工作是中国共产党在军队中的思想工作和组织工作，是实现党对军队绝对领导，巩固和提高部队战斗力的根本保证，是我军的生命线。

当前，面对国内外形势发生深刻复杂变化，面对深化国防和军队改革这场考试，做好新时期革命军队的政治工作，具有重要的现实意义。习近平总书记指出："革命的政治工作是革命军队的生命线"，这就要求我们高度重视军队的政治工作，不断开创军队政治工作的新局面。军队政治工作只能加强不能削弱，只能前进不能停滞，只能积极作为不能被动应对。

做好新时期军队政治工作，要坚持我军政治工作的根本原则，坚持和发扬我军政治工作的优良传统：坚持党指挥枪的根本原则和制度，坚持全心全意为人民服务的根本宗旨，坚持实事求是的思想路线，坚持群众路线的根本作风，坚持用科学理论武装官兵，坚持围绕党和军队中心任务发挥服务保证作用，坚持公道正派选拔使用干部，坚持官兵一致、发扬民主，坚持实行自觉的严格的纪律，坚持艰苦奋斗、牺牲奉献的革命精神，坚持党员干部带头、以身作则，等等。

做好新时期军队政治工作，要突出军队政治工作的时代主题，紧紧围绕实现中华民族伟大复兴的中国梦，为实现党在新形势下的强军目标提供坚强政治保证。要把理想信念在

全军牢固立起来，着力培养有灵魂、有本事、有血性、有品德的新一代革命军人；要把党性原则在全军牢固立起来，坚持党的原则第一、党的事业第一、人民利益第一；要把战斗力标准在全军牢固立起来，形成有利于提高战斗力的舆论导向、工作导向、用人导向、政策导向；要把政治工作威信在全军牢固立起来，引导各级干部特别是政治工作干部把真理力量和人格力量统一起来。

　　加强和改进新形势下我军政治工作，要按照总书记的要求，着力抓好铸牢军魂工作，着力抓好高中级干部管理，着力抓好作风建设和反腐败斗争，着力抓好战斗精神培育，着力抓好政治工作创新发展。积极推进政治工作思维理念、运行模式、指导方式、方法手段创新，提高政治工作信息化、法治化、科学化水平，形成全方位、宽领域、军民融合的政治工作格局，增强政治工作主动性和实效性。

103. 中国经济增长是世界经济增长的重要动力

　　作为世界第二大经济体，中国经济本身就是世界经济的重要组成部分，在世界经济发展中发挥着举足轻重的作用，为世界经济发展作出了突出贡献。习近平总书记提出"中国经济增长是世界经济增长的重要动力"，这是对中国经济发展的自信，也透出了中国推动经济发展的底气。

　　中国经济对世界经济的贡献，是可圈可点的，是为世界所认同的。2013年，中国货物进出口4.16万亿美元，成为世界第一货物贸易大国，也是首个货物贸易总额超过4万亿美元的国家，约占全球贸易总额的12%。即使对发达国家，中国经济增长的拉动力也是非常明显的。中国还是发达国家的重要市场，进口总额从2009年的10059亿美元增长到2013年的19504亿美元，呈现出逐年上升态势，并且顺差严重，通过增加进口扭转的空间很大。

　　未来5年，我们将进口超过10万亿美元商品，为世界提供更广阔的市场，给世界经济发展注入活力，对外投资超过5000亿美元，将有力推动世界经济发展。这些将为世界经济提供更多需求，创造更多市场机遇、投资机遇、增长机遇。中国愿意为推动世界经济增长作出更大贡献、发挥更大作用。中国经济继续保持平稳增长势头，中国对世界贸易的贡献还会继续增大，对世界经济的拉动作用就会继续加大。

　　在经济新常态下，通过全面深化改革，中国经济将继续

保持平稳健康发展，不断提高经济发展质量和效益，即使中国经济从高速增长调整到中高速增长，中国经济每年的增量还是相当于贡献了一个中等发达国家的经济规模。贡献一个中等发达国家的经济规模，本身就是对世界经济发展的有力推动，也是对世界经济的有力贡献。

中国的快速增长离不开世界，世界经济的增长需要中国推动。中国是十三亿人口的庞大市场，随着经济平稳健康发展，消费潜力不断释放，特别是在高技术领域中国和发达国家的贸易空间还很大，是发达国家经济增长的重要外需拉动力量。在全球经济复苏乏力的情况下，作为世界第二大经济体，中国经济一枝独秀，中国有实力为世界经济发展提供动力。

104. 独行快，众行远

一个人行走，没有什么负担和羁绊，可能会走得快，但是，他走不远，因为他会遇到困难，无人帮助，他会迷路，无人指点；一群人行走，可能会慢一点，但是，他们会走得更远，因为他们手牵手、心连心，团结一致向前进，相互帮助、相互支持。人如此，国家也如此。要一时的快，还是要长久的远，就看我们自己的选择。

习近平主席在二十国集团领导人第九次峰会第一阶段会议上的发言中指出："独行快，众行远。"这对加强国际合作、实现互惠互利、共赢发展具有重要的指导意义。在世界日益开放、经济一体化的新形势下，一个国家的发展，可以依靠自身实现一时的独狼式的快发展，但是，要实现大的发展，就必须以开放的心态、包容的心理，与其他国家携起手来，共谋发展，才能实现长久的发展。

对任何一个国家来说，需要的不是一时的快发展，而是长久的发展。一时的快发展，是小发展，长久的发展，才是大发展。世界上各个国家之间看似单独的个体，其实还是一个大的利益共同体，他们的利益是紧紧连在一起的，他们是一个命运共同体，同盛同衰，不应该此消彼长。我国要战胜各种世界经济风险和挑战，不断推进我国经济平稳健康发展，必须坚定不移坚持改革开放，加强与世界各国的合作，实现共赢发展。

实现全面建成小康社会，建成社会主义现代化国家，实现中华民族伟大复兴的中国梦，我们要走的路很远。我们要牢固树立独行快、众行远的意识，不图一时之快，而谋长远发展。要高举和平、发展、合作、共赢旗帜，坚持奉行独立自主的和平外交政策，坚持走和平发展道路，坚持互利共赢的对外开放战略，既要争取和平的国际环境，争取世界各国支持来发展自己，又要通过自身的发展促进世界和平，为世界经济发展作出贡献。

　　要继续推动世界多极化，倡导国际关系民主化和发展模式多样化，促进经济全球化朝着有利于各国共同繁荣的方向发展。要坚持做好朋友、好伙伴，积极协调宏观经济政策，努力形成各国增长相互促进、相得益彰的合作共赢格局，推动世界经济发展。各国携起手来，走在一条和平、发展、合作、共赢的大道上，每个国家的发展之路就会走得更长、更远。

105. 中国必须有自己特色的大国外交

习近平总书记在中央外事工作会议上提出"中国必须有自己特色的大国外交",这是对我国外交工作提出的新要求。中国必须有自己特色的大国外交,这是不断开创外交工作新局面,实现"两个一百年"奋斗目标、实现中华民族伟大复兴中国梦的必然要求。

中国特色的大国外交,就是要认真贯彻党的十八大以来以习近平同志为核心的党中央提出的外交思想,不断创新对外工作理念,在特色上下功夫,形成具有中国特色、中国风格、中国气派的大国外交,营造良好的国际环境。

必须坚持中国共产党领导和中国特色社会主义,坚定中国特色社会主义道路自信、理论自信、制度自信、文化自信,围绕中心、服务大局,把握方向、守住底线。在外交工作中充分展现中国共产党团结和带领中国人民坚持中国特色社会主义取得的巨大成就。

必须坚持独立自主的和平外交方针。独立自主是我们立党立国的重要原则,是我们实现国家和民族发展的力量基点。我们不走"国强必霸"的老路,而是坚定不移走和平发展道路。我们坚持走和平发展道路,也要敦促其他国家走和平发展道路,同时决不放弃我们的正当权益,决不牺牲国家核心利益。

必须坚持国际关系民主化。我们坚持和平共处五项原则,

坚持所有国家主权一律平等，坚持世界的命运必须由各国人民共同掌握，坚持尊重各国人民自主选择的发展道路和社会制度，坚持以和平方式解决国家间的分歧和争端，推动各方遵守国际法和公认的国际关系基本准则，维护国际公平正义。反对霸权主义、强权政治，反对以大欺小、以强凌弱、以富压贫。

必须坚持和平发展合作共赢。要高举和平、发展、合作、共赢的旗帜，坚定不移致力于维护世界和平、促进共同发展，在合作中互利，在共赢中发展，推动建立以合作共赢为核心的新型国际关系，与各国携手发展、共同进步，让世界变得更加美好。

必须坚持正确义利观。政治上要坚持正义、道义为先，义利并举、秉持公道，要为发展中国家仗义执言，维护并发展好发展中国家的共同利益。经济上坚持互利共赢、共同发展，对那些同我国长期友好而自身发展任务艰巨的周边和发展中国家，要更多地考虑到对方利益，实现义利兼顾、义利平衡。处理周边关系，要突出体现亲、诚、惠、容的理念。

106. 善于从群众关注的焦点、百姓生活的难点中寻找改革切入点

　　党的十八届三中全会提出要紧紧依靠人民推动改革，这就要求我们牢固树立人民群众是改革的依靠力量的意识，在全面深化改革中，充分尊重人民的主体地位，发挥人民的首创精神，广泛调动群众的积极性和创造性，发挥群众的聪明才智，紧紧依靠人民推动改革。

　　习近平总书记要求"善于从群众关注的焦点、百姓生活的难点中寻找改革切入点"，充分体现了党的群众路线和群众观点，这是全面深化改革的重要方法，我们要在改革中认真落实。

　　人民群众是改革成果的受惠者，也是改革的参与者，是推动改革的力量源泉。没有人民群众的大力支持和广泛参与，任何改革都不可能成功。在全面深化改革的进程中，要始终把实现好、维护好、发展好最广大人民的根本利益作为出发点和落脚点，让群众真正得到改革的实惠。让人民参与改革，感受到改革的力量，享受到改革的成果，人民就会成为改革的坚强后盾。

　　各方面的改革，都需要找到很好的切入点。没有切入点，改革就没有着力点，就会无从着手，陷入盲目性，东一榔头西一棒子。切入点找得准不准、好不好，关系到改革的成败。只有找到切入点，才能找到改革的方向和重点。找到改革的切入点，要把顶层设计和基层探索有机结合起来，坚持党的

群众路线，坚持一切为了群众，一切依靠群众，从群众中来，到群众中去，认真听取群众意见，倾听群众呼声，从群众关注的焦点中寻找改革切入点，从百姓生活的难点中寻找改革切入点，妥善解决群众关注的突出问题。只有这样，我们的改革才能落在点上，才会有针对性。

改革就要聚焦群众关注的焦点，破解群众生活的难点。群众关注的焦点，往往是矛盾的集中点，是发展的难点，应该成为改革的重点。群众生活的难点，应该成为改革的关注点，通过改革为群众排忧解难。人民是国家的根基。民生是人民幸福的基石，是社会和谐的根本。全面深化改革，必须坚持改革为了人民、改革依靠人民，坚持以人为本、以民为本，关注民生、改善民生，真正解决人民反映强烈的问题，不断增进人民福祉，赢得人民群众的支持。

107. 没有全民健康，就没有全面小康

　　全面建成小康社会，让人民过上小康生活，是党和国家对人民的承诺。小康生活是一种非常完美的幸福生活。一个人的健康是立身之本。人民要幸福，健康是最基本的起点，也是最根本的保障。如果一个人浑身是病，整天病恹恹的，三天两头往医院跑，甚至把医院当成家，他是不会有幸福感的，全面建成小康社会他也过不了小康生活。

　　习近平总书记提出"没有全民健康，就没有全面小康"，这是大白话，也是大实话，充分体现了总书记对人民健康的关心，指出了人们健康的极端重要性。人民的健康是立国之基。中国十三亿多人民的健康，是全面小康的重要支撑。只有全民健康，人民才能更好地为国家努力工作；只有全民健康，小康社会才是全面的；只有全民健康，人民才能充分享受小康生活。

　　新中国成立以来，党和国家历来高度重视人民健康，不断采取有效措施，切实维护全体人民健康。经过坚持不懈的努力，我国彻底洗雪了"东亚病夫"的耻辱。我国居民人均预期寿命从新中国成立初期的 35 岁提高到 2015 年的 76 岁，综合反映我国城乡居民的健康状况已位居发展中国家前列，人民群众的生命质量大大提高。

　　习近平总书记指出："人民身体健康是全面建成小康社会的重要内涵，是每一个人成长和实现幸福生活的重要基础。"

实现全民健康，我们要认真落实党的十八大精神，坚持为人民健康服务的方向，努力做到让人民群众看得上病、看得起病、看得好病，不断提高人民健康水平，促进人的全面发展、家庭幸福与社会和谐。

随着人民生活水平改善，人民把健康作为重要的幸福感，不断从健康中追求幸福指数。我们必须满足人民群众日益增长的多样化、差异化的健康需求。进一步深化医药卫生体制改革，推动医疗卫生事业更好发展；加快推进全民医保体系建设，建立和完善基本医疗保障网；建立国家基本药物制度，让人民群众用得上、用得起、用得放心；提供基本医疗服务，促进基本公共卫生服务均等化；建立覆盖城乡的基本医疗卫生服务网络，努力做到大病不出县、小病不出社区、不出乡村；坚持预防为主，努力提升城乡居民的健康素养；发挥中医药维护人民健康的独特作用，大力发展健康服务业，切实加强信息化建设，努力提高医疗卫生管理水平。

108. 要像抓经济建设一样抓民生保障，像落实发展指标一样落实民生任务

《尚书》里说："民惟邦本，本固邦宁。"就是说，人民是国家的根本，人民稳定了，国家才能安宁。

民生连着民心，民心关系国运。民心顺，事事顺；民心齐，泰山移。关注民生问题，就是关注民心。民生问题是中国改革最大的问题，解决民生问题是最大的政治，改善民生应该是各级党委、政府最大的政绩。

习近平总书记高度重视民生问题，他强调："我们党和政府做一切工作出发点、落脚点都是让人民过上好日子。"在江苏调研时总书记提出："要像抓经济建设一样抓民生保障，像落实发展指标一样落实民生任务。"这个重要论述让人耳目一新，从中我们看到民生的重要性和民生工作的重要地位。

长期以来，很多地区、部门重视经济发展多，对民生保障重视不够，落实发展指标力度大，落实民生任务力度小，普遍存在着一重一轻、一硬一软的问题，这在很大程度上影响了民生工作。这里面有认识误区，必须引起注意。

事实上，保障和改善民生，与发展经济是相辅相成、相互依托、相互促进的。发展经济是做好社会建设的基础，只有经济发展了，才有经济实力更好地保障和改善民生，所以要坚持以经济建设为中心，把发展作为第一要务。同时，我们还要看到，保障和改善民生，有利于促进社会和谐，推动

经济发展。这就是说，经济发展和民生改善完全可以实现良性循环、良性互动，两方面实现良性循环，就能实现人与人、人与经济活动、人与环境和谐共存的良好局面，让老百姓共享经济发展、民生改善的成果。

关注民生、重视民生、保障民生、改善民生，是党和政府的神圣职责。像抓经济建设一样抓民生保障，就是要让民生保障硬起来，实实在在地抓民生工作，一抓到底，持续不断；像落实发展指标一样落实民生任务，就是要让民生任务实起来，用任务说话，用数字检验，一件事情接着一件事情办，一年接着一年干，一任接着一任做。要多谋民生之利，多解民生之忧，解决好人民最关心最直接最现实的利益问题，在学有所教、劳有所得、病有所医、老有所养、住有所居上持续取得新进展，努力让人民过上更好生活。

109. 从严治党是全党的共同任务

　　推进党的建设新的伟大工程，加强党的执政能力建设和先进性、纯洁性建设，提高党的凝聚力和战斗力，把党建设成为中国特色社会主义事业的坚强领导核心，必须全面从严治党。

　　习近平总书记深刻指出："从严治党是全党的共同任务，需要大气候，也需要小气候。"总书记的这一重要论述，包含着丰富的内涵和深刻的哲理，对深入推进全面从严治党具有重要的指导意义。这就要求我们既要正确把握、自觉服从、主动适应从严治党的大气候，又要敢于担当责任，立足地区、部门，积极营造从严治党的小气候，在全党形成从严治党的良好氛围。

　　全面从严治党，关系到党的生死存亡，是我们的共同任务，需要全党上上下下共同努力，需要各级党组织、全体党员干部的同心协力，形成从严治党的合力。

　　全面从严治党的大气候与小气候紧密相连，大气候决定小气候，对小气候有主导作用；小气候影响大气候，小气候对大气候有促进作用。大气候和小气候连为一体，联动互动，全党就能形成从严治党的总气候，从严治党就能全面推进，就能向纵深推进，确保从严治党全覆盖。

　　全面从严治党，需要大气候。党的十八大以来，以习近平同志为核心的党中央坚持党要管党、从严治党，全方位加强党风廉政建设和反腐败斗争，严格执行八项规定，严厉整

治"四风"，坚持无禁区、全覆盖、零容忍惩治腐败，坚持"老虎""苍蝇"一起打，坚持把权力关进制度的笼子里，全面推行依法治国，努力营造风清气正的氛围，全面从严治党的大气候已经形成。

全面从严治党，不仅要有大气候，还要有小气候。大气候热，小气候冷，从严治党就无法深入推进、取得实效。只有小气候也热起来，从严治党的总气候才会整体升温。这就要求各地、各部门坚持党要管党，高度重视从严治党的小气候，跟紧大气候，闻风而动，认真贯彻党中央从严治党的决策部署，认真落实党中央从严治党的措施要求，结合实际抓好从严治党，把从严治党的小气候营造好，有力支持党中央的大气候。一个一个小气候形成了，从严治党的大气候就有了有力的支撑。

110. 民生工作要一抓到底

习近平总书记高度关注民生问题，高度重视民生工作。在总书记的系列重要讲话中，总书记多次论述民生问题的重要性，对民生工作作出了明确的指示，要求把人民放在心中的最高位置，努力让人民群众有更好的教育、更稳定的工作、更满意的收入、更可靠的社会保障、更高水平的医疗卫生服务、更舒适的居住条件、更优美的环境。对做好民生工作，总书记要求"一件事情接着一件事情办，一年接着一年干，一任接着一任做"。各级领导干部必须深刻领会民生工作的稳定性、连续性、累积性，落实到实际工作中。

民生工作要一件事情接着一件事情办。民生问题覆盖面广，涉及教育、就业、收入、社会保障、医疗卫生服务、住房、环境等方方面面，关系到千家万户，关系到人民的切身利益，群众的关注度很高。解决民生问题要总体统筹、全面安排，有计划、有步骤地推进。但是，解决民生问题，要与经济发展水平相适应，不能贪大求全，不能搞蛇吞象，想一口吃下。民生工作要一件事情接着一件事情办，办一件成一件，办一件好一件，办一件让群众高兴一件。这样日积月累，就能把民生工作做好。

民生工作要一年接着一年干。民生问题是一个长期积累的问题，不可能寄希望于一日之功。在发展的过程中，还会产生新的民生问题，需要我们及时应对。对待民生问题，我

们要有长期作战的思想，既要打攻坚战，攻坚克难，集中力量攻下一个个民生问题的堡垒，又要打持久战，坚持不懈、久久为功，要一年接着一年干，一年解决几个民生问题，一年一年干下去，就会积小胜为大胜。要持续推进，不能断断续续，想起来干一头子，上面追问就干一下子，干一年歇三年，这样只会让民生问题越积越多。

民生工作要一任接着一任做。全心全意为人民服务是我们党的宗旨，实现好、维护好、发展好最广大人民的根本利益是我们一切工作的出发点和落脚点，解决民生问题，为群众排忧解难，是各级党委、政府和党员、干部的职责。各级领导干部要把民生问题放在心上，想群众所想，急群众所急，忧群众所忧，解群众所难，真心实意为群众办实事、办好事，让群众共享改革发展成果。做好民生工作，要一任接着一任做，不能断线，不能简单地把民生问题看作是前任的问题。要制定解决民生问题的规划，以功成不必在我的思想境界，一任一任干下去，好的民生蓝图要一干到底，务必取得新的成效。

111. 一个都不能少，一户都不能落

　　习近平总书记多次指出："小康不小康，关键看老乡。"这句通俗易懂、生动形象的话，一直温暖着亿万农民的心。我们应该清醒地认识到，没有广大农民的小康，就没有全面小康。在全面建成小康社会进入攻坚期、冲刺期的关键时刻，习近平总书记在江苏考察时指出："让广大农民都过上幸福美满的日子，一个都不能少，一户都不能落。"这是对广大党员、干部的谆谆嘱托，充分体现了总书记的为民情怀和对农民群众的深切关爱。

　　"人民对美好生活的向往，就是我们的奋斗目标"。让广大农民都过上幸福美满的日子，是各级党委、政府和各级领导干部的共同责任，是我们必须牢记在心的光荣使命，就是我们的奋斗目标。

　　《孙子兵法》里说："求其上，得其中；求其中，得其下；求其下，必败。"全面建成小康社会，一定要坚持高标准、严要求。让广大农民都过上幸福美满的日子，做到"一个都不能少，一户都不能落"，这确实是一个很高的要求。全面建成小康社会，既要看小康指标的"平均数"，又要看到"大多数"，更不能忘了"极少数"。"一个都不能少，一户都不能落"的小康，才是高标准高质量的全面小康，才是全民的小康，才是我们追求的目标。

　　坚持"一个都不能少，一户都不能落"，是人民的真情

期待。各地、各部门要按照这一高要求来推进全面建成小康社会进程。先进发达地区、总体能达到全面小康标准的地区，要特别关注困难户、困难群众，对他们开展精准扶贫，帮助他们在较短时间内脱贫致富。

贫困地区要集中力量打好扶贫攻坚战，推进精准扶贫，实行整乡、整村推进，采取针对性强的"滴灌式"扶贫措施，扶真贫，真扶贫，防止平均数掩盖大多数、大多数掩盖极少数；要加快产业结构调整，积极培植富民兴县产业，夯实脱贫致富的产业基础，尽快甩掉贫困帽；要加强特困地区基础设施建设、生态保护和基本公共服务，加快改善贫困人口发展环境；要加强贫困地区义务教育和职业教育，让贫困家庭的孩子都能接受有质量的公平教育，不能让他们落在起跑线上。

112. 做好"农"字大文章

习近平总书记提出的"中国要强，农业必须强；中国要美，农村必须美；中国要富，农民必须富"，在广大党员、干部特别是农民群众中引起强烈反响，产生强烈共鸣，形成共识。

中国要强，农业必须强。农业是立国之本，强国之基。中国是世界发展中国家的农业大国，只有农业强，不断增强粮食生产能力，才能夯实粮食生产这一基础，才能保障十三亿人的饭碗端在自己手上。农业要强，要以改革创新为动力，加快推进农业现代化，顺势而为地调整农业结构，更加注重提升农产品质量和食品安全水平，强化农业科技创新驱动作用，加快农产品流通方式的转型升级，不断加强农业生态治理，提高统筹利用国际国内两个市场两种资源的能力。

中国要美，农村必须美。建设美丽中国，是实现中华民族伟大复兴的中国梦的重要内容。在加快城市化的进程中，不少城市周围的乡村已经被拉进城市，被改得面目全非，乡村的美受到冲击破坏，有些乡村环境污染严重，农民群众意见很大。农村的生态环境一旦被破坏，就很难重新恢复起来，没有几十年的时间，是不可能的；农村的美一旦消逝，人们就再也找不到乡愁，无法体验乡愁的美好。我们一定要尊重自然、顺应自然、保护自然，更好地节约资源、保护环境，更加自觉地推动绿色发展、循环发展、低碳发展，建设农村

生态文明，为子孙后代留下天蓝、地绿、水清的生产生活环境。

中国要富，农民必须富。勤为政者，贵在养民；善治国者，必先富民。中国要富与农民必须富，是紧密相连的。中国富是农民富的坚强保障，中国富是农民的愿望；农民富是党和国家的希望，也是中国富的坚实基础。如果没有农民富，中国富就是不完整的富，是不全面的富，是不牢固的富，是不可持续的富。我国是世界上城乡收入差距最大的国家之一，最大的结构性问题仍是城乡二元结构问题，农民增收富裕的步伐仍然缓慢，还有一些集中连片的特困山区。中国要富，农民必须富。我们要始终把提高农民生活水平作为根本目的，举全党全国之力持之以恒、竭尽全力加快农村经济发展，让农民尽快富裕、全面富裕、真正富裕。

113. 经济要上台阶，生态文明也要上台阶

长期以来，我们发现，不少地方把经济建设和生态文明建设从根本上对立起来，甚至成为经济社会发展中的一对突出矛盾，成为群众关注度很高的民生问题。

为了建一个污染严重的小化工厂，削平一座满目苍翠的山包，让人们再已看不到青山，只看到滚滚黑烟，再已闻不到花香，只嗅到刺鼻的臭鸡蛋味，严重影响了人们的身体健康。这样的案例，并不少见。

坚持把发展作为第一要务，坚持以经济建设为中心，这是改革发展的必然要求，这本身没有错。但是，如果以牺牲环境换取 GDP 的快速增长，那是得不偿失的。我们不需要这种以生态为代价的一时发展。这种一时的发展是浅表性的发展，一时好看，却不耐看，有很大的水分，群众是不欢迎的。

良好的生态是祖宗留给我们的宝贵财富，是国家和人民的宝贵资源，是子孙后代赖以生存的金山银山，我们一定要万分珍惜。生态环境一旦被破坏，有的甚至会从我们的记忆中永久消失，那不是三年五载、十年八年能够重新恢复的。实践证明，在很多地方，破坏生态、造成环境污染，已经遭到自然的疯狂报复，付出了惨痛代价，那是得不偿失的。

以生态为代价换取一时发展，就是没有坚持科学的政绩观，只算了眼前账，满足当下的发展，却没有算长远账，把

子孙后代赖以生存的环境破坏了，把国家赖以持续发展的资源耗尽了，中华民族的千秋伟业靠什么来支撑？只算了小账，没有算好大账，把生态一次性作为成本投入到发展中，换取了经济一时的增长，一任污染，几任治理，最终要花几十倍甚至几百倍的血本来治理环境污染，这是大亏本的买卖。

习近平总书记明确要求"经济要上台阶，生态文明也要上台阶"。这就是正确的政绩观，就是科学发展观的具体体现，我们一定要认真践行。全面建成小康社会，建设社会主义现代化国家，实现中华民族伟大复兴的中国梦，需要持续推动经济社会发展。但是，我们需要的发展是科学发展，是经济和生态文明的全面、协调、可持续发展。经济要发展，生态环境不能恶化，经济发展上台阶，生态文明也要上台阶。我们需要的是永续发展，科学合理利用资源，有效保护生态环境，始终保持经济社会发展的强劲动力和后发优势。

114. 深化改革要乘势而上

一鼓作气，再而衰，三而竭。这是我们熟知的一句话。打战也好，干事创业也好，全面深化改革也好，需要的是一鼓作气的精神。在全面深化改革的关键之年，习近平总书记提出"气可鼓而不可泄"，就是要求我们珍惜改革的初步成果，巩固改革的好势头，保持昂扬向上的精神状态，推动全面深化改革，不断取得改革的新成效。

气可鼓而不可泄，鼓则信心十足、士气大增，就敢于面对改革的一切困难，勇往直前，不断推进全面深化改革；泄则士气低落、溃不成军，就会知难而退、半途而废，葬送全面深化改革事业。

气可鼓而不可泄，这就要求我们看到成绩，从改革的成效中获得力量。全面深化改革已经开好局、起好步，出台了一系列改革方案，啃下了一些硬骨头，取得初步的成效，改革呈现出良好的势头。我们没有理由泄气，没有理由退缩，没有理由逃避。开弓没有回头箭，我们必须坚定不移地深化改革，朝着既定的目标前进，为实现国家治理体系和治理能力现代化而努力。

气可鼓而不可泄，就要再接再厉。一鼓作气势如虎，坚持不懈方可胜。看到成绩，是为了增强信心，是为了扩大战果，获取更大的胜利。在全面深化改革的进程中，我们一定要牢记总书记"气可鼓而不可泄"的教诲，进一步增强改革

的信心，再接再厉、真抓实干，把改革推向新的阶段，取得新成效。

气可鼓而不可泄，就要趁热打铁。打铁是要趁热的，铁冷了，就打不动了。改革就是我们要打好的一块"铁"，需要一鼓作气，不能三天打鱼两天晒网，热一头就冷下来。改革方案出台，只是改革的第一步，关键是要趁热打铁，抓好改革方案的落实，完成改革的任务。

气可鼓而不可泄，就要乘势而上。改革的好势头来之不易，需要我们好好珍惜。好势头就是好方向，就是好状态，需要我们好好把握。在好势头面前，我们不能麻木，不能不为所动。我们要乘势而上，巩固改革的好势头，发扬光大，不断深化其他领域的改革，把改革向纵深推进。

115. 为我们伟大的人民点赞

"点赞"为一网络语言，来源于网络社区的"赞"功能，后引申为赞同、喜爱，表示心理认同。"点赞"这一功能的推出，给网络社交带来方便，符合人们表达情感的愿望。

习近平总书记在发表 2015 年新年贺词时，在简要回顾 2014 年的主要工作后，总书记说"没有人民支持，这些工作是难以做好的，我要为我们伟大的人民点赞"。

总书记为人民"点赞"，一下子让十三亿多中国人民倍感温暖、备受鼓舞。这也成为党和国家送给人民的最重的新年礼物，人们争相传递总书记的"点赞"，喜形于色。总书记用一个网络流行词"点赞"来称赞人民，我们深切地感到总书记对人民支持党和政府工作的高度心理认同和感激之情。总书记"点赞"人民，让人民得到了极大的尊重和理解，有这声"点赞"，过去的一年所有的努力都得到了认同。总书记"点赞"人民，必将温暖民心、增强信心，激发人民投身中国特色社会主义伟大事业，为实现国家富强、民族振兴、人民幸福而努力奋斗。

2014 年，在以习近平同志为核心的党中央领导下，我国人民凝心聚力、万众一心，攻坚克难、开拓奋进，在经济新常态下实现经济社会总体平稳、稳中有进。全面深化改革扎实有效，啃下了一些硬骨头，稳步推进国家治理体系和治理能力现代化；全面推进依法治国开启新征程，建设中国特

色社会主义法治体系、建设社会主义法治国家成为共识；全面从严治党取得新进展，党风廉政建设和反腐败斗争取得新成效；全面建成小康社会迈出坚实步伐，人民生活有了新的改善。

习近平总书记还充分肯定"我们的各级干部也是蛮拼的"。总书记一句"蛮拼的"，是对各级干部的充分肯定和激励。有这句温暖无比的话，过去的一年再苦再累心里也是高兴的，也是有成就感的。在新的一年里，我们还要继续努力拼搏、开拓奋进，立足岗位、尽职尽责，用心用力、做好工作，为党和人民的事业发展做出新的贡献。

116. 腐败分子发现一个就要查处一个

习近平总书记发表的 2015 年新年贺词，可谓惜墨如金，字字珠玑，但是，在精短的篇幅里，专门有一段文字谈到从严治党、转变作风、反对腐败。总书记明确要求："在中国共产党领导的社会主义国家里，腐败分子发现一个就要查处一个，有腐必惩，有贪必肃"。总书记的这一重要讲话，铿锵有力、落地有声，信心十足、底气十足，进一步彰显了以习近平同志为核心的党中央深入推进反腐败斗争的坚定决心。

"腐败分子发现一个就要查处一个"，这话让人民群众振奋，让广大党员干部警醒，让腐败分子胆战心惊。党的十八大以来，党中央从关系党和国家生死存亡的高度，以强烈的历史责任感、深沉的使命忧患感、顽强的意志品质，切实加强党风廉政建设，深入开展反腐败斗争，坚持无禁区、全覆盖、零容忍，坚持"老虎"、"苍蝇"一起打，严肃查处腐败分子，着力营造不敢腐、不能腐、不想腐的政治氛围，赢得了党心民心，增强了党的凝聚力和战斗力。反腐败斗争极大地增强了人民对党和国家的信心，极大地震慑了腐败分子。在新的一年里，总书记要求对腐败分子发现一个就要查处一个，充分表明了党中央坚持不懈抓好反腐败斗争的决心，要求我们继续以零容忍的态度查处腐败分子。

"有腐必惩，有贪必肃"，这就让"反腐败一阵子"的错

误言论不攻自破，也让腐败分子不再心存侥幸。中国共产党从成立之日起，就与腐败水火不相容，这是由我们党的理想、性质、宗旨和目标任务所决定的。在我们党的成长壮大过程中，反腐败始终是一项极为重要的工作。党的十八大以来，党中央坚决查处了周永康、徐才厚、令计划、苏荣等严重违纪违法案件，充分证明我们党敢于直面问题、纠正错误，勇于从严治党、捍卫党纪，善于自我净化、自我革新。有腐必惩，有贪必肃，这是党心所向、民心所向，是巩固党的执政地位，推进中国特色社会主义事业，实现"两个一百年"奋斗目标，实现中华民族伟大复兴中国梦的必然要求。

在新的历史时期，我们一定要按照党中央的统一部署和要求，以大无畏的气概，坚持不懈深入开展反腐败斗争，始终保持反腐败的势头不减，反腐败的劲头不松，反腐败的力度不减，反腐败的制度"笼子"扎得更紧，与腐败分子作坚决的斗争，让腐败分子无处藏身，打赢反腐败这场持久战、攻坚战。

117. 开弓没有回头箭，改革关头勇者胜

在中国古代，弓箭是必备的涉猎工具和战场上的重要武器。我们时常在影视剧中看到，大力士或战将在使用弓箭时，一般是把箭搭在弓上，一拉开弓，箭就快速飞向目标。开弓没有回头箭，直白地说就是，弓已经拉开，箭已经射出去，箭是不会回头了。

习近平总书记指出："我们要继续全面深化改革，开弓没有回头箭，改革关头勇者胜。"这就是要告诫我们，全面深化改革的"弓"已经拉开，改革的"箭"已经射出，我们要坚定信心、勇往直前，攻坚克难、开拓奋进，通过扎实有效的工作，不断深化改革，实现改革目标。

在过去的一年里，在以习近平同志为核心的党中央坚强领导下，全面深化改革紧锣密鼓、蹄疾步稳地推进，改革成为时代的最强音，为我国经济社会发展注入了强大动力。中央全面深化改革领导小组确定的 80 个重点改革任务基本完成，中央有关部门完成了 108 个改革任务，各方面共出台 370 条改革成果。在这些成果数字的背后，我们看到的是党中央、国务院深化改革的坚定信心、胆识魄力，对国家、民族、人民高度负责的精神和责任担当，我们看到的是全党、全国上下在深化改革中做出的艰苦努力和卓有成效的工作。这些成绩，极大地提振了全面深化改革的信心。实践证明，只要敢于动真碰硬，敢于啃硬骨头，深化改革就能不断推进，取得

实效。

　　我们要深刻认识到，全面深化改革已经全面启动，改革赢得了党心民心，得到了全党、全国人民的支持，党员、干部、群众深切期待；全面深化改革是建设社会主义现代化国家和实现中华民族伟大复兴中国梦的重要路径，承载着国家、民族、人民的希望。

　　开弓没有回头箭，改革关头勇者胜。全面深化改革，就是要咬定青山不放松，不达目的誓不罢休。我国经济发展进入新常态，正处在爬坡过坎的关口，只有不断深化改革，认真解决体制机制弊端，啃下一块块硬骨头，搬开前进道路上的"拦路虎"，才能实现平稳健康发展。我们一定要敢于担当时代和历史使命，坚定不移地推进改革，不断取得新成果，在全面深化改革的进程中，不断完善和发展中国特色社会主义制度，推进国家治理体系和治理能力现代化。

118. 我们时刻都要想着那些生活中还有难处的群众

改革开放以来，我国经济实力、综合国力显著提高的同时，我国人民的生活不断改善，人民生活水平不断提高，人民生活总体越来越好。这为世界所公认、人民所认同。

人民生活总体越来越好，这是对人民生活水平提高的总体评价，也是人民生活改善的总体态势。随着全面建成小康社会不断推进，我国人民的生活会越来越好，生活水平不断向上、向好，最终过上小康生活。

习近平总书记深情地告诫我们："我国人民生活总体越来越好，但我们时刻都要想着那些生活中还有难处的群众。"从这朴实的话语中，我们感受到无限的温暖和感动，习近平总书记对人民以心相交，与人民时时在一起，与困难群众的心贴在一起。总书记在 2015 年的新年贺词中，通篇贯穿的主题词就是"人民"。

中国共产党始终把人民放在心中的最高位置，把实现好、维护好、发展好最广大人民的根本利益作为一切工作的出发点和落脚点，全心全意为人民服务，努力为人民谋福祉，中国人民的生活越来越好，人民对党充分信心。

人民生活总体越来越好，我们不能骄傲自满，更不能懈怠，还需要更加努力。要坚定不移地坚持以经济建设为中心，把发展作为执政兴国的第一要务，坚持稳中有进的工作总基调，在新常态下持续推动经济平稳健康发展，为保持人民生

活越来越好的总体态势提供坚强的物质保障。

我们时刻都要想着那些生活中还有难处的群众。生活有难处的群众，更需要我们的关心和帮助，我们一定要把他们放在心上，忧困难群众所忧，急困难群众所急，为他们办实事、办好事。要坚持立党为公、执政为民，以人为本、关注民生，不断改善人民的生活水平，让困难群众共享改革发展成果。要按照总书记的要求，满腔热情做好民生工作，让那些生活中还有难处的群众感受到党和政府的温暖，感受到党员干部的真情。对贫困地区和贫困群众，要加强扶贫开发力度，打好扶贫攻坚战，让农村贫困人口尽快脱贫致富，过上更好的生活，在全面建成小康社会的进程中不掉队。对城市困难群众等所有需要帮助的人们，要做好基本生活保障工作，确保他们的生活得到保障，采取多种形式帮助他们不断改善生活。

119. 坚忍不拔才能胜利，半途而废必将一事无成

坚定不移推进中国特色社会主义伟大事业，在建党 100 年时全面建成小康社会，在新中国成立 100 年时把我国建设成为富强、民主、文明、和谐的社会主义现代化国家，实现中华民族伟大复兴的中国梦，实现国家富强、民族振兴、人民幸福，这些都是我们努力的奋斗目标，是我们从事的伟大事业。

蓝图是宏伟的，目标是远大的，事业是伟大的，梦想是美好的。让蓝图变为现实，让梦想成真，实现目标任务，需要我们团结奋进、开拓进取，求真务实、真抓实干。习近平总书记告诫我们："我们正在从事的事业是伟大的，坚忍不拔才能胜利，半途而废必将一事无成。"夺取伟大事业的伟大胜利，就需要坚忍不拔。

坚忍不拔才能胜利。坚忍不拔是中国共产党的政治品格，中国革命、社会主义建设和改革开放伟大事业的胜利，就集中体现了我们党的坚忍不拔。在新的历史时期，面对复杂的国际形势，面对"四大风险"和"四大考验"，我们党要推进中国特色社会主义伟大事业，全面建成小康社会、全面深化改革、全面依法治国、全面从严治党，就必须坚忍不拔，不为任何风浪、风险所动摇，在改革发展的道路上，要逢山开路、遇河架桥，敢于涉险滩，敢于啃硬骨头，攻坚克难，勇往直前，坚定不移地朝着既定的方向、目标前进。

坚忍不拔是中国共产党人的精神品质。在革命战争年代，无数共产党人能够经受任何恶劣环境的考验，能够接受敌人的严刑拷打，始终坚定革命理想，始终对党忠贞不渝、永不叛党，靠的就是坚忍不拔。当代共产党人，就是要坚定共产主义理想、中国特色社会主义信念和实现中华民族伟大复兴中国梦共同理想，坚定中国特色社会主义道路自信、理论自信、制度自信、文化自信，做到理想信念的坚忍不拔。在实际工作中，在推进"四个全面"中，要知难而上、迎难而上，不怕困难、不惧风险，不断战胜困难。

　　半途而废必将一事无成。在改革发展的困难面前，如果我们不敢担当、不敢负责，畏首畏尾、瞻前顾后，不思进取、得过且过，知难而退、半途而废，必将一事无成，这就不是坚忍不拔。半途而废不仅只能一事无成，还会贻害党和人民的事业，极大损害党和政府在人民心中的形象，万万不可取。

120. 问题是时代的声音，人心是最大的政治

习近平总书记指出："推进党和国家各项工作，必须坚持问题导向，倾听人民呼声"。总书记还提出"问题是时代的声音，人心是最大的政治"。坚持问题导向，是一种求真务实的态度。做好一切工作的过程，都是发现问题、研究问题、解决问题的过程。有问题并不可怕，可怕的是不能发现问题，更可怕的是对问题视而不见、听而不闻。漠视问题，必然让小问题长大，最终变成大问题。

问题是时代的声音。坚持问题导向，就要坚持群众路线，深入实际、深入群众，虚心听取群众的意见和建议，善于倾听人民呼声，从中发现问题。对群众提出的问题，我们要敢于面对，正确对待，不能听之任之，置之不理。要坚持问题导向，不断增强问题意识，善于在实际工作中发现问题，敢于直面现实问题，在实践探索中提出问题，深入思考研究问题，找准问题的根源，在回答问题中找到解决问题的方法途径，敢于担当解决具体问题，把问题一个一个解决好，这样，就能扫清前进道路上的障碍，不断推进工作。

人心是最大的政治。中国共产党来自人民、植根人民，人民就是我们党的立党之本、执政之基、力量之源。中国共产党是马克思主义执政党，是建设中国特色社会主义的坚强领导核心，肩负着实现国家富强、民族振兴、人民幸福的历史重任。人心向背，关系成败。人心所向，力量无穷。巩固

党的执政地位，实现党的长远奋斗目标和近期发展任务，必须把人民放在心中的最高位置，用真心换真心，用真情换真情，全心全意依靠人民，全心全意为人民服务，努力实现好、维护好、发展好最广大人民的根本利益，把人民团结在党和政府周围。

得民心者得天下，失民心者失天下。这是从历朝历代兴亡更替中总结出来的真理，我们必须牢记在心。完成全面建成小康社会、全面深化改革、全面依法治国、全面从严治党的战略任务，我们必须最大范围地团结人民，最大限度地凝聚人民力量，最深程度地聚集人心，最有力地得到人民支持。只有这样，我们才能推动中国特色社会主义伟大事业，党和国家的事业才能不断发展。

121. 坚定不移走好走稳自己的路

党的十八届三中全会作出全面深化改革的战略部署后，改革大潮潮起潮涌、势头强劲，改革蹄疾步稳、稳步推进、扎实有效。在以习近平同志为核心的党中央的坚强领导下，财税体制改革、户籍制度改革、司法体制改革、农村土地改革等一些重要领域和关键环节的改革深入推进，取得了初步成效。全面深化改革，为中国发展注入了强大动力。在全面深化改革的关键时候，习近平总书记要求"我们要坚定不移走好走稳自己的路"，具有很强的针对性和重大的现实指导意义，我们一定要认真领会、深入把握。

坚定不移走好走稳自己的路，要正确认识"走好"和"走稳"的关系。"走好"是总方向和总目标，要求坚持正确方向，朝着既定的目标前进，不断推进中国特色社会主义伟大事业；"走稳"是基础和保障，要求稳中求进，稳扎稳打，步步为营，不折腾、不反复。只有做到既走好又走稳，才能完成全面建成小康社会、全面深化改革、全面依法治国、全面从严治党的战略部署，实现各项目标任务。

坚定不移走好走稳自己的路，要保持政治定力，坚守政治原则。道路问题是党的生命。要始终高举中国特色社会主义伟大旗帜，坚定中国特色社会主义道路自信、理论自信、制度自信、文化自信，既不能因循守旧、墨守成规，走封闭僵化的老路，也不能罔顾国情、东施效颦，走改旗易帜的邪

路，让改革发展始终走在中国特色社会主义道路上。只有这样，我们的路才会越走越正，越走越远。

坚定不移走好走稳自己的路，要把握全面深化改革的总方向。完善和发展中国特色社会主义制度、推进国家治理体系和治理能力现代化，是全面深化改革的总目标。改革是社会主义制度的自我完善和发展，不是推倒重来、另起炉灶，必须坚持中国特色社会主义；改进和完善国家治理体系，推进国家治理能力现代化，要在中国特色社会主义的框架内，怎么改、怎么完善，我们要有主张、有定力，不能全盘西化，犯颠覆性错误。

坚定不移走好走稳自己的路，前面的路就会越来越宽广，我们就能得到最广大人民的支持，经受住各种考验和挑战，战胜前进道路上的各种困难，在经济新常态下实现经济社会持续健康发展。

122. 所有人要拧成一股绳去干事创业

全面建成小康社会，全面深化改革，全面依法治国，全面从严治党，是党中央从坚持和发展中国特色社会主义全局出发提出的战略布局，是党中央治国理政的总方略，是实现"两个一百年"奋斗目标、实现中华民族伟大复兴中国梦的"路线图"，我们担当的使命十分艰巨，需要付出艰苦的努力。

中国共产党是马克思主义执政党，全心全意为人民服务是党的根本宗旨，国家、民族、人民的根本利益是我们党最大的利益。党的事业就是国家的事业、人民的事业、民族的事业。习近平总书记深刻指出："我们的目标越伟大，我们的使命越艰巨，就越需要所有人拧成一股绳去干事创业"。实现我们的长远目标和近期目标，完成我们的长远使命和近期使命，需要全党、全国人民的共同努力。

目标越伟大，使命越艰巨，越需要把全党全国人民团结起来。团结就是力量，团结出凝聚力、出战斗力、出生产力。十三亿多中国人民团结起来，8900万共产党员团结起来，拧成一股绳去干事创业，心往一处想，劲往一处使，就能化作巨大的力量，朝着伟大的目标迈进。

在建设中国特色社会主义的伟大实践中，在全面建成小康社会的攻坚期，在全面深化改革的关键时期，在全面依法治国、全面从严治党的进程中，我们一定要把所有人团结起

来，把所有人的力量聚集起来，朝着同一个方向用力，同时发力，凝心聚力推动发展，只有这样，我们才能不断解决改革发展中的问题，不断战胜前进道路上的困难。

各级领导干部要把团结摆在突出位置，增强人民力量无穷的意识，把人民放在心中的最高位置，把实现好、维护好、发展好最广大人民的根本利益作为一切工作的出发点和落脚点，努力维护社会公平正义，让人民共享改革发展成果。要坚持党的群众路线，把最广大人民团结起来，充分相信和依靠群众，善于集中群众的智慧，注重发挥各方面的积极性和创造性，共同干事创业，为了共同的目标共同团结奋斗。

123. 心中有党、心中有民、心中有责、心中有戒

习近平总书记要求全国的县委书记"始终做到心中有党、心中有民、心中有责、心中有戒"。"四个有"、四句话、十六个字，语重心长、发人深省，具体而不抽象，包含着丰富的内涵，有很强的针对性和指导性。这是党的总书记对县委书记提出的很高要求，为全国的县委书记指明了努力的方向。做新时期合格的领导干部，就要自觉践行总书记的要求。

心中有党，就是要把党放在心中最重要的位置，自觉在思想上、政治上、行动上与以习近平同志为核心的党中央保持高度一致，自觉维护党中央权威，维护党的团结和统一。要做到步调一致、令行禁止，党中央提倡的坚决响应，党中央决定的坚决照办，党中央禁止的坚决杜绝，经得起风浪考验，任何时候不能在政治方向上走岔了、走偏了。

心中有民，就是要始终把人民放在心中的最高位置，牢记全心全意为人民服务的宗旨，努力实现好、维护好、发展好最广大人民的根本利益。要做到坚持党的群众路线，自觉践行群众观点，深入群众倾听群众意见，善于集中群众智慧，善于发挥群众的积极性和创造性。要想群众所想，急群众所急，解群众所难，真心实意为群众办实事、办好事，全心全意为人民谋福祉。

心中有责，就是要勇于担当责任，肩负起党和人民赋予

的责任。责任重于泰山。只有责任在肩，领导干部才不会变得轻飘飘。领导干部心中有责，就要担当起应尽的责任，就要对党和人民负责，就要对一个地区、部门的改革、发展、稳定负责，做到守土有责、守土尽责、守土负责；就要勇于担当，敢于直面困难，知难而上，破解难题，敢于迎接挑战，排除风险，化解矛盾，为群众排忧解难，把问题解决在第一线，不上交矛盾。

心中有戒，就是心中要有一把自我约束的刚性"戒尺"，不断规范自己的言行。要始终对党和人民有一种敬重，时时刻刻与党和人民保持高度一致，为国家的富强、民主、文明、和谐努力工作，为人民谋幸福；要对党纪国法有一种敬畏，自觉遵守党的纪律和国家法律，做依法治国的模范，做懂规矩、守纪律的领导干部。要对权力有一种敬畏，严以律己、严以用权，确保权力始终用来为党和人民服务，不以权谋私，不贪赃枉法，不侵害群众利益。要正确行使权力，依法用权、秉公用权、廉洁用权，做到心有所畏、言有所戒、行有所止，处理好公和私、情和法、利和法的关系。

124. 努力成为党和人民信赖的好干部

信赖这个词很好解释，简单说就是信任和依靠的意思。但是，在人与人之间，要真正达到信赖的程度，那可不是一件容易的事。习近平总书记要求县委书记"努力成为党和人民信赖的好干部"，就是要让党和人民信得过、靠得住，这是一个很高的要求。

得民心者得天下，失民心者失天下。党心所向，战无不胜、攻无不克，民心所向，众志成城、攻坚克难。努力成为党和人民信赖的好干部，应该成为领导干部为官做事的追求。

成为党信赖的好干部，就要心中有党，对党忠诚。要始终坚持党的领导，高举中国特色社会主义伟大旗帜，认真贯彻党的理论路线方针政策，认真落实党中央的决策部署。要牢记入党誓言，讲诚信，坚守并兑现对党的承诺，任何时候都与党同心，与党同行，言必行、行必果，努力推进党的事业发展。要加强党性修养，不断锤炼政治品格，在任何时候都与党中央保持高度一致，做真正合格的领导干部。要认真履职尽责，立足本职做好工作，尽心尽力推动地区、部门的发展，为党的事业添砖加瓦。

成为人民信赖的好干部，就要心中有民，热爱人民。要始终把人民放在心中的最高位置，牢固树立人民至上的思想，把实现好、维护好、发展好最广大人民的根本利益作为一切

工作的出发点和落脚点。要牢固树立全心全意为人民服务的宗旨，让人民真正感受到领导干部真心实意在为他们办实事、办好事、解难事。要坚持党的群众路线，坚持一切从群众中来、到群众中去，善于听取群众的意见和建议，充分尊重群众的意愿，善于集中群众的智慧、凝聚群众的力量，努力发挥群众的积极性和创造性，把群众想办的事办好，让广大群众信任和依靠各级领导干部。

成为党和人民信赖的好干部，需要捧出真心、付出真诚、用尽真心，全身心地投入到党和人民的事业中；需要大力发扬求真务实的作风，多动手、多务实功，少动口、少务虚功，实实在在地让组织感受到领导干部的工作成效，让人感受到领导干部对他们的真情实意，从心里靠近你、贴近你。各级领导干部成为党和人民信任和依靠的好干部，就能带动一大批党员干部，共同推进经济平稳健康发展。

125. 县一级阵地，必须由心中有党、对党忠诚的人坚守

　　古人说，"郡县治，天下安"。在中国现行党政层级架构中，县一级具有特殊地位，在国家治理中发挥着基础性的重要作用。全国的县委书记都能发挥好作用，必将对推进全面建成小康社会、全面深化改革、全面依法治国、全面从严治党产生重要的影响。

　　习近平同志在福建任职时，在《从政杂谈》中对县一级党政班子的重要性有着精辟论述，他指出："如果把国家喻为一张网，全国3000多个县就像这张网上的纽结。'纽结'松动，国家政局就会发生动荡；'纽结'牢靠，国家政局就稳定。国家的政令、法令无不通过县得到具体贯彻落实。因此，从整体与局部的关系看，县一级工作好坏，关系国家的兴衰安危。"

　　习近平总书记高度重视和发挥县一级的作用，与他长期的深入思考和实践是一以贯之的。俗话说，火车跑得快，全靠车头带。习近平总书记指出："县委是我们党执政兴国的'一线指挥部'，县委书记就是'一线总指挥'。"县一级阵地靠什么人来坚守？这是一个十分重要的问题，我们必须保持高度的清醒。总书记给了我们明确的要求，"县一级阵地，必须由心中有党、对党忠诚的人坚守。"这就给县委书记提出了明确的要求，也为选拔任用县委书记提出了根本遵循。

　　县委书记必须心中有党、对党忠诚，这是很高的政治标

准和实践要求。县委书记要心中有党、对党忠诚，始终维护党的团结和统一，维护中央权威，始终把党的事业摆在第一位，团结班子、带好队伍，推动发展、维护稳定，关注民生、促进和谐，把最广大的人民群众紧紧团结在党和政府的周围，为实现党的奋斗目标而努力。

县委书记只有做到心中有党、对党忠诚，才能确保县一级阵地始终牢牢掌握在忠于党和人民的人手里。在县委书记的选拔任用中，要把心中有党、对党忠诚作为最重要的标准，摆在第一位，任何时候都不能动摇。对那些心中没有党和国家、没有人民群众，只有个人私利、只有小集团利益的人，是绝对不能担任县委书记的。这是我们必须守住的底线。

要把心中有党、对党忠诚作为首要的政治标准，把那些一心向党、事事为党、忠诚跟党，想干事、能干事、会干事，敢担当、能负责、爱人民的干部选拔到县委书记的岗位上来，支持他们干事创业、锻炼成长。

126. 时刻想到自己是党的人，时刻不忘自己对党应尽的义务和责任

习近平总书记多次强调，全党同志要强化组织意识，时刻想到自己是党的人，是组织的一员，时刻不忘自己应尽的义务和责任。总书记提出两个"时刻"，就是要求各级领导干部不要忘记自己的第一身份是共产党员，不要忘记自己的第一职责是为党工作，为人民谋幸福。

一滴水随时都会干涸，只有融入大海，才不会被蒸发；一个领导干部的力量十分有限，只有聚合在组织的力量中，才能发挥更大作用。做党的人，就是要高举党的旗帜，坚持正确的政治方向，一言一行体现党的意志，想问题、办事情都自觉站在党的原则立场上，努力维护党和人民的根本利益。

我们党是马克思主义执政党，党的力量来自每一个组织，来自每一个党员干部，来自每一个领导干部。领导干部时刻想到自己是党的人，就是要清醒认识到自己是党的一分子，把自己自觉融入到党组织中，融入到党的事业中。要与党血脉相融、心手相连，始终相信组织、依靠组织，尊重组织、服从组织，感恩组织、回报组织，立足本职、爱岗敬业、无私奉献，创造出无愧于党员身份、无愧于领导岗位的业绩。千万不能把自己游离于党外，游离于组织外，把自己置身于党的事业之外。更不能身在党内，心在党外，与党离心离德，干出一些损害党的利益、破坏党的形象的事。

时刻不忘自己应尽的义务和责任，就是不忘记自己在党旗下宣誓的入党誓词，积极为党的长远目标和近阶段的任务而努力奋斗。要在党言党，站在党的立场上说话，为党说话，说党的话；要在党忧党，保持忧患意识，努力克服前进道路上的困难；要在党兴党，牢记全心全意为人民服务的宗旨，勇于担当，尽职尽责，为振兴党的伟大事业而努力工作；要在党爱党，始终热爱中国共产党，坚持党的领导，坚定共产主义理想、中国特色社会主义信念和中华民族伟大复兴中国梦共同理想，坚定中国特色社会主义道路自信、理论自信、制度自信、文化自信；要在党为党，一切为了党的事业，为党努力工作，积极投身中国特色社会主义伟大事业，为实现中华民族伟大复兴中国梦做出贡献；要在党跟党，始终跟党走，认真贯彻党的理论路线方针政策，与党中央保持高度一致。

127. 领导干部对个人的名誉、地位、利益，要想得透、看得淡

作为一名领导干部，如何对待个人的名誉、地位、利益？这是一个很重要的问题。习近平总书记用"想得透、看得淡"给我们做出了全新的诠释。简短的六个字，包含了深刻内涵，需要我们深入理解和把握。在个人的名誉、地位、利益面前，想得透，看得淡，就能看得轻，就能从容应对；想不透，看不淡，就会看得重，就会盲目争抢。

古人说："放得下功名富贵之心，便可脱凡。"在现实生活中，有的把个人名誉看得很大，不惜沽名钓誉，甚至搞假文凭、假档案；有的把个人地位看得很高，不惜跑官要官、买官卖官；有的把个人利益看得很重，不惜见利就上、贪污受贿，最终把事业毁了、前程毁了、同志毁了、家庭毁了、亲友毁了。

领导干部个人的名誉，很多时候是集体的名誉，群众把名誉给了我们，我们要有这样的平常心态，对群众始终有一颗感恩的心。领导干部要珍惜自己的名誉，对自己高标准、严要求，对党忠诚、个人干净、勇于担当，注重自己的一言一行，时时处处维护自己的形象，展现出领导干部的精神风貌，不能放低自己的要求，混同于一般党员干部。在名誉面前，不要争抢，事事要占个先，处处当仁不让，要主动把荣誉让给基层一线的同志，表现出应有的胸怀。

领导干部个人的地位，是党和人民给予的，是党和人民

培养的结果，当然，也有个人的努力。要正确看待自己的地位，把地位作为为党和国家工作、为人民服务的岗位，要在其位、谋其政，认真履职尽责。地位不在高低，关键在于为党和人民的事业做出多大的贡献。不要一天到晚都在想自己的地位，想着地位越高越好，职位越高越好，一心只想往上爬。

　　领导干部个人的利益，相对于党和人民的利益，是微不足道的。要始终把党和人民的利益摆在第一位，把个人利益放在最后，不能本末倒置。要努力实现好、维护好、发展好最广大人民的根本利益，不能把个人利益搅和在国家和人民的利益中，甚至侵占国家和人民的利益。要严格公私界线，公私分明，事事出于公心，公就是公，私就是私，不能假公济私、损公肥私。要严以律己，严以用权，在利益面前要经得起诱惑，经得住考验，不能贪污受贿，走向腐败的泥沼。

128. 多做雪中送炭的事情

锦上添花，是不少领导干部最喜欢做的事。工程开工了，领导去铲土奠基，项目竣工了，领导去剪彩揭幕，既不费力，也不费事，还落得个领导重视的名声，有时还起到了锦上添花的作用，领导乐意，下面欢喜。这种锦上添花的事，不是不可以做，是要少做。作为领导干部，要按照习近平总书记的要求，多做一些雪中送炭的事情。

我国是世界上最大的发展中国家。据国家统计局发布的《2015年国民经济和社会发展统计公报》显示：2015年我国农村贫困人口从上年的 7017 万减少到 5575 万。另外，我国还有数量庞大的城市低收入家庭，他们最需要我们帮助，最需要我们雪中送炭。

我们的人民是最善良的，也是最宽容的。但是，我们不能因为他们的善良和包容，而忽视了他们的问题，漠视了他们的困难。各级领导干部，是我们党和国家事业发展的中坚骨干力量，但首先是人民的公仆。全心全意为人民服务是各级领导干部的宗旨和职责，既然是全心全意，就不能半心半意，更不能三心二意，要把实现好、维护好、发展好最广大人民的根本利益摆在第一位。要沉下身子，深入到贫困地区和矛盾突出的地方，深入到广大群众特别是困难群众中去，倾听他们的意见和呼声，感受他们的困苦，真心实意为他们办实事、办好事，让他们感受到党和政府的温暖。

要解决好人民最关心最直接最现实的利益问题，切实维护人民的利益，保护人民的利益，让人民亲身感受到各级领导干部是站在他们的立场上说话的，是在为维护他们的利益做事的，增强人民对领导干部的信任度和满意度。要下大气力解决好人民不满意的问题。人民不满意，说明我们的工作还没有做到位，还有努力的空间。对人民不满意的问题，要敢于直面，认真解决，不要绕路回避、退避三舍。

　　问题解决了，就不是问题。问题不解决，永远都是问题，还会越积越大，把小问题拖成大问题。这就需要各级领导干部敢于担当，勇于雪中送炭，把人民的困难作为自己的困难，沉下心、静下气，帮助人民解决困难。当人民的脸上露出满意的笑脸时，人民的心就更加贴近党、拥护党。

129. 决不能让困难地区和困难群众掉队

党的十八大提出，要在建党一百年时全面建成小康社会。这是我们党对人民作出的庄严承诺。时间越来越近，任务还很繁重，还有很多贫困地区、贫困群众离小康社会的要求很远。习近平总书记明确要求，"决不能让困难地区和困难群众掉队"，一句朴实的话，充满了温情和温暖，充分体现了总书记对贫困地区、贫困群众的关注、关心和关爱之情，也给我们提出了明确的工作要求。

全面建成小康社会，凝聚着全体中国人民的梦想和期待，是实现中华民族伟大复兴中国梦的重要基础步骤。现在离全面建成小康社会只有五六年时间了，真可谓时不我待，需要只争朝夕。各级党委、政府在推进经济社会发展的过程中，一定要高度关注贫困地区，切实关心贫困群众，把脱贫致富摆在十分重要的位置。要深入调查研究，切实摸清困难群众的贫困状况，掌握实实在在、没有水分的贫困面，做到心中有数，不能再隐瞒贫困人口总数。因为隐瞒不是办法，是瞒不住的，群众心里明镜似的清楚，关键时候还是要用发展来说话，用数字来说话。

要按照总书记的要求，切实加大扶贫开发力度。要对贫困地区的扶贫攻坚、对贫困群众的脱贫致富进行总体统筹、顶层设计，制定明确的目标，采取切实有效的措施，扎实推进，步步为营，务求见到实实在在的成效。要采取特殊的政

策措施，整合政府资源，加大扶贫开发的投入力度，实行精准式扶贫，用产业来带动，大力发展富民强县的产业，整乡整村推进，争取早见成效、见实效，让贫困地区和贫困群众真切感受到扶贫开发的成果。对脱贫致富的目标任务，不能再大而化之，不能再泛泛提要求，要一个钉子一个铆，抓在实处，落在实处。

没有贫困地区和贫困群众的小康，就没有全面建成小康社会。实现全面建成小康社会，一定要举全党、全国、全社会的力量，形成强大的社会合力。要调动国有企业、民营企业等社会各方面的力量，支持贫困地区扶贫攻坚，支持贫困群众脱贫致富。先进发达地区要帮扶贫困地区，先富起来的群众要帮助贫困群众，真心实意办实事、办好事，助推贫困地区和贫困群众建成小康社会。贫困地区的干部群众，要发扬自力更生、艰苦奋斗的作风，加快发展步伐，奋力改变家乡的贫困面貌，自觉融入到全面建成小康社会的进程中。

130. 干事创业一定要树立正确政绩观

　　领导干部的重要职责就是干事创业，推动一个地方、部门持续健康发展。领导干部不干事，就会无所事事，领导干部不创业，就是不务正业。所以，领导干部一定要把干事创业摆在第一位，从履行职责的第一天起，就要一门心思干事，满腔热情创业，不断推进党的事业发展。各级领导干部凝心聚力干事创业，我们党和国家的事业就会呈现出良好的发展态势，就能持续推动社会主义现代化建设，加快实现中华民族伟大复兴中国梦进程。

　　领导干部干事创业，都希望出政绩。只有出政绩，才不会辜负组织的希望和人民的期盼，才不会辜负一个地区和部门，自己的心也才会安。出政绩，是每一个领导干部的正常心理，想出政绩，才会始终保持干事创业的激情。怎样出政绩？出什么样的政绩？这是我们需要深入思考的问题。习近平总书记明确要求，干事创业一定要树立正确政绩观。

　　政绩观直接影响着领导干部的价值取向，是领导干部干事创业的目标追求。所谓政绩观，就是对政绩的本质、内涵、目的、要求的总体看法和根本观点。领导干部干事创业要树立正确政绩观，就是要准确把握什么是政绩？为谁出政绩？怎样出政绩？谁来评判政绩？

　　政绩是领导干部在履职尽责的过程中团结带领党员干部群众创造的业绩，体现了领导干部的德才素质和综合能力，

是评价领导干部实绩的重要方面。领导干部的政绩要体现在一个地区、部门的科学发展上，体现在人民真正得到实惠上。政绩工程、形象工程，不可能是政绩，虚假政绩、有水分的政绩，也不可能是政绩。

领导干部出政绩，不是为了自己的去留升迁，而是为了最广大的人民，为了实现好、维护好、发展好最广大人民的根本利益。领导干部的政绩，不是由自己说了算，不是自己说好就好，要由人民群众来评判，要看人民拥护不拥护、赞成不赞成、高兴不高兴、答应不答应；要由实践来评判，看是否推动经济社会持续健康发展；要由历史来评判，看是否经得起历史的检验。

领导干部要出政绩，就要大力弘扬求真务实的精神，在干事创业中真抓实干，多干人民想干的实事，多为人民办好事，干出实实在在的业绩，把政绩写在中国改革发展的进程中，写在人民群众的心上。

131. 要把调查研究作为基本功

　　关于调查研究，毛泽东同志有过一些经典论述，值得我们认真品味学习。他说，"没有调查没有发言权"，"不做正确的调查同样没有发言权"；"一切结论产生于调查情况的末尾，而不是在它的先头"；"没有放下臭架子、甘当小学生的精神，是一定不能做，也一定做不好的"。习近平总书记要求县委书记"要把调查研究作为基本功，坚持从实际出发谋划事业和工作，使想出来的点子、举措、方案符合实际情况"。总书记关于调查研究的重要论述，与毛泽东同志的调查研究思想是一脉相承的。

　　领导干部为官做事，需要具备一些基本功。习近平总书记把调查研究作为县委书记的基本功，可见调查研究对领导干部的重要性。不会调查研究，调查研究这个基本功不扎实，领导干部是很难把工作做好的。领导干部要出主意、想办法、用干部，就必须倾下身子去调查研究。

　　在新常态下，要完成全面建成小康社会、全面深化改革、全面依法治国、全面从严治党的繁重任务，我们面临着许多新情况、新问题、新矛盾，需要我们准确把握、从容应对。这就需要调查研究，掌握决策的主动权。领导干部一定要牢固树立调查研究的意识，掌握调查研究的方式方法，提高调查研究的本领。

　　调查研究是干事创业的前提和基础，领导干部一定要

把调查研究前置、再前置，摆在工作的最前端。开口表态前、做决策前、解决问题前、面对群众时都要调查研究，做到心中有底，把握整体态势，熟悉总体情况，了解点上的问题，悉知群众的意见，只有这样，我们才不会脱离实际、脱离群众，才不会讲出一些天上一句、地上一句的话，才不会讲出一些群众听不懂的话，才不会作出一些远隔千山万水的决策。

领导干部坚持调查研究，就是坚持党的群众路线的具体体现。要改变高高在上听汇报、指手画脚提要求和动口不动手、动口不动腿的做法，大力弘扬求真务实的作风，深入到实际工作中，用眼睛看，用耳朵听，用脑子思考，掌握最基础、最真实的情况。要深入到干部群众中，倾听群众的意见和呼声，掌握他们的真实需求。只有这样，我们想问题、出主意、做决策才不会脱离实际、脱离群众。

132. 不能只想当官不想干事，只想揽权不想担责，只想出彩不想出力

习近平总书记高度重视干部要有担当。因为，如果干部没有担当，没有担起肩负的责任，没有认真履职尽责，没有尽职尽责，就不可能干成事业，就不可能出成就。

习近平总书记深刻指出，"不能只想当官不想干事，只想揽权不想担责，只想出彩不想出力"，总书记的这一明确要求，击中了干部队伍中存在的一些根深蒂固的问题，如醍醐灌顶，具有很强的针对性，必须引起各级领导干部的高度警醒。

不能只想当官不想干事。在干部队伍中，我们不难看到这样的领导干部，他们成天想的事就是当官，刚任新职务，就开始琢磨着怎么再上新台阶，甚至不惜跑官、要官、买官，一门心思在当官上，把主要精力放在当官上。他们把当官的责任、干事创业全放在一边，信奉所谓"不跑不送原地不动，又跑又送提拔重用"等官场歪理。只想当官不想干事，是十分危险的，只会贻误事业发展，影响干部成长。只想当官不想干事，最终必然被组织抛弃、被人民远离。领导干部的职务，本身就是一种职责，需要的是一种担当精神。当官就要干事，就要为党工作，为人民服务，推动党和国家事业发展，在我们共产党内是天经地义的。

不能只想揽权不想担责。在现实生活中，我们不难看到这样的领导干部，他们成天想的是怎样揽权，让自己手中的

权力越多越好，甚至权力膨胀，不惜大权独揽、独断专行。但是，他们把权力揽到手后，却不想担责，甚至是不负任何责任，遇到矛盾就绕路，碰到困难就回避，推过揽功，缺乏领导干部最基本的担当。领导干部的权力与责任是一致的，有多大权力，就要担多大的责任，就要对职责范围内的工作负责，把自己的工作做好，推动地区和部门的发展。

不能只想出彩不想出力。有的领导干部，他们成天不想出力，想的就是怎样让自己的工作出彩，好在上级面前邀功，在同级面前炫耀，在下级面前露脸，有的甚至不惜搞政绩工程、形象工程，不惜夸大事实、虚报浮夸，制造有水分的增长。领导干部想出彩，想出政绩，关键是要用心去干、出力去干，不想出力就想出彩，是根本不可能的。即使地区、部门的工作出彩了，也是广大党员干部群众努力的结果，跟你自己无关，这种彩挂在你脸上，群众也看不到你的光彩的，因为你偷了大家的功。

133. 不能干一年、两年、三年还是涛声依旧

《涛声依旧》是群众熟知喜爱的一首流行歌曲。人们在回首美好往事时，总喜欢涛声依旧，找到不变的回忆。美好的回忆可以涛声依旧，事业发展却不能涛声依旧。

习近平总书记鼓励县委书记要意气风发、满腔热情干好，为官一任、造福一方。总书记巧妙地引用了《涛声依旧》这首歌的部分词句，要求县委书记"不能干一年、两年、三年还是涛声依旧，全县发展面貌没有变化，每年都是重复昨天的故事"。让县委书记们在会心一笑中，感受到肩负一方发展、推动经济社会发展的重要性。

习近平总书记在《念奴娇·追思焦裕禄》这首词里充满深情地写到：魂飞万里，盼归来，此水此山此地。百姓谁不爱好官？把泪焦桐成雨。生也沙丘，死也沙丘，父老生死系。暮雪朝霜，毋改英雄意气！依然月明如昔，思君夜夜，肝胆长如洗。路漫漫其修远矣，两袖清风来去。为官一任，造福一方，遂了平生意。绿我涓滴，会它千顷澄碧。

一句"为官一任，造福一方，遂了平生意"，集中体现了总书记对焦裕禄的高度评价。为官一任，造福一方，是对每一个领导干部的基本要求，应该成为领导干部的自觉行动。领导干部在一个地区、部门干几年，甚至干一两届，还是山河依旧，没有任何发展，人民没有得到任何实惠，还是涛声依旧，就会耽误所在地区和部门。这样的领导干部，就是不

合格的。

　　各级领导干部要自觉把为官一任、造福一方作为一种责任、一种担当，始终把发展作为执政兴国的第一要务，意气风发干事创业，满腔热情推动发展，真心实意为人民谋幸福，不辜负党的重托和人民的期待。领导干部为官不为，无所作为，就不应该占着那个位子。

134. 要有"功成不必在我"的境界

习近平总书记多次语重心长地告诫各级领导干部要有"功成不必在我"的境界。在新的历史时期，要完成全面建成小康社会、全面深化改革、全面依法治国、全面从严治党的战略任务，尤其需要这样的精神。

功成不必在我，需要博大的情怀胸襟。要对一个地区、一个部门的长远发展进行科学谋划、总体规划、顶层设计，明确发展定位、发展方向、发展目标、发展重点，脚踏实地，一步一个脚印地向前推进。不要急功近利，急于想在自己的任上就干出惊天政绩，急于想在任上就留下永久声名。要多想在自己任上为子孙后代做过什么，为下一任留下什么，为今后的发展打下什么基础。只有这样，即使调离这个岗位，自己才会放心，看到今后的持续发展，自己才会心安。功成不必在我，就是坚持正确的政绩观。

功成不必在我，需要一种执着坚持的精神。对领导干部来说，任职有期限，人事有更替，但是，党的事业发展是无止境的。干事业就需要执着，就需要坚持不懈、开拓进取。要坚持好蓝图一干到底，一任接着一任干，像接力赛一样，一棒一棒接着干下去，不要换一届领导就兜底翻。要有前人栽树后人乘凉的情怀，把发展的基础打好，把树栽好，让别人来摘果子。要以对党和人民负责、对未来发展负责的精神，脚踏实地，稳扎稳打，多干打基础、利长远、促发展的好事、

实事，不能目光短浅，急功近利，不贪一时之功，不图一时之名。舍一时的小功，图长远的大功。

功成不必在我，需要一种无私奉献的精神。党的事业发展，需要一代又一代共产党人作出无私的奉献，贡献自己的聪明才智，甚至献出自己的宝贵生命。新中国的建立，可谓天大的"功"，但是，在这大功的背后，是无数革命先烈的无私奉献；改革开放以来，我国经济实力、综合国力和人民生活水平显著提高，在这大功的背后，是无数党员干部群众的艰苦努力和无私奉献。每一个领导干部都要有甘当铺路石的精神，为今后长远的大功打牢基础。

135. 领导干部要心有所畏、言有所戒、行有所止

习近平总书记要求领导干部做到"心有所畏、言有所戒、行有所止",具有很强的现实性和针对性。各级领导干部要牢记在心,作为自己的座右铭,自觉在实际工作中践行。

心有所畏,就是要敬畏党、敬畏国家、敬畏人民。要对党心存敬畏,牢记对党的承诺,自觉履行党员义务,维护党的团结和统一,维护党的形象,服从组织决定;要对国家心存敬畏,牢记国家利益至上,时时处处维护国家利益,维护国家形象;要对人民心存敬畏,始终把人民放在心中的最高位置,全心全意为人民服务,一切为了实现好、维护好、发展好最广大人民的根本利益,不能伤害人民,不能侵占人民利益。同时,还要对组织、对权力、对党纪国法心存敬畏。

言有所戒,就是口能关风,谨言慎言,不该讲的话就不能讲。领导干部的嘴是受约束的,什么该说、什么不该说,心里要十分清楚明白,做到懂规矩、守纪律、听招呼。要在党为党,心中装着党,一切为了实现党的根本利益;要在党言党,任何时候都站在党的立场上说话,与党中央保持高度一致;要在党忧党,始终与党同心同德,为了党的事业而奋斗;要在党兴党,一切为了振兴党的事业。不能尾大不掉、妄议中央、口无遮拦、乱说乱讲,妄自猜测、造谣生事。对各种政治谣言不听、不信、不传播,破坏党的团结和统一、伤害党的形象、损害党和国家利益的话,绝对不讲;影响班

子团结、伤害同志的话，绝对不讲；影响干部职工队伍稳定、贻误事业发展的话，绝对不讲。

行有所止，就是要能把控好自己的行为。从领导干部到罪犯，往往就是一念之差、一步之遥、一墙之隔，向前迈出一步，就会从"座上宾"沦为"阶下囚"。领导干部要自觉遵守党的纪律和国家法律，知道什么是不能碰的高压线，什么是不能逾越的红线，自觉同不正之风作斗争，对什么事不能做，心里要清楚明白，行有所止。领导干部在任何时候都要稳得住心神、把得住操守、抵得住诱惑、止得住行为，树立清正廉洁的良好形象。千万不要走到党和人民的对立面，走上一条不归路。

136. 一把手要总揽不包揽、分工不分家、放手不撒手

民主集中制是中国共产党的组织原则，是党的根本组织制度和领导制度。各地各部门的"一把手"要带头执行民主集中制。如何执行民主集中制？习近平总书记教给我们最有效的方式方法，那就是："总揽不包揽、分工不分家、放手不撒手。"

总揽不包揽，就是要总揽全局、总体统筹，不大包大揽。作为一把手，要立足全局、胸怀大局，总揽地区、部门的改革、发展、稳定，心中有明确的目标、清晰的思路，善于抓住重点，采取有效的措施有步骤地推进工作。但是，一把手不能大包大揽，不能事无巨细，眉毛胡子一把抓。大包大揽，只会使自己陷入大量的日常事务中而不能脱身，没有时间和精力来思考改革发展的大事，最终只会抓了芝麻丢了西瓜，得不偿失。大包大揽，还会挑起班子成员的矛盾，让班子成员无法有效履行职责。

分工不分家，就是要明确分工，明确职责，不能分家。一个有战斗力的领导班子必然是团结和谐的。领导班子要成为一个团结战斗的集体，就要有明确的分工，有明确的职责，班子成员有分工，有合作，形成相互支持、相互配合的良好机制，但是，班子成员之间不能分家，不能各顾各的，各干各的。

放手不撒手，就是要放手让班子成员开展工作，但不能

撒手不管。一把手对班子成员要充分信任，相信他们能履行好职责，放心、放手地让他们开展工作。但是，放手并不意味着撒手，不能对班子成员的工作不闻不问不管。既要积极支持班子成员的工作，给他们提供有力的支撑，又要督促班子成员做好工作、狠抓落实。

　　总揽不包揽，分工不分家，放手不撒手，都是科学统一的，需要根据领导班子的实际情况，结合实际把握好度，找到最佳的结合点。

137. 依法治国的根基在基层

党的十八届四中全会提出全面推进依法治国的总目标是建设中国特色社会主义法治体系，建设社会主义法治国家。实现这个总目标，必须坚持中国共产党的领导，坚持人民主体地位，坚持法律面前人人平等，坚持依法治国和以德治国相结合，坚持从中国实际出发。

实现依法治国的总目标，必须在中国共产党领导下，坚持中国特色社会主义制度，贯彻中国特色社会主义法治理论，形成完备的法律规范体系、高效的法治实施体系、严密的法治监督体系、有力的法治保障体系，形成完善的党内法规体系，坚持依法治国、依法执政、依法行政共同推进，坚持法治国家、法治政府、法治社会一体建设，实现科学立法、严格执法、公正司法、全民守法，促进国家治理体系和治理能力现代化。

习近平总书记深刻指出："依法治国的根基在基层"。这就让我们进一步明确，建设中国特色社会主义法治体系，建设社会主义法治国家，是一个庞大的系统工程，需要夯实基础，打牢根基，久久为功。依法治国是一个宏大的战略目标，也是一个重大的实践，需要全党全国人民行动起来，需要广大党员干部群众以自己的实际行动支持依法治国，形成全民学法、尊法、守法、用法、依法的良好氛围，在全社会形成巨大的法治力量。

依法治国的基础牢，地就不会动，根基深，山就不会摇，就能够经风雨见世面，任凭风大雨大，我自岿然不动，始终朝着全面依法治国的目标前进。各级领导干部要勇于担当依法治国的重任，按照中央的部署要求，同步推进依法治国、依法执政、依法行政，把建设法治国家、法治政府、法治社会有机统一起来，做到科学立法、严格执法、公正司法、全民守法，促进国家治理体系和治理能力现代化。要扎实推进所在地区、部门依法治国的进程，同时，要做学法尊法守法用法的模范，带动广大党员干部群众学法尊法守法用法，形成良好的法治环境，让人民群众真真切切感受到依法治国带来的变化，在每一个司法案件中感受到公平正义。

138. 清清白白做人、干干净净做事、坦坦荡荡为官

　　领导干部怎样做人、做事、为官？长期以来，这是各级党校领导干部培训班上经常研讨的话题，也是各级领导干部经常思考的问题。习近平总书记给领导干部指明了努力的方向："清清白白做人、干干净净做事、坦坦荡荡为官"。总书记的三句话，通俗易懂，形象生动，内涵丰富，寓意深刻，道出了领导干部做人、做事、为官的基本遵循和底线要求。

　　清清白白做人，这是做人的根本，也是领导干部的立身之本。清清白白做人，是领导干部必须坚守的道德底线，任何时候都不能逾越，一旦逾越，就会变成可怕的"魔鬼"。领导干部清清白白做人，始终坚守共产党人的精神高地，就会有一种正气在身，就会有一种有形的力量，对群众有一种感染力和凝聚力。领导干部自身不清白，就会人见人怕、人见人恨，群众就会远离你，不敢靠近你。领导干部清清白白做人，就要做到心不变黑、手不变脏，不侵占党和人民的利益，不损害他人的利益。

　　干干净净做事，就是在干事创业的过程中，要始终做到干干净净。领导干部在其位，就要谋其政，为官一任，造福一方，推动所在地区、部门经济发展和社会稳定和谐。干干净净做事，就要明确我们是为党和人民做事，为了党的事业发展和人民的幸福，不是为自己做事，不可逞一时之能，爽一时之快；要把实现好、维护好、发展好最广大人民的根本

利益作为做事的立足点和落脚点，不为小集团、小团体谋私利；要一身正气、两袖清风、清正廉洁，做到公私分明，公就是公，私就是私，不能假公济私，让私利搭上"公"车。只有这样，才能把事做成、做好，让党放心、让人民满意。

坦坦荡荡为官，就是要做到胸怀坦荡、行为坦荡，光明磊落。古人说，"政者，正也。"领导干部作为一个从政者，作为执政党的一员，时时刻刻都要有一种"正"在身。坦坦荡荡为官，要始终坚定理想信念，心中有党、忠诚于党，时刻有党的阳光照耀，心里透透亮亮；就要心中有民，始终把人民放在心中的最高位置，真心实意为人民服务，时时处处维护人民的根本利益；就要严以律己、严以用权，把党和人民赋予的权力用在为党工作、为民服务上，不以权谋私、贪污腐败。领导干部坦坦荡荡为官，就能在群众中产生感召力和影响力，把更多的群众团结在党和政府的周围。

139. 反腐败要坚持无禁区、全覆盖、零容忍

在十八届中纪委第五次全体会议上，习近平总书记提出"坚持无禁区、全覆盖、零容忍，严肃查处腐败分子，着力营造不敢腐、不能腐、不想腐的政治氛围"，充分表明了党中央推进党风廉政建设和反腐败斗争的坚强决心。

坚持无禁区、全覆盖、零容忍，是党中央旗帜鲜明推进反腐败斗争的鲜明态度和坚定决心。无禁区彰显的是深度，反腐败要向纵深推进，腐败不能有特殊保护区；全覆盖彰显的是广度，反腐败要全面推进，不留死角；零容忍彰显的是力度，谁敢腐败就查处谁，不能宽容，不能忍让。我们党要打赢反腐败这场攻坚战、持久战，就必须下最大决心，拿出最大的魄力，采取最有力的措施，始终保持反腐败的强劲势头，坚决遏制腐败现象蔓延势头，坚守阵地、巩固成果、深化拓展，坚定不移推进党风廉政建设和反腐败斗争。

坚持无禁区，就是说反腐败没有不可以进入的区域。禁区，是指一个"未经许可不允许进入"的特殊地区或区域。党中央严肃查处周永康、徐才厚、令计划、苏荣等严重违纪违法问题，向全党表明，腐败分子即使身居高位、位高权重，也逃不脱党纪国法的惩处。反腐败没有特殊区域，没有特权保护的区域，腐败分子无一例外都要受到查处。

坚持全覆盖，就是说反腐败全面覆盖社会生活的方方面面，没有遗漏，坚持"老虎"、"苍蝇"一起打，都不能幸

免。哪里发生腐败问题，反腐败斗争就要延伸到哪里，腐败分子藏在哪里，反腐败的利剑就会指向哪里，剑锋所指，所向披靡。那种自认为身在边缘部门、清水衙门，很少有人关注，可以贪点、拿点的侥幸心理最终只会害了自己；那种自认为位高、权重，没有人敢碰，就可以贪污腐败的侥幸心理，最终只会毁了自己。在贪污腐败的问题上，不能心存丝毫侥幸，小官巨贪已经引起极大的关注，"手莫伸，伸手必被捉"已经成为铁定的规律。

坚持零容忍，就是说不能容忍腐败问题，对腐败分子不能心慈手软。我国是社会主义法治国家，不论腐败分子是谁，不论他们的职位高低，在法律面前人人平等，只要他们贪污腐败，侵害党和人民的利益，触犯了党纪国法，就要依法依纪严肃查处、惩治。我们党已经高举反腐败的利剑，始终保持反腐败的高压态势，坚持有腐必反、有贪必肃、有案必查，对腐败分子发现一起查处一起，发现多少查处多少，不会容忍任何腐败分子逍遥法外。

140. 反对腐败是党心民心所向

党的十八大以来，以习近平同志为核心的党中央，深入开展党风廉政建设和反腐败斗争，严厉惩治腐败分子，反对腐败取得了阶段性的重大胜利，赢得了党心民心，受到了全党全国人民的拥护和支持。

在珍惜取得的成绩的同时，我们还要看到，反腐败斗争形势依然严峻复杂，主要是在实现不敢腐、不能腐、不想腐上还没有取得压倒性胜利，腐败活动减少了但并没有绝迹，反腐败体制机制建立了但还不够完善，思想教育加强了但思想防线还没有筑牢，减少腐败存量、遏制腐败增量、重构政治生态的工作艰巨繁重，反腐败斗争任重道远，全党、全国人民真情期待。

习近平总书记要求"全党必须牢记，反对腐败是党心民心所向"，就是说，反对腐败是党心所向，就是全国各级党组织、8900万共产党员的心之所向，是全党的共同意志；反对腐败是民心所向，就是十三亿多人民的心之所向，是全体中国人民的共同愿望。这是一份沉甸甸的责任，我们必须勇于担当。

反对腐败是党心民心所向，就是我们必须坚持的方向，就是我们努力的方向。加强党的执政能力建设和先进性、纯洁性建设，巩固党的执政地位，我们必须坚定不移反对腐败。得民心者得天下。我们不能辜负党心民心，一定要坚定不移

地推进反腐败斗争。反腐败只能进不能退，进则决胜千里，人民满意，退则溃不成军，人民不高兴；只能赢不能输，赢则得到党心民心，输则愧对党和人民，人民不答应。我们要有这样的清醒和自觉。

中国共产党是中国工人阶级的先锋队，同时是中国人民和中华民族的先锋队，是建设中国特色社会主义的领导核心，我们党反对腐败，是党心民心所向，顺应了党心民心，赢得了党心民心。我们坚信，党心民心在我们党一边，反腐败就有无穷的力量源泉，有全党全国人民的大力支持，反腐败斗争必定取得最后的胜利。

雄关漫道真如铁，而今迈步从头越。我们要深刻认识到党风廉政建设和反腐败斗争的严峻性复杂性，勇于面对新情况，善于解决新问题，以除恶务尽、决战决胜的决心意志，以开弓没有回头箭的胆魄勇气，坚持无禁区、全覆盖、零容忍的高要求，采取严格有效的举措，实行铁的纪律，保持惩治腐败的高压态势，把党风廉政建设和反腐败斗争引向深入，务求取得反对腐败的全面胜利。

141. 打赢党风廉政建设和反腐败斗争这场攻坚战、持久战

习近平总书记深刻指出："大量事实告诉我们，腐败问题越演越烈，最终必然会亡党亡国！我们要警醒啊！"这是总书记向全党敲响的警钟，发人深省。

党的十八大以来，党中央从自己做起，从严要求自己，及时出台了"八项规定"；在全党深入开展党的群众路线教育实践活动，聚焦"四风"问题，整治不正之风；坚持"老虎""苍蝇"一起打，以零容忍的态度惩治腐败；坚持党要管党、从严治党，内设"高压线"、外念"紧箍咒"，正风肃纪与铁腕反腐强力推动，党风政风为之一新，党心民心为之一振，党风廉政建设和反腐败斗争取得明显成效。但是，滋生腐败的土壤依然存在，党风廉政建设和反腐败斗争形势依然严峻复杂，实现十八大提出的"干部清正、政府清廉、政治清明"政治建设目标，还有很长的路要走，还有繁重的任务。习近平总书记指出：有全党上下齐心协力，有人民群众鼎力支持，我们一定能够打赢党风廉政建设和反腐败斗争这场攻坚战、持久战。

党风廉政建设和反腐败斗争面临的新情况、新问题，注定了这是一场攻坚战、持久战。我们看到，不正之风和腐败的病根未除，病源还在，行有"不敢"，心里还做不到"不能"和"不想"。在纠正"四风"中，仍有少数领导干部玩小聪明钻制度的空子，有的参加公款宴请不坐公车改坐公交

车、出租车去，大吃大喝有的躲进"培训中心"、有的藏进了"内部食堂"、有的钻进了"私家会所"，公款送礼玩出新花样，改成了"网购送礼"。在反腐败斗争的高压态势下，有些党员干部仍然不收手，变着花样贪污受贿，甚至变本加厉、有过之而无不及，有些地方腐败案连发，甚至出现"独狼式腐败"、"塌方式腐败"。

不正之风和腐败问题具有顽固性、反复性和长期性，作风建设永远在路上，永远没有休止符，党中央已经横下一条心，一定要遏制住腐败蔓延势头。我们要打攻坚战，始终保持党风廉政建设和反腐败斗争的高压严打态势，知难而进、迎难而上，攻坚克难、攻无不克、战无不胜；我们要打持久战，坚持不懈、久久为功，踏石留印、抓铁有痕，与不正之风和腐败问题战斗到底，让顶风违纪者收敛，让伸手腐败的人收手，不获全胜不收兵。

只要全党上下齐心协力，在人民群众的鼎力支持下，我们一定能够打赢党风廉政建设和反腐败斗争这场攻坚战、持久战。

142. 自觉担当党风廉政建设的责任

对党风廉政建设宏观部署多、具体抓得少，总体要求多、具体落实少，说得多、做得少，在相当程度上影响了党风廉政建设的成效。这些问题必须切实纠正。

习近平总书记要求各级党委（党组）"要切实把党风廉政建设当作分内之事、应尽之责"，这一重要论述一语中的，点准了党风廉政建设的要穴，抓住了党风廉政建设的根本。

所谓分内之事，就是本分之内的事情，自己应负责任的事情，不是分外之事。所谓应尽之责，就是责任范围的事，是应该尽到的责任。各级党委肩负着加强党的思想建设、组织建设、作风建设、制度建设和反腐倡廉建设的重任，党风廉政建设自然包含在其中。党风廉政建设是党委的分内之事，不是分外之事，就应该把党风廉政建设作为一件大事抓在手上，作为一件重要的工作列上党委的重要议事日程，总体统筹、总体部署、总体推进；党风廉政建设是党委的应尽之责，就不是可有可无的责任，也不是可轻可重的责任，就要切实负起责任，勇于担当这份责任。

各级党委把党风廉政建设当作分内之事、应尽之责，就要强化落实党风廉政建设的主体责任。各级党委（党组）要切实履行党风廉政建设主体责任，这是以习近平同志为核心的党中央正确判断反腐败斗争形势后作出的重大决策，是对党风廉政建设和反腐败斗争规律的深刻认识和把握，是对加

强党风廉政建设的重要制度性安排。

主体责任就是主要责任，是不可推卸的责任。把主体责任落实到位，主动抓好党风廉政建设，是各级党委的重要责任。各级党委要从思想上深刻认识落实主体责任的极端重要性，切实增强党要管党、从严治党的政治责任意识，强化敢于担当、勇于担责的历史使命意识，牢固树立抓好党风廉政建设是尽职、不抓党风廉政建设是失职的意识，把主体责任记在心上、扛在肩上、抓在手上，守好自己的"责任田"。同时，要支持纪委履行职责，充分发挥纪委的监督作用，形成党风廉政建设的合力。

各级党委认真履行主体责任，自觉抓好所在地区、部门的党风廉政建设，全党联动、上下互动，以上率下、上行下效，就能形成持续推动党风廉政建设的良好局面。

143. 横下一条心纠正"四风"

在日常生活中，我经常会讲"横下心来"这句话，横下心来就是要下最大的决心、用最大的力气。习近平总书记要求"横下一条心纠正'四风'"，充分表明了党中央纠正"四风"的坚定决心和巨大魄力。

形式主义、官僚主义、享乐主义和奢靡之风的危害很大，已经严重破坏了党员干部的形象，严重影响了党在人民心中的形象，严重影响到党的事业发展，已经影响到全面建成小康社会、全面深化改革、全面依法治国、全面从严治党的顺利推进，必须坚决纠正。

党的十八大以来，以习近平同志为核心的党中央在全党深入开展以为民务实清廉为主题的群众路线教育实践活动，深入整治"四风"，有力地推进了作风建设，净化了党风政风，提升了党的形象，赢得了党心民心。但是，我们应该看到，作风建设不是一个阶段、一个时期的事，作风建设永远在路上，作风建设永远伴随着我们党的壮大，永远伴随着我们党的事业发展。

横下一条心纠正"四风"，就是要下最大的决心，任何时候都不动摇，不给自己留退路，坚定不移推进作风建设；就是要下最大的力气，用心用力抓好作风建设，一步一步往前推，一天一天取得实效，一年一年有新变化；就是要汇聚全党之力，上上下下行动起来整治"四风"，坚持露头就打，

让"四风"无处藏身，不再有任何市场；就是要采取最有力的措施，有针对性地织成一张天罗地网，有效整治"四风"；就是要有最大的韧劲，知难而上、迎难而上，不松懈、不懈怠；就是要勇往直前，不断巩固已有成果，不断扩大战果，坚决不能让"四风"抬头。

横下一条心纠正"四风"，一抓到底、务求实效，就会让我们党更有凝聚力和战斗力，会让我们党更强大，更好地担负起国家、民族、人民赋予的历史责任，不断推进中国特色社会主义伟大事业，实现中华民族伟大复兴的中国梦。

横下一条心纠正"四风"，必须成为各级党委、各级领导干部的自觉行动，成为一种责任担当，始终作为重要的议事日程和工作日程。要从自身做起，不沾染"四风"邪气，自觉抵制"四风"，同"四风"进行坚决斗争，切实纠正"四风"，营造风清气正的干事创业环境。

144. 举起反腐利剑，形成强大震慑

从习近平总书记在十八届中纪委第五次全体会议上的重要讲话中，我们看到了很多重要的信息：我们党反腐败的方向更加明确，反腐败的信心更加坚定，反腐败的勇气更加坚强，反腐败的力度进一步加强。以习近平同志为核心的党中央，以对党、对国家、对民族、对人民高度负责的精神，以对历史和未来担当的崇高使命，坚定不移推进反腐败斗争，更加坚定了十三亿多中国人民对党的信心。

从周永康、徐才厚、令计划、苏荣等严重违纪违法案件中，从各地查处的严重腐败案件中，我们痛心地看到，腐败问题已经成为我国经济社会生活中的一颗"毒瘤"，成为我们党和国家事业发展的一只"拦路虎"。"毒瘤"不摘除，必然进一步恶化，毒害党和国家的肌体；"拦路虎"不清除，必然成为障碍，阻碍我们推进中国特色社会主义伟大事业。党中央深入开展反腐败斗争，顺应了党心民心，得到了全党全国人民的衷心拥护和支持。

深入开展反腐败斗争，保持高压态势不放松，就是要敢于亮剑，要按照习近平总书记"把反腐利剑举起来，形成强大震慑"的要求，让党员干部看得到剑锋、心有畏惧，不敢腐、不能腐、不想腐，形成强大震慑；就是要让反腐利剑随时出鞘，剑锋所指、所向披靡，利剑出鞘、战无不胜，让腐败分子无处藏身，不让任何腐败分子从反腐利剑下溜走。

查处腐败问题，必须坚持零容忍的态度不变，就是要坚持"老虎""苍蝇"一起打，发现一起查处一起，发现多少查处多少；必须坚持猛药去疴的决心不减，就是要坚定反腐败的信心，出狠招、下猛药，与腐败问题做坚决的斗争，夺取最后的胜利；必须坚持刮骨疗毒的勇气不泄，就是要有勇往直前的毅力，不怕一时阵痛，从根子上清除腐败；必须坚持严厉惩处的尺度不松，就是要坚持"严"字当头，对腐败分子不心慈手软，严查、严办，严惩、严处。

　　开弓没有回头箭，勇往直前利于行。腐败分子侵害国家和民族的利益，破坏党的形象，是党和人民的公敌，在中国大地没有任何市场。只要我们始终保持反腐败的高压态势，始终保持反腐败的强劲势头，始终高举反腐利剑，始终团结和依靠广大党员干部，我们就一定能夺取反腐败斗争的最后胜利。

145. 把守纪律讲规矩摆在更加重要的位置

习近平总书记指出："讲规矩是对党员、干部党性的重要考验，是对党员、干部对党忠诚度的重要检验"。党员、干部的党性强不强，对党的忠诚度如何，就要看讲不讲规矩，有没有严格遵守和执行党的纪律。习近平总书记要求把守纪律讲规矩摆在更加重要的位置。

党的纪律和党的规矩是党在长期实践中形成的，是我们党的宝贵财富。俗话说，没有规矩，不成方圆。没有规矩，不成为政党。中国共产党是马克思主义执政党，要团结450多万基层党组织、8900多万党员，靠的就是严明的纪律和规矩，守纪律片刻不可离，讲规矩须臾不可缺。守纪律、讲规矩，是我们党的生命线，是保持党的团结统一，团结最广大人民群众，增强党的凝聚力和战斗力的重要保证。

守纪律、讲规矩，首要的是遵守政治纪律和政治规矩，必须坚决维护以习近平同志为核心的党中央权威，在任何时候任何情况下都必须在思想上政治上行动上同党中央保持高度一致，维护党的团结和统一，维护中央权威。那种搞任人唯亲、排斥异己，搞团团伙伙、拉帮结派，搞匿名诬告、制造谣言，搞收买人心、拉动选票，搞封官许愿、弹冠相庆，搞自行其是、阳奉阴违，搞尾大不掉、妄议中央等"七个有之"的行为，就是典型的无视党的政治纪律和政治规矩，必须切实纠正，坚决杜绝。

纪律不能松，规矩不能乱。各级党组织要把守纪律、讲规矩具体体现到全方位管党治党的过程中，努力营造守纪律、讲规矩的氛围。要加强监督检查，提高执行纪律、规矩的严肃性，让党的纪律、规矩作为党员干部的底线，成为带电的高压线，不可逾越的红线，对不守纪律、不讲规矩的行为进行严肃处理。

各级领导干部要发挥模范带头作用，牢固树立纪律和规矩意识，把守纪律、讲规矩体现在日常工作生活之中，做到政治上讲忠诚，忠诚于党；组织上讲服从，坚持个人服从组织、少数服从多数、下级组织服从上级组织、全党服从中央，遵守组织程序，重大问题该请示的要请示，该汇报的要汇报，不能超越权限办事；行动上讲纪律，服从组织决定，与组织保持一致，不搞非组织活动，不违背组织决定。

146. 深入推进党风廉政建设和反腐败斗争，要有"破"有"立"

深入推进党风廉政建设和反腐败斗争，扎紧制度笼子、加大治本力度，巩固和深化"不敢"，逐步实现"不能"、"不想"，推动全面从严治党，就要敢于"破"和"立"。习近平总书记指出："深入推进党风廉政建设和反腐败斗争，同样要做好'破'和'立'这两篇文章"。"破"和"立"是辩证统一的。"破"是一种自身审视，是查找问题、正视问题后的一种清醒和自觉，是解决问题的方式和途径。"破"是一种自我扬弃，是为了更好地"立"，为了"立"得更稳、更久、更好。

不受监督的权力必然导致腐败，不受监督的权力越大，导致的腐败越严重。长期以来，我们不断加强制度建设，初步形成以党章为根本的党内法规制度体系、以制约监督权力为核心的惩治和预防腐败制度体系。但是，有的制度一成不变，严重老化，没有与时俱进地修改完善，不适应新形势下党风廉政建设和反腐败斗争的需要；有的制度设计科学性不够，留有漏洞、开了"后门"，存在着牛栏关猫关不住的问题；有的制度原则性强，大而化之，可操作性不强，无法对应实际工作。体制机制不完善，监督制度不严密，就会有权力寻租的空间，有空子可钻，就会使一些党员干部失去约束，肆意妄为。这就需要我们正视问题，该"破"的一定要"破"，该"立"的一定要"立"，形成

有机统一、密切配合。

　　要突出重点、针对时弊，健全完善党内监督制度，进一步完善党内法规；要着力健全选人用人管人制度，加强领导干部监督和管理，督促领导干部按本色做人、按角色办事。要严把选人用人关，探索建立实名推荐干部、选拔任用全程纪实、"带病提拔"问题责任倒查等制度，严厉查处选人用人上的不正之风和腐败问题；要深化体制机制改革，最大限度减少对微观事务的管理，推行权力清单制度，公开审批流程，强化内部流程控制，防止权力滥用。要围绕管好权、看好钱，消除体制机制障碍，冲破利益固化的藩篱，堵塞制度漏洞，努力铲除腐败现象滋生蔓延的土壤；要着力完善国有企业监管制度，加强党对国有企业的领导，加强对国企领导班子的监督，搞好对国企的巡视，加大审计监督力度。完善国有资产资源监管制度，强化对权力集中、资金密集、资源富集的部门和岗位的监管。

147. 国有资产资源来之不易，是全国人民的共同财富

"国有资产资源来之不易，是全国人民的共同财富"。习近平总书记的这句大实话，让人听了很贴心、很温暖。这一重要论述有很强的针对性。

国有资产和资源是国民经济与社会发展的物质基础。国有资产是法律上确定为国家所有并能为国家提供经济和社会效益的各种经济资源的总和，就是属于国家所有的一切财产和财产权利的总称。

国有资产资源来之不易，都有一个长期积累的艰苦过程。我们的国有企业，从国家注入资本金组建企业，到企业开展生产经营，在市场经济的大潮中竞争搏击，不断发展壮大，不断积累资本，实现由小到大，由弱到强，实现国有资产的保值增值，最终实现国有资产几十倍、几百倍的增长，这是一个艰苦漫长的过程，凝聚了国家、企业和广大企业员工的心血和汗水。每一分钱的国有资产，都来之不易。

国有资产资源是全国人民的共同财富，属于国家和人民所有，这是我们建设中国特色社会主义伟大事业的坚强支柱，是实现中华民族伟大复兴中国梦的有力支撑。我们必须珍视和维护国有资产资源，不断壮大国有资产，确保国有资产保值增值，不断发挥国有资产资源促进国家富强、民族振兴、人民幸福的作用。

但是，在现实生活中，我们不难看到，有的领导干部把

国有资产资源当作自家的资产资源，肆意随意低价处置，其中还伴随着严重的腐败问题。有的把国有资产低价贱卖给私人，有的甚至把价值几十亿元的矿山富矿资源，用不正当手段，以低价出让给私人开采，中饱私囊，肥了个人、空了国家，给国家和人民带来严重损失，令人痛心疾首。

国有企业的发展，关系到我国经济持续健康发展和社会和谐稳定，关系到推进中国特色社会主义伟大事业，既是重大的经济问题，又是重大的政治问题。我们一定要按照总书记的要求，完善国有资产资源监管制度，强化对权力集中、资金密集、资源富集的部门和岗位的监管，不让腐败分子有机可乘。要进一步完善国有企业监管制度，加强党对国有企业的领导，加强对国企领导班子的监督，搞好对国企的巡视，加大审计监督力度，维护国有资产资源的安全运行，确保国有资产保值增值。

148. 我国仍然是世界上最大的发展中国家

我国经济发展进入新常态，是对我国经济发展所处的阶段性新特征做出的科学论断，高瞻远瞩、寓意深刻、影响深远。习近平总书记提出我国经济发展进入新常态，并多次做出重要论述。在新常态下，我国经济正从高速增长转向中高速增长，发展方式正从规模粗放型增长转向质量集约型增长，结构调整正从增量扩能为主转向存量与增量并存的深度调整，发展动力正从传统增长点转向新的增长点。

新中国成立以来，特别是改革开放 30 多年来，我国经济发展已经取得了举世瞩目的巨大成就，但是，在我国经济进入新常态后，我国仍处于并将长期处于社会主义初级阶段的基本国情没有变，我国社会主义初级阶段解放和发展生产力的根本任务没有变，人民日益增长的物质文化需要同落后的社会生产之间的矛盾这一社会主要矛盾没有变，我国仍然是世界上最大的发展中国家的这一重要国情没有变。

作为世界上最大的发展中国家，对中国来说，发展仍然是第一位的问题，发展是我国赢得主动、赢得优势、赢得未来的关键所在，只有发展，才能在全面建成小康社会、建成社会主义现代化国家、实现中华民族伟大复兴中国梦的历史进程中不断取得新成就，不断向前迈进。在经济新常态下，我们必须把发展作为党执政兴国的第一要务，始终坚持以经济建设为中心，在推动产业优化升级、提高创新能力、加快基础设施建设、深

化改革开放上下功夫，走创新驱动发展之路。

我国已经成为世界第二大经济体，但是，我国仍然是世界上最大的发展中国家，我们一定要有这样的清醒认识。自觉适应经济新常态、引领新常态，要解放思想、实事求是、与时俱进、开拓创新，从传统发展的思维模式中解放出来，积极有效调整发展思路，改进发展模式，转变发展方式；要从新常态中看到机遇、把握机遇，乘势而上、敢于担当，推动经济转型升级，促进经济提质增效；要全面深化改革，开拓创新、主动作为，上下联动、形成合力，敢于啃硬骨头、敢于涉险滩、敢于过深水区，努力在各个重要领域和关键环节取得新突破，协同推进各方面改革，把改革开放不断推向深入。

149. 生态环境保护一定要算大账、算长远账、算整体账、算综合账

　　在生态环境保护上，习近平总书记要求我们"要算大账、算长远账、算整体账、算综合账，不能因小失大、顾此失彼、寅吃卯粮、急功近利"。我们一定要按照习近平总书记的要求，算好生态账。各级领导干部，应该有生态保护的清醒和自觉，要以对国家、对民族、对人民、对未来、对子孙后代高度负责的精神，珍惜和保护良好的生态环境，加快推进生态文明建设，加大环境保护力度，让我们生存和发展的环境天更蓝、云更白、山更绿、水更清、空气更好。

　　要算大账，不能因小失大。良好的生态环境是我们生存的基础、发展的根本。保护生态环境，就是保护现实发展，保护未来发展，保护我们的生命。为了一时的发展，不惜牺牲生态环境，把山清水秀的好风光变成了满目荒凉的光山秃山，造成了严重的环境污染，严重影响了人民的身体健康，就会因小失大，得不偿失。

　　要算长远账，不能顾此失彼。良好的生态环境是建设美丽中国的根本保障。我们需要的发展是科学发展，是经济社会持续健康发展，是永续发展。这就需要我们立足长远，面向未来，把眼光放长远一些，不要只顾眼前利益，不要只盯着一时的 GDP 增长，放松了环境保护，破坏了生态环境。不能顾此失彼，捡了芝麻，丢了西瓜，自己还在那里傻乎乎的乐哈哈。

要算整体账，不能寅吃卯粮。在经济发展与生态保护发生矛盾的时候，我们要树立全局意识，把国家的整体利益放在第一位，把生态的整体账算清楚。不能寅吃卯粮，为了一时的发展把未来的发展断送了。不能前任破坏生态求发展，后面多少任来还生态账，还无法还清欠账。

　　要算综合账，不能急功近利。在经济发展的过程中，我们要把生态文明建设摆在十分突出的位置。要考虑经济社会发展的综合效益，既有利于经济发展，又有利于社会和谐，又利于生态文明建设，实现双赢、多赢。不能急功近利，盲目冒进，为了眼前利益而牺牲生态环境。要知道，生态环境一旦被破坏，最终就会自酿苦果、自食苦果，就会遭到自然界的疯狂报复，最终得不偿失。

150. 民族团结是我国各族人民的生命线

习近平总书记把民族团结提升到我国各族人民生命线的高度，就是要求我们把民族团结作为我国各民族人民生存和发展的根本保证。

我国是拥有 56 个民族的社会主义国家。做好民族工作，关键是搞好民族团结。民族团结关系到改革、发展、稳定的大局，关系到全面建成小康社会、建成社会主义现代化国家、实现中华民族伟大复兴中国梦，关系到社会和谐稳定和各族人民的福祉。我们只有守好民族团结这条生命线，才能推进中国特色社会主义伟大事业。

守护民族团结这条我国各族人民的生命线，要坚持和完善民族区域自治制度。民族区域自治制度是我国必须长期坚持的基本政治制度之一，是建设中国特色社会主义政治的重要内容，是少数民族地区实现经济社会持续健康发展的根本保证。实行民族区域自治，是中国共产党根据我国的历史发展、文化特点、民族关系和民族分布等具体情况做出的制度安排，符合各民族人民的共同利益和发展要求。在新的历史时期，我们一定要坚持和完善民族区域自治制度，把握各民族共同团结进步、共同繁荣发展的民族工作主题，坚定不移执行党的民族政策，全面提高做好民族工作的能力和水平，推进民族团结进步事业，巩固和发展平等、团结、互助、和谐的社会主义新型民族关系。

守护民族团结这条我国各族人民的生命线，要持续推进民族地区经济社会发展。要高度关注民族地区的发展和各族人民的生活改善，加大民族地区的扶持力度，加大扶贫开发力度，增强民族地区发展的动力和活力，让各民族群众早日脱贫致富，在全面建成小康社会中决不让一个兄弟民族掉队、决不让一个民族地区落伍。

　　守护民族团结这条我国各族人民的生命线，要大力繁荣民族文化。民族文化是中华民族优秀传统文化的重要组成部分，要珍视民族文化，有效保护和挖掘民族文化资源，加快民族文化建设，加强民族团结进步教育，进一步培育和践行社会主义核心价值观，建设各民族人心归聚、精神相依的共有精神家园。

151. 认真地深入地解决党内存在的各种矛盾和问题

从严治党，就是要从根本上解决党内存在的各种矛盾和问题，不断提高党的执政能力，保持党的先进性和纯洁性，不断提高党的凝聚力和战斗力，使党始终成为中国特色社会主义事业的坚强领导核心。

党的十八大以来，以习近平同志为核心的党中央坚持党要管党、从严治党，采取了一系列有效措施，加强党风廉政建设，深入开展反腐败斗争，坚决整治党内存在的形式主义、官僚主义、享乐主义和奢靡之风，纠正各种不良之风，进一步凝聚了党心民心，提升了党在人民群众心中的形象，增强了党的凝聚力和战斗力，取得了显著的成效。

在新形势下从严治党，要认真贯彻习近平总书记"要采取一切措施，认真地而不是敷衍地、深入地而不是表皮地解决党内存在的各种矛盾和问题"的要求，在认真上较劲，不能敷衍，敢于担当，知难而上，攻坚克难；在深入上着力，发扬求真务实的作风，敢啃硬骨头，深入解决党内存在的各种矛盾和问题，不能表皮性地应付矛盾和问题。

"认真地而不是敷衍地"，是指解决党内存在的矛盾和问题的态度和担当。各级党组织要把从严治党作为重要职责，对从严治党始终保持鲜明态度，旗帜鲜明地从严治党，敢于正视矛盾和问题，要认真地解决党内存在的矛盾和问题，把从严治党的任务落到实处。要做到思想教育长期化、管理监

督常态化、制度建设长效化。要发扬求真务实的作风，一环接着一环拧，一锤接着一锤敲，真正抓出实效。对党内存在的各种矛盾和问题，各级党组织不能敷衍，不能视而不见听而不闻，不能应付了事、得过且过，这样只会把矛盾和问题放大。

"深入地而不是表皮地"，是指解决党内存在的矛盾和问题的作风和程度。就是要深入地解决党内存在的矛盾和问题，把矛盾彻底消除掉，把问题彻底解决掉，只有这样从严治党才能落到实处。从严治党关键要从严治吏，要严字当头，严以贯之，全面覆盖。要坚持问题导向，在群众关注的焦点问题上出实招、下实功、见实效。要从具体细节抓起，从点滴小事抓起，防微杜渐，防患于未然。对党内存在的各种矛盾和问题，如果表皮地解决，不可能从根本上解决矛盾和问题，只会隔靴搔痒，甚至会错失良机，让矛盾越来越突出，问题越来越集中，不利于推进全面从严治党。

152. 各级党组织要在从严治党上进一步做起来、实起来

　　坚持党要管党、从严治党，是各级党组织和全体党员、干部的共同责任。关于全面从严治党，党的十八大以来以习近平同志为核心的党中央进行了很好的顶层设计，方向、目标、任务、举措非常明确，关键是要抓好落实。全党在从严治党上统一思想，形成共识，积极行动起来，就能把我们党建设得更加团结统一、更加坚强、更有凝聚力、更有战斗力。

　　习近平总书记提出"各级党组织要在从严治党上进一步做起来、实起来"，强调加强和改进党的建设的极端重要性，为新形势下坚持从严治党提出了明确要求。各级党组织要按照总书记的要求抓好落实，把从严治党的任务一项一项落到实处，落地生根。

　　在从严治党上进一步做起来，就是要把从严治党抓起来、干起来，要有实际行动，在实际工作中真抓、真干。一打纲领不如一个实际行动。再好的部署、再好的规划、再好的蓝图，都是需要实际行动来支撑、来落实的。党中央作出了部署安排，各级党组织就要有行动，要与党中央保持高度一致，只有这样，从严治党才能上下联动，形成合力。各级党组织要按照从严治党的要求，严肃认真对待党赋予的职责，按要求对党员、干部进行严格的组织管理，实行严格的制度，采取严格的措施，进行严格的监督，切实解决党内存在的问题，

让党员、干部守纪律、懂规矩，努力营造良好的政治生态和良好的廉洁从政环境。

在从严治党上进一步实起来，就是要发扬求真务实的作风，实实在在做好从严治党的工作。严则正气充盈，实则内力倍增。从严治党措施要实，成效要实，不能有任何水分，来不得半点虚的。党内存在的问题分布在各级党组织，反映在党员、干部身上。各级党组织要善于发现党内问题，正确对待党内问题，找准问题存在的原因和根子，善于从根本上解决问题。从严治党要从实处思考，在实处着力，用实的举措，找准工作着力点，用严的标准要求党员、干部，用严的措施管理党员、干部，认真地而不是敷衍地、深入地而不是表皮地解决党内存在的各种矛盾和问题，务求取得实实在在的成效。各级党组织认真履行职责，切实解决党员、干部存在的问题，从严治党就能形成良好态势，作风建设就能取得新成效。

153. 从严治党要切实解决党内存在的问题

　　从严治党，就要解决党内存在的问题，只有把党内存在的问题解决好，才能推进新时期党的建设伟大工程，提高党的执政能力，保持党的先进性和纯洁性，增强党的凝聚力和战斗力，把党建设成为中国特色社会主义事业的坚强领导核心。

　　党组织要管理党员、干部，党员、干部要自觉接受党组织管理，这是我们党的一个重要规矩。习近平总书记指出："解决党内存在的问题，根本在于严格管理标准、延伸管理链条、落实管理责任，使每个党员、干部都及时纳入组织管理，使党组织对每个党员、干部都做到情况明、问题清、措施实。"这就给我们指明了解决党内存在的问题的方向和重点。

　　要严格管理标准。对党员、干部的管理要严字当头，要高标准、严要求，制定严格的管理措施，把从严治党提高到一个新的水平。在管理制度上，要与时俱进，有"破"有"立"，对那些不适应从严治党要求的制度措施，要进行修改完善；对出现管理空白的地方，要建立制度管起来，避免出现真空地带。制度一旦制定完善，就要狠抓落实，抓好制度执行，不能让制度成为挂在墙上的一张纸，不能成为可松可紧的橡皮筋。

　　要延伸管理链条。我们党已经建立科学的组织体系，从

严治党要发挥组织的作用，依靠组织的力量管理党员、干部。解决党内存在的问题要整体联动，上下对接，环环相扣，做到不脱节、不断层。延伸管理链条，就是要把对党员、干部的管理不断延伸下去，让每一个党员、干部都在管理链条上，确保全覆盖，使每个党员、干部都及时纳入组织管理。党员、干部在哪里，管理链条就要延伸到哪里，做到无缝对接，没有真空地带。

要落实管理责任。责任到位，工作才能到位。加强党员、干部的管理，关键是要落实责任。各级党组织要肩负起从严治党的责任，担当起管理党员、干部的责任，一级抓一级，一级促一级，一级给一级示范，层层负责、层层监督、层层考核、层层问责，切实把责任落到实处。党组织要对每个党员进行全方位的管理，做到情况明、问题清、措施实，做到管到底、管到位、管得实，千万不能糊里糊涂，底数不清，情况不明。

154、努力做让党放心、让人民满意的好干部

　　干部在我们党的事业发展中发挥着中坚骨干作用。我们党要完成长远奋斗目标和近期任务，需要不断涌现出一大批好干部。什么样的干部是好干部？习近平总书记明确指出："好干部要做到信念坚定、为民服务、勤政务实、敢于担当、清正廉洁。"在云南调研期间，习近平总书记要求各级领导干部特别是主要领导干部"要时时处处严格要求自己，努力做让党放心、让人民满意的好干部"。让党放心、让人民满意，是对领导干部很高的标准，是各级领导干部的努力方向。

　　好干部要让党放心。让党放心，就要坚定共产主义理想、中国特色社会主义信念和中华民族伟大复兴中国梦共同理想，树立正确的世界观、人生观、价值观，树立正确的权力观、地位观、利益观，永葆共产党员的先进性和纯洁性；就要对党忠诚，在大是大非面前立场坚定、旗帜鲜明，在风浪考验面前无所畏惧、一往无前，在各种诱惑面前毫不动心、稳如泰山，让党靠得住、信得过、能放心；就要在党为党，真心实意做党的人，心中装着党、想着党，为党和人民努力工作，一切为了党的事业发展，一切为了实现人民的根本利益；就要在党言党，任何时候都站在党的立场上说话，与党保持高度一致，维护党的权威和形象；就要在党忧党，增强忧患意识，始终与党同心同德、同甘共苦；就要在党兴党，立足岗

位、尽职尽责，一切为了党的兴旺，努力振兴党的事业；就要清正廉洁，牢记权为民所赋、权为民所用，把职务作为一种责任、一种担当，把权力作为公权，在权力面前不放纵自己，不能为自己捞取私利，更不为小集团、小团体谋取私利，做到严以律己、公正无私、公私分明、克己奉公。

好干部要让人民放心。就要坚持立党为公、执政为民，始终把人民放在心中的最高位置，牢记党的宗旨，增强公仆意识，全心全意为人民服务；就要把实现好、维护好、发展好最广大人民的根本利益作为一切工作的出发点和落脚点，时时刻刻把群众的利益放在心上，不侵害群众利益；就要坚持党的群众路线、践行群众观点，深入群众，密切联系群众，倾听群众呼声，做群众的贴心人；就要坚持以民为本、改善民生，努力为群众办实事、办好事，为群众排忧解难，把最广大的群众团结在党和政府的周围。

155. 一定要牢牢抓住发展这个党执政兴国的第一要务不动摇

发展是我们党执政兴国的第一要务，这是我们熟悉并已经牢记在心的关于发展重要性的重要论述。习近平总书记在云南考察时提出："一定要牢牢抓住发展这个党执政兴国的第一要务不动摇"。执政兴国是我们党的责任担当，从总书记的重要论述中，我们进一步感受到发展对我们党、国家、民族和人民的极端重要性。

"一定要牢牢抓住发展这个党执政兴国的第一要务不动摇"，从总书记的重要论述中，我们不难梳理出很多重要信息，体会到总书记对发展的高度关注和重视。发展是执政兴国的第一要务，已经成为全党全国人民的共识，总书记在这句话中加入了几个词，更加凸显了发展的重要性、紧迫性和坚定性。"一定要"，就是说发展是执政兴国的第一要务这个重要方向、原则要坚定不移地坚持下去；"牢牢抓住"，就是说要用心用力紧紧抓住发展这个执政兴国的第一要务，在任何时候都毫不松手；"不动摇"，就是说在任何情况下坚持发展是执政兴国的第一要务都要不为所动，不能有任何摇摆。

在建党一百年时全面建成小康社会，在新中国成立一百年时建成社会主义现代化国家，实现中华民族伟大复兴的中国梦，实现国家富强、民族振兴、人民幸福，实现每一个奋斗目标都是十三亿多中国人民的期待，都必须依靠发展，靠发展来支撑。发展是硬道理，不发展就没有道理。发展是执

政兴国的第一要务，任何时候都不能耽误。我们一定要进一步增强发展意识，用发展来解决前进道路上的困难和问题，用发展来推动经济新常态下的新发展，用发展来促进既定的目标任务实现。

我们一定要按照总书记的要求，牢牢抓住发展这个党执政兴国的第一要务不动摇，在经济新常态下，始终坚持发展这个总方向、总要求，主动作为，坚定不移推进经济平稳健康发展，不为任何干扰所惑，始终走在发展的正道上，走在向前、向上、向好的发展道路上；坚持稳中求进这个总基调，坚持以提高经济发展质量和效益为中心，巩固发展成果，稳步推进发展，创造新的发展，做到蹄疾步稳、步步为营，一路向好；坚持经济平稳健康发展这个总要求，不折腾，不搞大起大落，在推动产业优化升级、提高创新能力、加快基础设施建设、深化改革开放上下功夫，确保经济平稳健康发展和社会稳定和谐。

156. 扶贫开发，必须突出重点、精准发力

到建党一百周年时，实现全面建成小康社会，是党的十八大提出的战略目标之一，也是我们党对人民做出的庄严承诺。这是十三亿多中国人民的真情期待。抓住最后几年的时间，完成全面建成小康社会的任务，是对各级党委执政能力、政府执行能力的一大考验。

改革开放三十多年来，我国经济社会持续快速健康发展，已经成为世界第二大经济体，国家的经济实力、综合国力、国际影响力、国际地位大幅提升，人民生活显著改善。在看到成绩的同时，需要我们引起重视的是，很多贫困地区和贫困群众距离实现全面建成小康社会还有很大差距。这是不容回避的问题，也是必须面对的现实。抓好扶贫开发，打好扶贫攻坚战，已经成为我们实现第一个百年奋斗目标的重点工作，也是一项很艰巨的任务。

习近平总书记多次强调"决不能让困难地区和困难群众掉队"，我们必须以时不我待的紧迫感，盯住全面建成小康社会的目标任务，切实增强扶贫开发的责任感和紧迫感，坚决打好扶贫攻坚战，抓好每一项扶贫开发工作，切实加快民族地区经济社会发展，让困难地区和困难群众实现跨越式发展，跟上全国全面建成小康社会的总体步伐。

全面建成小康社会，最艰巨的任务在农村特别是在贫困地区，扶贫开发是我们实现"两个一百年"奋斗目标的重点

工作。各地、各部门要高度关注扶贫开发问题，对贫困地区进行深入调查，了解贫困人口的贫困状况，摸清底数，掌握真实情况，每一个数字都要实实在在，没有任何水分。

时间不等人，任务紧逼人。完成第一个百年目标，必须有最坚决的态度，必须采取最有力的措施，必须提供最有效的政策支持。对贫困人口多、贫困程度深、脱贫难度大的地区，要明确目标、细化任务、规定时限，加大扶贫攻坚力度，采取有力的措施，在有限的时间内实现跨越发展，完成脱贫致富的目标，让贫困地区和贫困群众与全国同步实现小康。

抓好扶贫开发，必须突出重点、精准发力，实施精准扶贫、精准脱贫。要统筹安排、突破难点，把聚焦点放在重点贫困地区和深度贫困人口身上，提高项目安排和资金使用的精准度，精准到乡、到村、到人，扶到点上、根上，实现精准脱贫，千方百计促进贫困地区加快发展，让贫困群众早日脱贫致富。

157. 各项改革举措一定要落地生根

2015 年是全面深化改革的关键之年、全面推进依法治国的开局之年、全面完成"十二五"规划的收官之年，改革发展稳定任务艰巨繁重。做好 2015 年全面深化改革的工作，具有十分重要的意义。

全面深化改革，是一个庞大的系统工程，各个领域的改革具有系统性、整体性、协同性、承接性、连续性。在全面深化改革的关键之年，按照中央的统一部署，落实改革任务的责任重、要求高，完成好落实好改革的重点任务，关键要狠抓落实。落实的力度越大，改革的成效越好。

全面深化改革是一场攻坚战和持久战。随着改革的深入，改革的任务越来越艰巨，改革的复杂度、关联度越来越高，改革的难度越来越大。打赢这场攻坚战，需要保持一鼓作气的精神状态，需要实打实、硬碰硬的韧劲，敢于面对困难、迎难而上，敢于担当、勇于负责，开拓进取、奋发有为，把改革任务一抓到底，把中央作出的重大改革部署、出台的重要改革举措落实到位，努力使各项改革举措落地生根，发挥积极作用。

努力使各项改革举措落地生根，就是要按照中央的部署，抓好改革方案的落实，好蓝图一干到底，让蓝图变为现实。各地各部门党委（党组）要切实加强对全面深化改革工作的领导，强化责任担当，发挥改革的带动作用。党委（党组）

书记要履行第一责任人的责任，既要抓宏观统筹，亲自抓部署、抓方案、抓协调，又要抓具体落实，亲自抓改革方案督办督察，一级抓一级，层层传导责任，以言立信、以行树威、以上率下，形成全面深化改革的良好态势。

高质量的改革方案，好的改革举措，只有落到实处、落地生根，才能开花结果，发挥应有的作用。全面深化改革，既要取势，又要务实。中央总体统筹、整体把握，观大势、议大事、抓大事，已经对改革作出了全面部署安排。各地各部门要认真贯彻落实中央的决策部署，在思想上同中央保持高度统一，在行动上同中央高度一致，结合实际，创造性地把各项改革任务落到实处，打通推进改革的"最后一公里"，取得实实在在成效。只有这样，才能形成上下同心、合力改革、良性互动的局面，聚集起强大的改革力量，不断取得全面深化改革的成效。

158. 领导干部要做尊法学法守法用法的模范

各级领导干部在推进依法治国进程中发挥着重要作用。但是，在现实生活中，我们不难看到领导干部身上存在的问题，有的法治意识淡薄、把自己置于党纪国法之上，有的有法不依、违法乱纪，有的执法不严、徇私枉法，严重影响了党和国家在人民群众中的形象和威信，损害了经济、政治、文化、社会、生态文明建设的正常秩序。这些问题需要引起各级领导干部的高度重视，自觉警醒起来，自觉依法执政、依法行政、依法用权，坚决纠正和解决法治不彰的问题。

领导干部在推进依法治国中肩负着重要责任，发挥着带动示范作用。习近平总书记要求领导干部"做尊法学法守法用法的模范"，这对全面推进依法治国具有重要的意义。

领导干部要做尊法的模范，带头尊崇法治、敬畏法律。尊法是学法守法用法的基础。要牢固树立宪法法律至上、法律面前人人平等、权由法定、权依法使等基本法治观念，对法律时时尊崇，对法律处处敬畏，心中高悬法律的明镜，手中紧握法律的戒尺，知晓为官做事的尺度。

领导干部要做学法的模范，带头学习法律、掌握法律。学法是守法用法的前提。领导干部千万不能当法盲。要系统学习中国特色社会主义法治理论，准确把握我们党处理法治问题的基本立场。要以法治的思维武装头脑，以法治的要求约束行为，以法治的力量促进公正，以法治的信仰追求正义，

牢固树立社会主义法治理念和在宪法、法律范围内办事的观念，切实提高自身法律素养，增强依法行政能力。

领导干部要做守法的模范，带头遵守法律、捍卫法治。自觉将遵守法律法规作为履职尽责、安身立命最基本的要求，始终牢记法律红线不能触碰、法律底线不可逾越，守法律、重程序、讲规矩，模范带头遵守法律、执行法律，自觉做到"言必合法、行必守法"，以模范行为影响和教育他人，推动法治建设和社会和谐，确保自己的一言一行都在法治轨道上。

领导干部要做用法的模范，带头厉行法治、依法办事。在深化改革、推动发展、化解矛盾、维护稳定中，要自觉运用法治思维和法治方式来想问题、办事情、做决策，善于用法律来审视一切工作的合法性，自觉做到办事依法、遇事找法、解决问题用法、化解矛盾靠法，不滥用职权，不违法用权。

159. 心中高悬法律的明镜，手中紧握法律的戒尺，知晓为官做事的尺度

　　各级领导干部是我们党和国家事业发展的中坚骨干力量，在全面依法治国中发挥着重要的模范带动作用。领导干部如何看待法律、如何运用法律、如何维护法律，对广大党员干部群众具有重要的影响作用。习近平总书记要求各级领导干部"心中高悬法律的明镜，手中紧握法律的戒尺，知晓为官做事的尺度"，为领导干部学法、尊法、守法、用法指明了努力的方向。发挥法治的引领和规范作用，各级领导干部肩负重任，要从自身做起，从严要求自己，确保自己的一言一行都在法律范围内。

　　心中高悬法律的明镜。法律是治国之重器，良法是善治之前提。领导干部的心中一定要高悬法律的明镜，切实增强法律意识，做依法治国的践行者。谋划工作要运用法治思维，处理问题要运用法治方式，说话做事要先考虑是否合法。在做好一切工作中，要运用法治思维，采取法治方式，采用法治行为，带头营造办事依法、遇事找法、解决问题用法、化解矛盾靠法的法治环境，统筹推进科学立法、严格执法、公正司法、全民守法，以模范的行为影响和教育他人，推动法治建设和社会和谐。

　　手中紧握法律的戒尺。心存敬畏才能行有所止。敬畏法律才能遵守法律。领导干部要对党纪国法心存敬畏，对道德律令心有戒惧，自觉用党纪国法来规范约束自己的言行。要

牢记总书记"手莫伸，伸手必被捉"的教诲，在各种诱惑面前都经得起考验，随时用手中的法律戒尺来敲打自己，做到自警、自省、自律，慎权、慎独、慎微，筑牢拒腐防变的"防火墙"，自觉做到"言必合法、行必守法"，做清正廉洁的领导干部。

知晓为官做事的尺度。领导干部为官做事，要牢固树立宪法法律至上、法律面前人人平等的意识，用法律来把握尺度，不知法犯法，不以身试法，不钻法律的空子，不打法律的擦边球。要尊崇法治、敬畏法律，牢记法律红线不可逾越、法律底线不可触碰，带头遵守法律、执行法律。想问题、作决策、办事情，要做到权由法定、权依法使，始终在法治之下，不能在法治之上，在法治之内，不能在法治之外。只有这样，为官才能走在正道上，做事才能走在法治轨道上。

160. 党纪国法不能成为"橡皮泥"、"稻草人"

目前，少数领导干部存在着以身试法、知法犯法、违法乱纪等问题，有的以言代法，有的以权压法，有的徇私枉法，干扰了正常的法律秩序，破坏了良好的法治环境，群众对此意见很大。在全面依法治国的进程中，领导干部肩负着重任，发挥着模范带动作用，必须带头尊法、守法、用法。

习近平总书记明确提出"党纪国法不能成为'橡皮泥'、'稻草人'，违纪违法都要受到追究"，就是强调法律的刚性约束、硬性要求，要求领导干部尊崇法治、敬畏法律。总书记用"橡皮泥"、"稻草人"这一生动比喻，既是强调党纪国法的权威性和刚性约束力，也是对当前少数领导干部无视法律要求、践踏法律尊严行为的严肃批评。这是总书记对全党全社会提出的一种警醒，教育领导干部尊法、守法、用法，"党纪国法面前没有例外"。

所谓"橡皮泥"，就是看似漂亮，却很柔软、一捏就会变形的东西；所谓"稻草人"，就是摆放在田间地头用来吓唬小鸟的东西，看似人，却不是人，一时骗得了小鸟，时间长了却吓不了小鸟，是形式主义的东西。党纪国法不能成为"橡皮泥"，就是说党纪国法具有很强的约束力，不是可以任人捏来捏去捏变形的。党纪国法不能成为"稻草人"，就是说党纪国法不是形式上的摆设，不能束之高阁，必须有法必依，有法必行。

习近平总书记在十八届四中全会上作《中共中央关于全面推进依法治国若干重大问题的决定》的说明时指出，"天下之事，不难于立法，而难于法之必行。"可见，执法比立法更难。全面推进依法治国，关键是严格实施法律，做到"法立，有犯而必施"。如果千辛万苦把法律建立起来后，就以为万事大吉，就把法律束之高阁，不去实施或者不认真实施，那么制定再多的法律也会成为摆设，对治党治国无济于事。

有效防止党纪国法变成"橡皮泥"、"稻草人"，既要严格执行法律，又要依法依规严肃追究、严肃查处违纪违法的行为，一查到底，让违法者得到法律的制裁，让违纪者得到党纪的处理，维护党纪国法的权威性。要进一步完善领导干部依法执政、依法行政、依法用权的监督制约，通过建立健全领导干部履职权力清单、责任清单、义务清单等制度，科学界定领导干部的权力边界、责任界限和义务要求，形成运用法治监督领导干部用权的新机制。

161. 用人导向最重要、最根本、也最管用

目前，在一些地方和部门的干部选拔任用中，还不同程度地存在着一些"法治盲点"。有的干部缺乏法律意识、没有法治素养，却被选拔任用到领导岗位上来；有的领导干部不依法办事，甚至以身试法，却被当作小事、一再被"原谅"，一路得到提拔重用；对领导干部法治素质的考核，多以"法律意识有待提高"蒙混过关；对领导干部的违法违纪行为处理失之于宽、失之于软，能放则放、能保则保。这些问题不利于推进全面依法治国，必须引起高度重视。

在全面推进依法治国进程中，领导干部的关键作用发挥得好，可以起到模范作用，带动一大批党员干部群众依法办事；领导干部的关键作用发挥得不好，甚至知法犯法、违法乱纪，就会严重破坏法治建设环境。习近平总书记提出"用人导向最重要、最根本、也最管用"，就是把全面依法治国和全面从严治党有机统一起来，紧紧抓住领导干部这个"关键少数"，要求坚持正确的用人导向，强调各级领导干部在全面依法治国中更好地发挥作用。这就要求我们在选人用人中不断强化干部的法治素养。

选人用人必须坚持五湖四海、任人唯贤，坚持德才兼备、以德为先，坚持信念坚定、为民服务、勤政务实、敢于担当、清正廉洁的好干部标准，这是不能动摇的根本导向。总书记提出"法治素养是干部德才的重要内容"，我们要在干部考

察中把遵守法律、依法办事作为考察干部重要内容，要注重考察干部的法治素养，要看干部的法律意识、法律素质以及依法办事的能力和水平。要按照十八届四中全会的要求，加强对领导干部法治建设实绩考核，把法治建设成效作为衡量各级领导班子和领导干部工作实绩重要内容，纳入政绩考核指标体系，不断加重法治的权重，把领导干部依法行政、依法办事的要求落到实处。

坚持正确的用人导向，要用法治思维、法治方式来匡正选人用人风气。对那些法治素养好、依法办事能力强、能履行好法治建设责任的干部，要优先提拔使用。对那些目无法纪、无法无天、在群众中造成恶劣影响的干部，要下决心按照党纪国法严肃处理，从领导干部队伍中清除出去，绝对不能让他们一路违法还被一路提拔。

162. 全面推进依法治国，方向要正确，政治保证要坚强

党的十八届四中全会作出了建设中国特色社会主义法律体系、建设社会主义法治国家的战略部署。习近平总书记明确要求："全面推进依法治国，方向要正确，政治保证要坚强。"方向指引道路，道路决定命运。坚持什么方向、走什么道路、靠什么保证，是全面推进依法治国的决定性条件，我们必须很好把握。

全面推进依法治国方向要正确，就是要坚持正确的法治建设方向。法治是推动经济社会发展的有效治理方式。坚持全面依法治国的正确方向，法治建设就能不断推进国家治理体系和治理能力现代化，就能不断提升党的执政能力和执政水平，巩固党的执政地位，就能实现好、维护好、发展好最广大人民的根本利益，充分体现人民当家作主的地位，就能不断推进中国特色社会主义事业发展，推动实现中华民族伟大复兴中国梦。

全面推进依法治国，必须坚持中国特色社会主义法治道路。我国的法治建设，在中国特色社会主义事业不断发展中稳步推进，逐步形成了一条既符合法治建设一般规律、又具有鲜明中国特色的崭新道路。实践证明，中国的法治建设必须符合我国的现实基本国情，必须符合中国特色社会主义制度，必须顺应广大人民意愿，才会深入人心，为全社会所广泛接受，拥有强大的生命力。坚持中国特色社会主义法治道

路，是我国法治建设的根本要求，是法治服从、服务于党和国家事业发展大局，保障经济社会发展、维护人民合法权利的基本前提。

全面推进依法治国政治保证要坚强，就是要始终坚持党对法治工作的领导。"办好中国的事情，关键在党。"全面推进依法治国，党的领导发挥着决定性作用。习近平总书记明确指出："中国共产党是中国特色社会主义事业的领导核心，处在总揽全局、协调各方的地位。社会主义法治必须坚持党的领导，党的领导必须依靠社会主义法治。"党的领导是中国特色社会主义最本质的特征，是中国特色社会主义法治之魂。在法治建设中，只有坚持党的领导，才能确保中国特色社会主义法治道路坚定正确的前进方向，这是确保全面依法治国前进方向不偏不倚的坚强政治保证。党的领导是建设社会主义法治国家的根本保证。坚持党对法治工作的领导，我们必须理直气壮、旗帜鲜明，必须保持强大的政治定力，任何时候都不动摇。

163. 社会主义法治必须坚持党的领导，党的领导必须依靠社会主义法治

党和法治的关系是法治建设的核心问题。全面推进依法治国，关键要坚持党的领导，关键要正确处理党和法治的关系。"社会主义法治必须坚持党的领导，党的领导必须依靠社会主义法治。"习近平总书记的这一重要论述，明确指出了党的领导和依法治国的关系，抓住了中国特色社会主义法治的核心和关键，是全面推进依法治国的根本遵循。

坚持党的领导与社会主义法治根本上是一致的，是相辅相成、相互促进的。社会主义法治建设得越完善，党的执政地位就越稳固；党的执政地位越稳固，就越有利于社会主义法治建设的深入推进。党的领导地位是宪法以根本法的形式确立的。党是社会主义法治的倡导者和引领者，全面推进依法治国必须始终坚持党的领导，才能坚持正确的方向，才能沿着正确的道路前进，不断完善中国特色社会主义法治体系，在建设社会主义法治国家进程中不断取得新成效。坚持在党的领导下全面推进依法治国，有利于改善党的执政方式，提高党的执政能力，进一步巩固党的执政地位，更好地完成党的执政使命，推进经济平稳健康发展和社会和谐稳定。

坚持党对法治工作的领导，要正确处理权与法的关系。在党的领导下推进依法治国，必须体现在党领导立法、保证执法、支持司法、带头守法的具体行动上。既要坚持党的领导核心作用，统筹依法治国各领域工作，确保党的主张贯彻

到依法治国的全过程和各方面，同时又要不断改善党对依法治国的领导，不断提高党领导依法治国的能力和水平。坚持党对法治工作的领导，必须在社会主义法治建设中实现科学立法、严格执法、公正司法、全民守法，以法治促进社会公平正义，让人民群众在每一个司法案件中感受到公平正义。

党的领导必须依靠社会主义法治。我们要清醒地认识到，奉法者强则国强，奉法者弱则国弱。社会主义法治作为国家治理的基本方式，党的领导必须依靠社会主义法治，这是我们党领导人民全面建成小康社会、建设社会主义现代化国家、实现中华民族伟大复兴的必然选择。我们党必须始终坚持依法治国、依法行政，自觉在宪法、法律的范围内活动。要不断提高党员干部的法治意识，自觉用法治思维、法治方式依法办事，严禁各级领导干部违法行使权力。

164. 不能把党的领导作为个人以言代法、以权压法、徇私枉法的挡箭牌

社会主义法治必须坚持党的领导，党的领导必须依靠社会主义法治，这是全面推进依法治国的根本要求。习近平总书记要求每个党政组织、每个领导干部必须服从和遵守宪法法律，不能把党的领导作为个人以言代法、以权压法、徇私枉法的挡箭牌。这对全面依法治国、加强法治建设具有重要的指导意义。

不能把党的领导作为个人以言代法的挡箭牌。全面推进依法治国，坚定不移坚持党的领导，每个党政组织、每个领导干部要正确处理权与法的关系，自觉服从和遵守宪法法律，自觉坚持依法执政、依法治国、依法行政，自觉在宪法、法律的范围内活动。要用党纪国法来规范自己的言行，慎言慎行，不能口口声声讲的是"党的领导"，实则是以言代法，根本不把法律放在眼里，甚至把法律作为自己的玩物，搞个人说了算，搞独断专行。

不能把党的领导作为个人以权压法的挡箭牌。各级党政组织、领导干部要按照法治思维和法治方式来想问题、办事情、做决策，不断提高依法办事能力，不能违法行使权力。在宪法和法律面前，个人手中的权力必须依法行使。如果法治意识淡薄，错误地认为权大于法，就会知法犯法、以身试法，有法不依、为所欲为，最终沦落为阶下囚；就会把权力凌驾于党纪国法之上，动用手中的权力干预司法，干扰司法

公正，损害人民群众的切身利益，恶化政治生态，破坏法治环境，影响党和政府在人民群众中的形象。

不能把党的领导作为个人徇私枉法的挡箭牌。权力是一把双刃剑，在法治轨道上行使可以造福人民，在法律之外行使则必然祸害国家和人民。有的人打着党的领导的挡箭牌，干的是中饱私囊、危害党和人民利益的坏事，对社会危害极大。坚持在党的领导下推进依法治国，要坚持权为民所赋、权为民所用，敬畏权力、慎用权力，自觉把权力关进制度的笼子里，让权力在法治轨道上行使，做到法定职责必须为、法无授权不可为。要为行使权力设置清晰的法律边界，依法设定权力、规范权力、制约权力、监督权力，让广大党员干部自觉在法律约束下用权，守住法治的红线。

165. 公平正义是我们党追求的一个非常崇高的价值

习近平总书记要求"全面依法治国必须紧紧围绕保障和促进社会公平正义来进行",并明确指出"公平正义是我们党追求的一个非常崇高的价值"。从总书记的重要论述中,我们可以看到公平正义在依法治国中的重要地位。

习近平总书记曾经指出:"生活在我们伟大祖国和伟大时代的中国人民,共同享有人生出彩的机会,共同享有梦想成真的机会,共同享有同祖国和时代一起成长与进步的机会"。这三个"共同享有",充分表现了人民的真情期待和愿望,是对权利公平、机会公平、规则公平的高度概括,是社会公平正义的具体体现。要实现这三个"共同享有",需要我们凝心聚力、共同努力,不断推进中国特色社会主义伟大事业,同时,还必须有坚强的法治保障。

公平正义是我们党追求的一个非常崇高的价值,要求我们旗帜鲜明地追求公平正义,把实现公平正义作为我们党的奋斗目标和崇高理想。在全面推进依法治国的进程中,维护社会公平正义是我们党坚定不移的政治目标和制度理想。公平正义是中国特色社会主义的内在要求,这充分说明公平正义是中国特色社会主义本质的必然要求,这个内在要求不是表面的、可有可无的。可以说,没有社会公平正义,就没有中国特色社会主义;坚持中国特色社会主义,就要追求社会公平正义。

全面依法治国，必须紧紧围绕保障和促进社会公平正义来进行。法治是治国理政的重要手段，是维护社会公平正义的最重要手段和最有效方式，是维护社会公平正义的必由之路。公平正义是法律的灵魂，脱离了社会公平正义，法治就会迷失方向。必须加强法治建设，必须用法治思维和法治方式来维护社会公平正义。要坚持法律面前人人平等，切实维护社会公平正义。任何组织和个人都必须尊重宪法法律权威，都必须在宪法法律范围内活动，都必须依照宪法法律行使权力或权利、履行职责或义务，都不能有超越宪法法律的特权。

166. 推进城镇化不是搞成城乡一律化

  城镇化是现代化的必由之路，推进城镇化是建设社会主义现代化国家的必然要求。全面建成小康社会，重点在农村，难点也在农村。推进城镇化是解决我国农业、农村、农民问题的重要途径，是推动区域协调发展的有力支撑，是扩大内需和促进产业升级的重要抓手。推进城镇化，必须从我国社会主义初级阶段基本国情出发，遵循规律，因势利导，使城镇化成为一个顺势而为、水到渠成的发展过程。

  我们不难发现，不少地区在推进城镇化的过程中存在着一些问题，突出的就是把城镇化搞成了城乡一律化。有的无视耕地红线，大搞"以城吞乡"，把农村的大片良田纳入城市范围进行开发，无止境地扩大城市规模，追求城市越大越好；有的搞"逼民上楼"，把青山绿水的美丽风光变成了高楼大厦林立的钢筋水泥；有的搞固定模式，以大为目标，把大马路、大广场、大园区、大中心作为城镇化的重要标志。

  城乡一律化，必然使城和乡都失去特色，千篇一律、千城一面、千乡一面，城没有城味，乡没有乡愁。推进城镇化，不能搞成城乡一律化，就要科学确定城市定位，科学规划，务实行动，既要积极，又要稳妥，更要扎实，方向要明，步子要稳，措施要实，避免走弯路。要清醒地认识到，城镇化只能带动新农村建设，而不能取代新农村建设。新农村是升级版的农村，城乡一体化不是城乡同样化，不能搞"去农村

化"。要坚持城镇化发展与新农村建设双轮驱动，协调共进，共同发展，融合相生。城镇和农村要和谐一体，各具特色，否则就会导致城镇不像城镇，农村不像农村。

推进城镇化，不能搞成城乡一律化，就要融入现代元素，增加城镇的现代化气息，保护和弘扬传统优秀文化，延续城市历史文脉，不能无端破坏文物古迹；要坚持以人为本，注重城镇建设的每一个细节，让群众生活得更舒适；在推进城镇化的进程中，要注意保留村庄原始风貌，慎砍树、禁挖山、不填湖、少拆房，尽可能在原有村庄形态上改善居民生活条件；要坚持尊重自然、顺应自然、天人合一的理念，依托现有山水脉络等独特风光，让居民望得见山、看得见水、记得住乡愁。

167. 处理好改革"最先一公里"和"最后一公里"的关系，突破"中梗阻"

全面深化改革是一场攻坚战，2015 年是全面深化改革的关键之年。习近平总书记在中央全面深化改革领导小组第十次会议上的重要讲话，为关键之年的改革和今后的改革提出了总要求、明确了方向、定了总基调。习近平总书记明确要求处理好改革"最先一公里"和"最后一公里"的关系，突破"中梗阻"，防止不作为，对全面深化改革具有很强的针对性和指导性。

改革的"最先一公里"，就是全面深化改革的第一步，是各项改革的起步和开局阶段。起跑决定后程，开局决定结局。跑好"最先一公里"，关系到改革的全局，要敢于担当、勇于开局、善于破题，把改革的第一步走稳、走好。要坚持问题导向，把群众关注的热点和焦点问题作为切入点，抓住主要矛盾和矛盾的主要方面，突出重点、对准焦距，找准穴位、击中要害，通过用改革的办法解决直接影响改革发展的体制机制障碍。要有明确的改革路线图和时间表，以巨大的勇气迈出改革第一步，跑好改革的"最先一公里"。

改革的"最后一公里"，就是各项改革落地生根的最后一步，就是实现改革目标任务的最后一程。"最后一公里"往往是改革阻力最大的地方，是落实改革方案的关键环节，是实现改革目标的最后瓶颈。跑好改革的"最后一公里"，是对各地、各部门执政能力、执行能力，责任担当、改革韧劲，

改革成效、发展成果的考验。"最后一公里"跑不好，将会使改革半途而废、前功尽弃。跑好"最后一公里"，需要坚持不懈的精神和韧劲，需要以最大的勇气勇往直前、攻坚克难、破浪前行，需要弘扬求真务实的作风，把改革方案和政策意图落到实处，让老百姓真正得到改革的实惠。

处理好改革"最先一公里"和"最后一公里"的关系，要把握好改革的全过程，既要重视开好局、起好步，又要重视结好局、收好尾。只重视跑好"最先一公里"，不重视跑好"最后一公里"，改革就会难以顺利推进，就会有头无尾，难以取得改革成果；只重视跑好"最后一公里"，不重视跑好"最先一公里"，改革无从谈起，就会成为空中楼阁。

在全面深化改革的过程中，要突破"中梗阻"，不能让改革中途受阻，不能让改革半途而废。要坚持不懈推进改革，敢于担当、知难而进，经受住各种深水区、险滩的考验，趟过深水区，涉过险滩，啃下硬骨头，越过"围栏"，跨过"坎"，不为风险所阻，不为困难所困，勇往直前推进全面深化改革，完成改革任务，实现改革目标。

168. 人民有信仰，民族有希望，国家有力量

信仰是对世界观、人生观、价值观的信奉敬仰，并长期坚持和坚守的行为准则。人民的信仰是国家和民族的根本性问题。习近平总书记指出："人民有信仰，民族有希望，国家有力量"。这一重要论述坚持把人民摆在第一位，把人民作为执政兴国的力量之源。

人民有信仰，是民族的希望所在，是国家的力量源泉。信仰的力量是无穷的。中华民族五千年的历史告诉我们，一个国家和民族要生存和发展，在任何艰难困苦的情况下人民都要有信仰。近代以来，一代又一代仁人志士和人民群众为国家和民族救亡图存英勇奋斗，为实现中华民族的伟大复兴艰苦探索，靠的就是信仰；为实现民族独立和人民解放，为建立新中国，中国人民进行了无数艰苦卓绝的斗争，靠的就是信仰；通过社会主义革命、建设和改革，中国人民把一个极度贫困的旧中国发展成为充满生机活力的世界第二大经济体，靠的就是信仰。

人一旦丧失信仰，就会迷失人生的航向，就会在堕落中失去人生价值。一个国家、一个民族要同心同德迈向前进，必须有共同的理想信念作支撑。人民没有信仰，就会精神颓废空虚，缺乏进取精神，国家和民族就会缺乏发展的动力。

人民有坚定的信仰，就能凝聚国家和民族发展进步的力量。实现全面建成小康社会，建设社会主义现代化国家，实

现中华民族伟大复兴的中国梦，实现国家富强、民族振兴、人民幸福，关键是人民要有信仰，有共同的理想信念、共同的精神支柱、共同的奋斗目标。十三亿多中国人民有信仰，中华民族就充满希望，就能傲然屹立于世界民族之林；十三亿多中国人民有信仰，中国就能经受住国际风云变幻的考验，就能在激烈的世界竞争中赢得主动，不断推进中国特色社会主义伟大事业。

协调推进"四个全面"战略布局，要坚持"两手抓、两手都要硬"的战略方针，在建设社会主义物质文明的同时，不断加强社会主义精神文明建设。我们要按照习近平总书记的要求，在全党全社会持续深入开展建设中国特色社会主义宣传教育，高扬时代主旋律，唱响时代正气歌，不断增强中国特色社会主义道路自信、理论自信、制度自信、文化自信，让全国各族人民坚定理想信念，向着更加美好的明天前进。

169. 创新社会治理，要以最广大人民根本利益为根本坐标

党的十八届三中全会《决定》指出："创新社会治理，必须着眼于维护最广大人民根本利益，最大限度增加和谐因素，增强社会发展活力，提高社会治理水平，全面推进平安中国建设，维护国家安全，确保人民安居乐业、社会安定有序。"习近平总书记提出"创新社会治理，要以最广大人民根本利益为根本坐标"，为我们指明了创新社会治理的根本方向。

当前，我国处于发展的重要战略机遇期，又处于社会矛盾凸显期，社会治理面临着许多新情况和新问题：人民内部矛盾易发多发，社会组织管理和服务问题突出，公共安全形势严峻，国家安全面临严峻挑战。这些问题需要我们正确看待、有效应对。

创新社会治理体制，对于维护最广大人民根本利益，最大限度增加和谐因素，增强社会发展活力，提高社会治理水平，全面推进平安中国建设，维护国家安全，确保人民安居乐业、社会安定有序具有重要的现实意义。创新社会治理，要按照十八届三中全会的要求，改进社会治理方式，坚持系统治理，坚持依法治理，坚持综合治理，坚持源头治理，取得社会治理的综合效应。

创新社会治理，要以最广大人民根本利益为根本坐标，就是要把最广大人民的根本利益放在第一位，把实现好、维护好、发展好最广大人民的根本利益作为社会治理的出发点

和落脚点。要从人民群众最关心最直接最现实的利益问题入手，真心实意帮助群众办实事、办好事，切实增加人民的幸福感。在社会治理中，要坚持社会公平正义，高度关注困难群众，依法协调社会利益，有效化解社会矛盾。

创新社会治理，要以最广大人民根本利益为根本坐标，就要切实维护社会稳定。维护社会稳定，是社会治理的目标。社会稳定是国家所盼、人民所愿。确保社会稳定，改革发展就有了基础，人民幸福就有了保障。社会稳定是最广大人民的根本利益所在。要把群众的小事作为大事，急群众所急，帮群众所难，解群众所困，把社会不稳定因素消除在基层，把社会矛盾化解在第一线。不能让小的社会问题放大，甚至激化为群体性事件。这样，我们才能得到人民群众的支持，维护社会稳定才有坚实的群众基础。

170. 关键是要抓住领导干部这个 "关键少数"

习近平总书记在党的群众路线教育实践活动总结大会上强调，从严治党重在从严管理干部，坚持以严的标准要求干部、以严的措施管理干部、以严的纪律约束干部，使广大干部既廉又勤，既干净又干事。在谈到从严治党时，总书记提出"关键是要抓住领导干部这个'关键少数'"，可谓一针见血、直指要害，具有很强的针对性和现实性。

各级领导干部是党的路线方针政策的具体组织者、执行者，是中央重大决策部署的具体落实者、推动者。在党员、干部队伍中，领导干部的数量是"少数"，但是，他们是各地、各部门的领导班子成员，在推动工作中处于中坚骨干的关键地位。领导干部手中有权，权为谁用？用在哪里？为公用还是为私用？这些都很关键。从严治党，就要抓住领导干部这个重点，抓住领导干部这个"关键少数"。

从严治党，关键要从严治吏。抓住领导干部这个"关键少数"，就抓住了从严治党的关键，牵住了"牛鼻子"。要加强对领导干部特别是"一把手"的监督和管理，对领导干部要严字当头、贯穿全程，严格要求、严格教育、严格管理、严格监督，不能失之于宽、失之于软。要坚持以正面教育为主、预防为主、事前监督为主的原则，制订切实有效的措施，建立健全强化预防、及时发现、严肃纠正的工作机制，把党内监督、法律监督、群众监督和舆论监督结合起来。抓住领

导干部这个"关键少数"，要把从严管理领导干部贯穿到干部培养教育、考察考核、选拔任用、日常管理全过程，不放松任何一个环节。

领导干部是"关键少数"，就要在从严治党中发挥模范带头作用。领导干部要牢记自己肩负的责任和使命，始终忠诚于党、国家和人民，认真履职尽责，为国家富强、民族振兴、人民幸福努力工作，尽心尽力干好每一天，敢于担当不懈怠，勇于负责不失职。要牢记权为民所赋、权为民所用，严以律己、严以用权，为民用权、不能专权，让权力始终运行在正确的轨道上。要牢记"手莫伸，伸手必被捉"，时时处处严格要求自己，做到不敢腐、不能腐、不想腐，保持清正廉洁的良好形象。

171. 党要管党丝毫不能松懈，从严治党一刻不能放松

习近平总书记在十八届中央政治局常委与中外记者见面时告诫全党，打铁还需自身硬。我们的责任，就是同全党同志一道，坚持党要管党、从严治党，切实解决自身存在的突出问题，切实改进工作作风，密切联系群众，使我们党始终成为中国特色社会主义事业的坚强领导核心。

"胜人者有力，自胜者强。"打铁还需自身硬，这是我们党的清醒和自觉，是对国家、民族、人民的责任担当，是把我们党建设成为中国特色社会主义事业的坚强领导核心的必然要求。习近平总书记指出："党要管党丝毫不能松懈，从严治党一刻不能放松。"只有坚持党要管党、从严治党，才能协调推进经济社会发展，使党和人民的事业充满生机活力。

党要管党丝毫不能松懈。中国共产党是马克思主义执政党，是中国工人阶级的先锋队，同时是中国人民和中华民族的先锋队，是中国特色社会主义事业的领导核心。提高党的执政能力，保持党的先进性和纯洁性，增强党的凝聚力和战斗力，需要我们坚持党要管党，不断加强党的思想建设、组织建设、作风建设、制度建设和反腐倡廉建设。只有这样，我们党才能自身硬起来，才能担当起国家、民族、人民赋予的历史责任。党要管党，关键要坚持不懈，丝毫不能松懈，要持之以恒，一抓到底，毫不放手。中国共产党成立90多年来，正是坚持党要管党，通过不断自我净化、自我完善、自

我革新、自我提高，不断发展壮大，成为领航中国发展的坚强领导核心，带领全国人民在革命、建设、改革中取得一个又一个胜利。

从严治党一刻不能放松。新形势下，我们党要经受住"四大考验"、化解"四大风险"，就要从严治党，认真解决好党内存在的问题。治党贵在从严，要下最大的决心、最大的气力解决一些党员干部中发生的贪污腐败问题、脱离群众问题以及形式主义、官僚主义、享乐主义、奢靡之风等突出问题。要严字当头，对各级党组织和党员、干部从严要求、从严管理、从严监督。对不正之风和贪污腐败问题，要从严治理，以踏石留印、抓铁有痕的坚毅，以壮士断腕、刮骨疗毒的担当，以重典治乱、猛药去疴的魄力，发现一起查处一起，发现多少查处多少，始终保持反腐败的高压态势。

172. 决不能让老区群众在全面建成小康社会进程中掉队

革命老区或老区，是指土地革命战争时期和抗日战争时期，在中国共产党和毛泽东等老一辈无产阶级革命家领导下创建的革命根据地，分布在28个省、自治区、直辖市的1300多个县（市、区）。

我们不能忘记，在艰苦卓绝的战争年代，老区用博大贫瘠的土地支撑起中国革命的摇篮，老区人民与中国共产党生死相依，患难与共，建立了鱼水关系。老区人民以无私的情怀养育了中国共产党及其领导的人民军队，为我们党坚持长期斗争无私提供了人力、物力和财力支持，为夺取中国革命胜利、建立新中国作出了巨大的贡献，付出了巨大的牺牲。

新中国建立后，中国共产党没有忘记老区人民。周恩来总理曾告诫说："下了山不能忘了山，进了城不能忘了乡。忘了，就是忘本。"江泽民同志指出："我们有责任帮助老区群众尽快脱贫致富，否则，我们难以向烈士交代，向人民交代，向历史交代。"胡锦涛同志指出："要切实帮助老区人民解决生产生活中的实际困难。"习近平总书记指出："要着力推动老区特别是原中央苏区加快发展，决不能让老区群众在全面建成小康社会进程中掉队，立下愚公志、打好攻坚战，让老区人民同全国人民共享全面建成小康社会成果。这是我们党的历史责任。"

懂得感恩人民，知道回报人民，是中国共产党的优秀品

质。长期以来，党和政府心系老区人民，高度重视革命老区发展，投入大量的人力、物力、财力支持老区加快经济社会发展，支持老区人民脱贫致富、改变贫困面貌，老区已经发生了深刻的变化。但是，我们应该看到，不少革命老区的经济社会发展缓慢，有的老区还是贫困地区，老区人民的生活水平亟待改善。

加快革命老区的发展，让老区群众过上幸福生活，是我们当代共产党人的责任担当。在建设中国特色社会主义伟大事业的进程中，我们要按照习近平总书记的要求，把老区和老区群众放在心上，高度关注老区的发展，进一步加大扶持力度，采取切实有效的措施推动老区加快发展，高度关心、真情关爱老区人民，打好扶贫攻坚战，推动老区跨越发展，让老区人民同全国人民共享全面建成小康社会成果，决不能让老区群众在全面建成小康社会进程中掉队。

173. 环境就是民生，青山就是美丽，蓝天也是幸福

习近平总书记提出"环境就是民生，青山就是美丽，蓝天也是幸福"，在社会各界和广大人民群众中引起强烈反响，成为全社会的共识。总书记用诗一样的语言，说出了广大人民的心里话，包含着深刻的社会哲理。

环境就是民生。随着人民生活水平的提高，人民群众不断追求幸福感，努力提高自己的幸福指数。其中，人民群众越来越关注自己生存的环境。随着群众的环境意识提高，生活在优美的环境里成为人民群众的追求，环境已经成为重要的民生。我们看到，不少群众纠纷，都是与环境污染有着直接的关系。在经济社会发展的过程中，我们要高度重视生态文明建设，高度重视环境污染给人民群众带来的危害，像保护眼睛一样保护生态环境，像对待生命一样对待生态环境。要追求人与自然、经济与环境的和谐发展，不能以牺牲环境为代价来换取一时的发展，因为那是不持续、不长久的发展，人民群众不欢迎这样的发展。

青山就是美丽。青山的青，是用层层叠叠、生机勃勃的树木染青的；青山的青，透着诱人的绿色，非常养眼，藏着人们孩时的神秘，让人感到神奇，给人以美的享受。青山就是美丽，在青山里我们可以看到美丽，感受到美的力量。当我们看到昔日的青山变成了光秃秃的荒山，密密麻麻的大树被无情地砍伐，山坡上矗立起犬牙交错的烟囱，烟囱里冒出

浓浓的刺鼻黑烟，我们的心情是沉重的。青山就是美丽，要求我们守住这份青翠，守住这份美丽，珍惜一草一木，不要用无情的手去消灭青山的美。

　　蓝天也是幸福。当"雾霾"这个词在我们的生活出现的频率越来越多的时候，我们深切地感到，能看到蓝天，那是多么幸福的事。蓝天的湛蓝色很养眼，天蓝了，天就深邃高远了，给人以遐想的天空；天蓝了，太阳就明亮了，大地就温暖了，让人感到天地融合一体。从蓝天里，我们得到的是幸福。看蓝天白云，本来不是什么艰难的事，可是，目前在一些地方、一些城市却成为一件很奢侈的事，这就是我们必须为环境污染付出的代价，必须为无所顾忌的大气污染排放埋单。蓝天也是幸福，要求我们珍惜蓝天，珍惜这份自然的幸福，把生态文明建设摆在突出位置，在发展的过程中，始终对自然多一份敬畏、多一份尊重，保护我们的生存环境，守护我们的蓝天幸福。

174. 下大气力整治发生在老百姓身边的不良行为

习近平总书记要求"重视基层风气问题，下大气力整治发生在老百姓身边的不良行为"，充分说明我们党对基层群众的关注、关心和关爱，要求我们把作风建设向基层延伸。

党的十八大以来，以习近平同志为核心的党中央高度重视加强和改进作风建设，从自身做起，严格执行八项规定，深入整治"四风"，党风政风得到明显改善，极大地提振了人民对党的信心，政治生态进一步净化，廉洁从政的环境进一步改善，老百姓真切感受到了作风建设带来的新变化。

但是，我们应该看到，作风建设永远在路上，作风建设是一个系统工程，要实现党风政风的根本好转，作风建设需要不断向基层延伸，实现全覆盖，切实解决发生在老百姓身边的问题。

老百姓看党风政风，很大程度上是通过身边的人和事来看。在现实生活中，基层干部存在着这样一些问题：有的随意干预土地出让、转让，甚至逼着老百姓低价出让土地给开发商；有的肆意截留克扣基层物资经费，多领少发，甚至据为己有；有的处事不公，看人办事，欺负贫困群众和弱势群体；有的吃拿卡要，不给钱不办事，给了钱还乱办事；有的侵占群众利益，贪污腐化，甚至出现小官巨贪。老百姓对这些发生在自己身边的不良作风深恶痛绝。

基层不牢，地动山摇；基层不稳，国家难安。转变基层

风气，有利于促进党风政风好转，有利于巩固党的执政基础，有利于提升党和政府在老百姓心中的形象。我们要高度重视基层风气，对发生在老百姓身边的不良行为，对基层存在的一些突出问题，要作为党风廉政建设和反腐败工作的重要内容，要一抓到底、务求实效，不能听之任之、放任不管。

要关切老百姓的心理感受，找准老百姓的关注点，采取有效措施，从小处着手，在大处着力，切实维护群众的根本利益，不能让群众利益受到侵害。对发生在老百姓身边的不良行为，要严肃查处、绝不姑息，让老百姓真切感受到党和政府站在他们一边，为他们说话，为他们办事，维护他们的根本利益。

175.下大气力拔"烂树"、治"病树"、正"歪树"

习近平总书记指出:"要深入推进反腐败斗争,下大气力拔'烂树'、治'病树'、正'歪树',使领导干部受到警醒、警示、警戒"。这充分说明党中央深入推进反腐败斗争的信心没有动摇,力度没有减弱,覆盖面没有缩小。拔"烂树",治"病树",正"歪树",通俗易懂,形象生动,内涵丰富,对深入开展党风廉政建设和反腐败斗争具有重要的指导意义,我们要把总书记的要求落到实处。

下大气力拔"烂树",就是要坚决惩处贪污腐败分子。烂树,就是从心到根都烂透的树,是已经死掉的树,必须及时拔掉,不能让它影响环境。腐败分子就是典型的"烂树",他们侵害党和人民的利益,危害党和人民的事业,影响党和政府在人民中的形象,心已经黑透了,手已经脏透了,无可救药了,必须坚决拔出。对腐败分子这些"烂树",不能心慈手软,绝对不能容忍,不管他们的"根"有多深,长得有多"高"、多"大",一定要下大力气把他们拔出来,清除出党员干部队伍,让他们受到党纪国法的惩处。"烂树"拔出,环境大变,群众信心大增,政治生态就会更好。

下大气力治"病树",就是要帮助带"病"的党员、干部治"病"。树病了,叶子就会变黄,萎靡不振,没有生机,就需要给它喷点农药治治病、浇点水、施点肥,让它恢复活力,茁壮成长。党员、干部带"病"了,组织上要给他们应

有的关爱，放任不管只会让他们的病情加重，最终病入膏肓。要热心帮助他们诊断"病情"，为他们把把脉，发现问题所在，查找"病根"，对症下药，"病"重的要下猛药，让他们早日恢复健康，更好地为党和人民工作。

下大气力正"歪树"，就是要帮助那些出现倾向性问题的干部。歪树不扶正，只会越长越歪，长不成大树，不能成为有用之材，甚至就会倒下。党员、干部出现问题，一时长"歪"了，我们要多看他们的本质和主流，对他们咬咬耳朵、拍拍肩膀、拉拉袖子，及时提醒帮助，拉他们一把，把他们扶"正"，让他们回到正道上，更好地成长进步。

我们相信，"烂树"拔出来了，"病树"治好了，"歪树"扶正了，政治生态就会有大的改善，廉洁从政就会有良好环境。

176. 简政放权，既要放也要接

党的十八届三中全会以来，各地、各部门按照党中央、国务院的决策部署，不断深化行政体制改革，有序推进政府职能转变，加大简政放权工作力度，集中清理、取消、下放和调整行政审批事项，"把错装在政府身上的手换成市场的手"，极大地激发了社会发展活力。

但是，我们也看到，一些地方、部门在简政放权中还存在着突出问题：有的还是习惯"揽权"，对权力下放难舍难分，该放的权力不放，审批事项多、环节多、时间长、效率低等问题依然存在；有的对"放权"很不高兴，消极对待"放权"后的工作，不担责任，敷衍塞责，甚至为官不为，能推则推，能滑则滑；有的从"揽权婆婆"变成了"甩手掌柜"，一旦放权，该办的事不办了，该协调的不协调了，该服务的不服务了。群众不无感慨地说，门好进了，脸好看了，事更难办了。这些问题，严重影响了全面深化改革的进程，必须引起高度重视。

简政放权是深化政府改革、加快转变政府职能的关键之举。习近平总书记指出："简政放权，既要放也要接，'自由落体'不行，该管的事没人管了不行。"这就为深化行政体制改革、进一步简政放权、转变政府职能提出了新要求。

简政放权，要深化行政审批制度改革，继续清理下放规范行政审批事项，实行权力清单、责任清单等制度，推

动政府更多地向市场放权、向社会放权、向基层放权。要营造公平竞争的市场环境，让政府部门"法无授权不可为"，让市场主体"法无禁止即可为"，坚决消除非行政许可审批事项这个"灰色地带"，坚决关闭前置要件审批、评估这个"偏门"。

政府改革的重心不仅在于简政放权，更在于职能转变。简政放权，"简"只是方式，不是目的，关键要"放"出活力，体现"简"的实效。简政放权不能成为"自由落体"，想怎么落就怎么落，落在哪里算哪里。一方面，审批权下放，该下放的审批权要下放，实现从事前审批转向事中服务、事后管理，政府的职能不能缺位，要归位；另一方面，对上级下放的审批事项，要有"放"有"接"，简政放权要接得住、接得好、管得好。政府的审批事项少了，但是，该管的事务必须管好，政府的服务不能少，该做的工作不能减少，只有这样，才能用政府权力的"减法"，换取市场的"加法"，增强市场活力。

177. 看真贫、扶真贫、真扶贫

习近平总书记提出"看真贫、扶真贫、真扶贫，少搞一些盆景，多搞一些惠及广大贫困人口的实事"，就是要求切实转变扶贫攻坚的作风，实施精准扶贫、精准脱贫，为打好扶贫攻坚战指明了方向。

看真贫，就是要看清楚是真的贫困还是假的贫困。长期以来，国家加大对贫困地区的扶贫开发力度，对贫困县提供扶贫专项资金，并给予一些优惠政策。一些地方千方百计地争取成为国家扶贫重点县，绞尽脑汁给自己戴上国家级贫困县的帽子，为的就是对上好叫贫、叫苦，向上好要资金、项目。有的地方已经脱贫了，却不愿摘下贫困县的帽子，导致贫困含有水分。这就需要我们用火眼金睛看清楚是真贫还是假贫，把扶贫地区、扶贫群众选准，明确扶贫的主体，把扶贫资金用到刀刃上，让扶贫项目发挥应有的脱贫效果。

扶真贫，就是扶贫要扶到真正贫困的地区和群众身上，扶到该扶的点上。要通过深入调查研究，找准真正需要扶贫的贫困地区和贫困群众，防止扶贫政策偏向，防止扶贫资金漏水，流到不该扶贫的地区。只有扶真贫，才能让贫困地区和贫困群众成为扶贫攻坚的主攻方向，成为真正的扶贫工作对象，才能让贫困地区和贫困群众不断走上脱贫致富的道路，真正感受到党和政府的关怀。

真扶贫，就是要真心实意地扶贫，真抓实干地扶贫。在

扶贫工作中，我们不难看到，一些地区、部门表面上搞得轰轰烈烈、热热闹闹，实则热一头子，冷一阵子，欺骗上级、愚弄群众，是形式主义的典型表现。有的大搞政绩工程、形象工程，把有限的扶贫资金用来给地区、部门领导脸上"贴金"，导致年年扶贫年年贫。真扶贫，就要把贫困地区、贫困群众放在心上，忧贫困地区、贫困群众所忧，急贫困地区、贫困群众所急，解贫困地区、贫困群众所难，努力为贫困地区、贫困群众办实事、办好事，努力改变贫困地区的面貌，改善贫困群众生活，在全面建成小康社会中不掉队。

各地各部门要深刻领会习近平总书记看真贫、扶真贫、真扶贫的要求，在科学编制扶贫规划、完善考核激励机制、硬化帮扶责任上突出一个真字，实行精准扶贫、精准脱贫，不搞昙花一现的盆景，多干一些有利于打基础、有利于发展、有利于脱贫的实事，实实在在地实施好扶贫攻坚，确保取得真正让人民满意的实效。

178. 民生工作离老百姓最近，同老百姓生活最密切

习近平总书记指出："民生工作离老百姓最近，同老百姓生活最密切"。这一重要论述，充分说明了民生工作与群众密不可分的关系以及做好民生工作的重要性，具有丰富的时代内涵。

民生工作离老百姓最近。从心理距离来看，民生工作离老百姓最近。做好民生工作，为群众排忧解难，为群众办实事、办好事，让群众过上幸福生活，是保障和改善民生、促进社会和谐的重要举措，努力实现好、维护好、发展好最广大人民的根本利益，是党和政府做好一切工作的出发点和落脚点。从实际距离和群众的实际需要来看，民生工作也离老百姓最近。做好民生工作，必须近距离、零距离地深入到群众中，帮群众所需，急群众所急，解群众所难，为群众办好每一件民生实事。做好民生工作不能高高在上，不能浮在面上，必须深入基层、深入群众、深入一线，真心实意地关心人民群众的生活，解决好群众关注的热点、难点问题，尽心竭力地为群众办事，真心实意为群众服务。

民生工作同老百姓生活最密切。民生问题与老百姓的生活密切相关，主要表现在老百姓的衣食住行、养老就医、子女教育等生活必需方面，是群众最关心、最直接、最现实的利益问题。民生工作与老百姓的生活息息相关、紧密相连，不可能分开。让老百姓劳有所得、病有所医、老有所养、住

有所居，关系到老百姓的生活满意度，无一不在做好民生工作的范围内。做好民生工作，就是要坚持以人为本，怀着对人民群众深厚的感情，以人民高兴不高兴、满意不满意、答应不答应为检验标准，不断改善老百姓的生活，保障群众的切身利益，不断增进人民的福祉，提高人民的幸福感。

民生工作面广量大，具有长期性、稳定性、连续性、累积性等特点。做好民生工作，要有坚持不懈的韧劲，一件事情接着一件事情办，件件有落实，一年接着一年干，年年见实效，让老百姓真正得到实惠；要统筹安排、步步推进，积极作为、量力而为，件件有着落、事事有回音，不要求多、求大、求全；要发扬钉钉子精神，一抓到底，务求实效，不能虎头蛇尾；要一诺千金，说到就要做到，不能开空头支票，让群众看到变化、得到实惠，真诚兑现对群众的承诺。

179. 政治生态污浊，从政环境就恶劣；政治生态清明，从政环境就优良

政治生态是一个地方政治生活现状以及政治发展环境的集中反映，是党风、政风、社会风气的综合体现，具体表现在领导干部的党性问题、觉悟问题、作风问题等方面。

营造良好的政治生态和从政环境，伴随着我们党执政的全过程，是调动党员、干部干事创业积极性、推动党和人民事业发展的必然要求。习近平总书记深刻指出："政治生态污浊，从政环境就恶劣；政治生态清明，从政环境就优良"。这就要求我们，要高度重视政治生态建设，努力营造良好的政治生态和从政环境，做到政治清明、政府清廉、干部清正。

良好的政治生态，是良好从政环境的保障。全面建成小康社会、全面深化改革、全面依法治国、全面从严治党，需要良好的政治生态。一个地方、部门拥有良好的政治生态，就能形成风清气正的从政环境，就可以把班子团结起来，把干部队伍带好，把人心凝聚起来，形成干事创业的良好氛围，促进改革发展稳定。

从总书记的重要论述中，我们深切地体会到，大到一个国家、一个政党，小到一个地方、一个部门，如果政治生态污浊，就会歪风邪气盛行，贪污腐败横行，就会让从政环境恶劣，就会让党员、干部无所适从，好人难做、好事难办，让想干事的人干不了事，党的事业发展就会处于停滞状态，

甚至出现倒退，"文化大革命"期间就是典型的明证；如果政治生态清明，党风正、政风清、民风淳，就会让从政环境优良，就会有干事创业的好环境，想干事、会干事、能干事、干得成事的党员、干部就会得到尊重和重用，经济社会就能持续健康发展。

我们既要重视营造良好的政治生态和从政环境，又要防止政治生态和从政环境被污染。各级领导干部要从自身做起，加强党性锻炼，时时处处用党章和党的纪律严格要求自己，坚定理想信念，坚定中国特色社会主义道路自信、理论自信、制度自信、文化自信；牢记党的宗旨，努力实现好、维护好、发展好最广大人民的根本利益；认真履职尽责，敢于担当、勇于负责，肩负起时代和人民赋予的使命；保持清正廉洁，一身正气、两袖清风，始终保持领导干部的良好形象。

180. 党风廉政建设和反腐败斗争永远在路上

中国共产党敢于直面问题、纠正错误，勇于从严治党、捍卫党纪，善于自我净化、自我完善、自我革新、自我提高，坚持有贪必反、有腐必惩，铁腕反腐、正风肃纪，以强烈的历史责任感、深沉的使命忧患感、顽强的意志品质推进党风廉政建设和反腐败斗争，坚持无禁区、全覆盖、零容忍，严肃查处腐败分子，着力营造不敢腐、不能腐、不想腐的政治氛围，赢得了全党全国各族人民的衷心拥护，受到了国际社会的好评。

我们要清醒地认识到，党风廉政建设和反腐败斗争形势依然严峻复杂，主要是在实现不敢腐、不能腐、不想腐上还没有取得压倒性胜利，腐败活动减少了但并没有绝迹，反腐体制机制建立了但还不够完善，思想教育加强了但思想防线还没有筑牢，减少腐败存量、遏制腐败增量、重构政治生态的工作艰巨繁重。

开弓没有回头箭。习近平总书记告诫全党"党风廉政建设和反腐败斗争永远在路上"。党风廉政建设和反腐败斗争是攻坚战、持久战，是一场输不起的斗争，必须决战决胜。党的十八大以来，党中央驰而不息地反腐惩恶，正风肃纪，着力解决管党治党失之于宽、失之于松、失之于软的问题，努力构建不敢腐、不能腐、不想腐的体制机制，开创了党风廉政建设和反腐败斗争全新局面。冰冻三尺非一日之寒。不

正之风和腐败问题长期积累，根深蒂固，不可能毕其功于一役，需要打持久战。全面从严治党今后要走的路更长，工作更艰巨，任重更繁重。

当前已经进入反腐败斗争的关键阶段，恰如逆水行舟、不进则退。党风廉政建设和反腐败斗争永远在路上，就是要求我们坚持不懈把党风廉政建设和反腐败斗争进行到底，脚步不能停，力度不能减，尺度不能松，反腐败绝不封顶设限，直至取得最后的胜利；必须高举反腐利剑，坚持零容忍的态度不变、猛药去疴的决心不减、刮骨疗毒的勇气不泄、严厉惩处的尺度不松，发现一起查处一起，发现多少查处多少，形成强大震慑，保持惩治腐败的高压态势。

天下之势，常系民心。中国共产党与腐败水火不相容。各级党委（党组）要深入开展理想信念和宗旨教育，筑牢思想上拒腐防变的堤坝；要强化党风廉政建设主体责任，切实把党风廉政建设当作分内之事、应尽之责，进一步健全制度、细化责任、以上率下；要横下一条心纠正"四风"，抓出习惯、抓出长效，在坚持中见常态，向制度建设要长效，强化执纪监督，把顶风违纪搞"四风"列为纪律审查的重点。反对腐败是党心民心所向，有党心民心作力量源泉，反腐败斗争必定取得最后的胜利。

181. 党员干部一定要讲规矩

习近平总书记指出："讲规矩是对党员、干部党性的重要考验，是对党员、干部对党忠诚度的重要检验。" 总书记还提出"治理一个国家、一个社会，关键是要立规矩、讲规矩、守规矩"。可见讲规矩对治党治国治军的极端重要性。

没有规矩不成方圆。讲规矩是对党员、干部党性的重要考验。党员、干部的党性强不强，一个重要的方面就是看讲不讲规矩。

立规矩的目的在于讲规矩、守规矩。党章党规党纪，国家的法律法规，一个地区、部门的规章制度，都是党员、干部要讲的规矩。党员、干部讲党性，就要讲规矩，在规矩范围内活动，做到心有规矩、懂得规矩、遵守规矩，言有所思、行有所止，有令即行、令行禁止，在群众中树立良好的形象。不讲规矩的党员、干部，是不可能有党性可言的。

讲规矩是对党员、干部对党忠诚度的重要检验。一个党员、干部，对党忠诚不忠诚，忠诚度有多高，讲规矩就是一个重要的检验。中国共产党是马克思主义政党，拥有8900多万共产党员、450多万党组织，在拥有十三亿多人口的中国执政，要不断提高党的凝聚力和战斗力，不断提高执政能力，巩固执政地位，需要有严明的纪律和规矩，党员、干部都要讲规矩。在规矩面前，任何时候、任何情况下都要心有所畏、言有所戒、行有所止，不越雷池半步。嘴上喊着对党忠诚，

行动不讲规矩，阳奉阴违，说的是一套，做的是另一套，就没有半点忠诚可言，只会给党和人民的事业带来危害。

讲规矩是我们党赖以生存发展的"生命线"，是全面从严治党的关键所在，是加强干部队伍建设的必然要求。党员干部一定要增强规矩意识，心中有规矩红线，敬畏规矩，讲规矩，时时处处知道什么事能做，什么事不能做。要遵守政治纪律和政治规矩，牢固树立"四个意识"，特别是核心意识和看齐意识，自觉在思想上政治上行动上同以习近平同志为核心的党中央保持高度一致，自觉维护党中央权威，自觉维护党的团结和统一；要自觉遵守党章党规党纪，自觉遵守六大纪律，自觉遵守国家法律法规；要遵循组织程序，重大问题该请示的请示，该汇报的汇报，不允许超越权限办事；要服从组织决定，决不允许搞非组织活动，不得违背组织决定。要牢记权为民所赋、权为民所用，牢记"手莫伸，伸手必被捉"，始终敬畏权力、管好权力、慎用权力，不能公权私用、假公济私、以权谋私，确保权力在规矩范围内运行。

党员干部要从严从实要求自己，要守住政治生命线，对党和人民忠诚，坚守党和人民交给自己的政治责任；要守住正确的世界观、人生观、价值观，认真践行社会主义核心价值观；守住廉洁自律的底线，个人干净，保持清正廉洁的良好形象。

182. 做政治的明白人

毛泽东同志曾经指出："不讲政治，就等于没有灵魂。"邓小平同志曾强调："到什么时候都得讲政治。"讲政治，是我们党最鲜明的特点和优势，是对党员干部第一位的要求。习近平总书记希望县委书记"努力成为党和人民信赖的好干部"，第一要求就是"做政治的明白人"，这也是对新时期党员干部讲政治的期望。讲政治，政治明白，对一个领导干部非常重要。

政治明白，就是要始终坚定政治信念，保持清醒的政治头脑。要不断增强政治敏锐性和政治鉴别力，坚定政治立场，严守政治纪律，敢于坚持原则，旗帜鲜明地敢于同各种错误思想和错误行为作斗争，在关键时刻不动摇，在大是大非面前不糊涂，做党的理论的忠实实践者、路线方针的坚决执行者、政策原则的坚定维护者，确保党中央政令畅通、令行禁止。

做政治的明白人，就要对党绝对忠诚，时时刻刻心中有党。要切实增强"四个意识"，自觉在思想上政治上行动上同以习近平同志为核心的党中央保持高度一致，坚决维护以习近平同志为核心的党中央的权威，维护党的团结和统一；要坚持以党的旗帜为旗帜、以党的方向为方向、以党的意志为意志；要自觉向以习近平同志为核心的党中央看齐，向党的理论和路线方针政策看齐，向党中央决策部署看齐，做到党中央提倡的坚决响应、党中央决定的坚决执行、党中央禁

止的坚决不做。

做政治的明白人，就要坚定理想信念，坚定共产主义远大理想、中国特色社会主义信念和中华民族伟大复兴中国梦共同理想，坚定中国特色社会主义道路自信、理论自信、制度自信、文化自信，做政治上的明白人，真正做到政治上头脑始终清醒、立场始终坚定，在大是大非面前不糊涂、不迷路。

做政治的明白人，就要坚持以人民为中心，坚持人民的主体地位。要始终把人民放在心中最高位置，为人民的幸福而奋斗；要心中有党，坚持在党言党、在党忧党、在党为党，始终维护党的最高利益，牢记"为了谁、依靠谁、我是谁"，全心全意为人民服务，自觉践行社会主义核心价值观，自觉执行党的纪律和规矩，做信念坚定、为民服务、勤政务实、敢于担当、清正廉洁的好干部。

做政治的明白人，就要始终保持头脑清醒，在政治上不能糊涂，不能犯政治性、方向性、原则性的错误。那种不听招呼、不讲规矩、不守纪律，自行其是、满天飞的干部；那种搞上有政策、下有对策，歪曲变通政策，合意的就执行，不合意的就不执行的干部；那种不讲大局，本位主义、个人主义思想严重，把个人凌驾于组织之上，只讲小道理、不讲大道理，只讲个人利益、不讲大局利益的干部，就是典型的政治的糊涂人。

183. 做发展的开路人

习近平总书记要求县委书记"做发展的开路人"，这是各级领导干部特别是一把手的神圣职责、责任担当。做发展的开路人，就是要求各级领导干部在推动发展上领好路、开好路、走好路，不断推进党和人民的事业发展。

发展是硬道理，发展是我们党执政兴国的第一要务。发展没有现成的路，需要我们去探索，去开拓。第一个带头走路的开路人很重要，没有第一个走在前面，就不会有路。作为改革发展的组织者、实践者和推动者，县委书记做发展的开路人，就要敢于负责、勇于担当，敢于开拓、善于创新，团结班子带领全县人民在全面深化改革中攻坚克难，闯出一条发展之路，让老百姓生活越过越好。

做发展的开路人，就要统筹发展，做好顶层设计。要统筹推进"五位一体"总体布局，协调推进"四个全面"战略布局，自觉适应经济新常态，引领经济发展新常态，把握和顺应深化改革新进程，顺势而为、顺时而谋，找到符合实际的发展路子，科学调整产业结构，培育壮大经济支柱。要回应人民群众新期待，坚持从实际出发，带领群众一起做好经济社会发展工作，特别是要打好扶贫开发攻坚战，按时完成脱贫任务，让老百姓生活越来越好。

做发展的开路人，就要勇于担当、奋发有为，保持良好的干事创业状态。改革发展攻坚期，最需要担当精神。有多

大担当才能干多大事业，尽多大责任才会有多大成就。发展的路，不可能一帆风顺，可以说布满荆棘、充满困难，这就需要我们知难而进、迎难而上，攻坚克难、破解难题，扫清前进道路上的一切障碍，不断推动经济社会持续健康发展，真正做到为官一任，造福一方。那种只想当官不想干事，只想揽权不想担责，只想出彩不想出力，只想保"位子"、不去挑"担子"，不求有功、但求无过，只要不出事、宁可不做事的干部，就是典型的不作为、不担当，不可能当好发展的领路人，只会贻误党和人民的事业。

做发展的开路人，要保持昂扬向上的精神。我国经济社会发展进入了一个既是"黄金发展期"又是"矛盾凸显期"的关键时期，我们面临着很多新的发展机遇，同时，面临的挑战更大，遇到的困难更多，需要解决的问题更复杂。在问题和矛盾面前，悲观叹气毫无用处，回避退缩没有出路，停步不前只会难上加难，这就需要我们保持良好的精神状态，以坚忍不拔的毅力和逢山开路、遇河架桥的精神，把前进道路上的困难克服掉、问题解决掉。只要在难题面前敢于开拓，在矛盾面前敢抓敢管，在风险面前敢担责任，励精图治、奋发图强，夙夜在公、勤勉工作，就会在干部群众中有感召力和说服力。

184. 做群众的贴心人

《孟子·离娄上》记载："得天下有道，得其民，斯得天下矣。得其民有道，得其心，斯得民矣。得其心有道，所欲与之聚之，所恶勿施尔也。"《管子·牧民》释义：政权之所以能兴盛，在于顺应民心；政权之所以废弛，则因为违逆民心。我们可以从中看到民心的极端重要性。

习近平总书记要求县委书记"做群众的贴心人"，就是要求党员干部真正走进群众、靠近群众、贴近群众，心系群众、热爱群众、服务群众，成为群众最可信赖、最可依靠的人。这是好干部的价值追求、行动方向。人心是最大的政治。做群众工作，就要将心比心、换取真心。人心换人心，党心换民心，党员、干部做群众的贴心人，就能加强党与人民群众的密切联系，巩固我们党执政的群众基础。

全心全意为人民服务是我们党的根本宗旨，人民对美好生活的向往是我们的奋斗目标。人民是我们党的执政之基、力量之源。实现好、维护好、发展好最广大人民的根本利益，是我们做好一切工作的立足点和落脚点。做群众的贴心人，就要充分认识到，人民是我们的衣食父母，我们是人民的公仆。我们来自人民，在人民面前，不能趾高气扬，高高在上，更不能颐指气使、作威作福。要坚持党的群众路线，深入实际、深入群众，密切联系群众，想群众之所想，急群众之所急，解群众之所难，真正为群众办好事、办实事、解难事，

与广大群众建立鱼水关系。

百姓心中有杆秤。干部在群众心中重不重，有没有分量，不需要自己吹嘘，群众心里明镜似的清清楚楚。做群众的贴心人，就要把群众呼声、群众需求作为干事创业的第一信号，把人民群众的满意作为第一追求，把提高人民群众的幸福指数作为第一目标，把群众满意作为工作的检验标准，走到群众中间感受群众的疾苦，为群众工作，为群众排忧解难，才能赢得群众的心，干部在群众心里才有分量。

做群众的贴心人，就要深怀爱民之心，恪守为民之责，体察群众生活，体会群众甘苦，体味群众情感，善谋富民之策，多办惠民利民之事。要靠近群众，用心倾听民意，充分尊重群众意见，用人民拥护不拥护、赞成不赞成、高兴不高兴、答应不答应来检验一切工作，把工作做到群众的心坎上。要有为民情怀，视群众为家人，视民生为家事，自觉服务群众，多做顺民意、解民忧、暖民心、惠民生、得民心的实事、好事，努力实现最广大人民的根本利益。要多做雪中送炭的暖心事，多下啃硬骨头的苦功夫，以干部的辛苦指数换取群众幸福指数，创造出经得起实践、人民、历史检验的政绩。只有这样，干部才能成为群众的贴心人，才能真正赢得民心，才能树立起好形象、创造出好业绩。

185. 做班子的带头人

本领恐慌在党内相当一个范围、相当一个时期都是存在的。县委书记的一个重要本领，就是要做班子的带头人

群众说得好，"火车快不快，全靠车头带。""班子强不强，关键看班长。"县委书记作为县委领导班子的"火车头"和"班长"，能不能发挥班子带头人的作用，是检验县委书记能力素质的重要方面。

习近平总书记要求县委书记"做班子的带头人"，并着重提出"七带头"的要求，就是：带头讲党性、重品行、做表率，带头搞好"三严三实"专题教育，带头抓班子带队伍，带头依法办事，带头廉洁自律，带头接受党和人民监督，带头清清白白做人、干干净净做事、堂堂正正做官。

做班子的带头人，首先要有带头意识。在领导班子里，要发挥好表率作用，高标准要求自己，从严从实自律，既要严以律己、慎独慎微，又要己立立人、己达达人，通过自己的一言一行，影响和带动班子成员维护班子的团结，增强班子的凝聚力和战斗力，提高班子在广大干部职工中的影响力，更好地推动经济社会发展。

做班子的带头人，要体现在具体工作和实际行动中。要当"班长"，坚持民主集中制，充分发扬民主，广泛听取班子成员的意见，善于集中大家的智慧，做出正确的决策；不能当"家长"，不能搞独断专行、一言堂，不能搞"我是一

把手，我说了算"。要以品德立身，不断提高自身的品德修养，养成良好的官德；要用能力服人，在学习和实践中不断提高自身的综合素质，提高解决问题、处理复杂矛盾、推动改革发展的能力；要拿业绩说话，树立正确的政绩观，真抓实干推动发展、富民强县，创造实实在在、没有水分的政绩；要靠廉洁树威，严以律己、清正廉洁，干干净净做事，清清白白为官。

做班子的带头人，贵在坚持，久久为功、毫不懈怠。带头不是一时一事一处，而是时时带头、事事带头、处处带头，只有这样，才能影响和带动班子成员。热一头子、冷一阵子，带头几天、落后几月，是带不好头的。做班子的带头人，一定要坚定理想信念，做到政治坚定，在大是大非面前不糊涂，始终保持政治定力；一定要始终保持干事创业的激情，没有丝毫的懈怠，身先士卒、走在前列、干在实处；一定要从容淡定，临危不乱，冷静处理矛盾，化解危机，体现领导干部的智慧和能力；一定要严以律己，拒腐蚀、永不贪，做清正廉洁的表率；一定要带头接受监督，敢于开展批评和自我批评，开展严肃的党内政治生活，不断增强班子的团结，同时履行好对班子成员的教育、管理、监督责任。

186. 创新发展注重的是解决发展动力问题

在党的十八届五中全会上，习近平总书记提出"创新发展注重的是解决发展动力问题"、"把创新摆在国家发展全局的核心位置"、"把创新作为引领发展的第一动力"等重大论断，是对马克思主义创新理论的继承和发展，是对邓小平同志"科学技术是第一生产力"重要思想的创造性发展。创新被列在五大发展理念之首，摆在国家发展全局的核心位置，贯穿到党和国家的一切工作中。据统计，2015 年，我国成为全世界申请专利最多的国家，申请量首次突破 100 万件，这就是创新带来的成果。

坚持创新发展，必须把创新摆在国家发展全局的核心位置。创新已成为决定我国发展前途命运的关键、增强我国经济实力和综合国力的关键、提高我国国际竞争力和国际地位的关键。中国要走在世界发展前列，要靠创新；中华民族要屹立于世界民族之林，要靠创新；推进中国特色社会主义伟大事业，要靠创新；实现中华民族伟大复兴中国梦，要靠创新。把创新放在发展全局的核心位置，体现了以习近平同志为核心的党中央对创新的高度重视，是党中央在我国发展关键时期作出的重大决策，充分体现了国家意志和国家战略。把创新放在发展全局的核心位置，才能紧扣世界创新发展脉搏，顺应世界创新发展大势，赶上世界创新发展步伐，引领世界创新发展潮流。

坚持创新发展，就要把创新作为引领发展的第一动力。理论创新、制度创新、科技创新、文化创新对经济社会和国家发展全局具有深刻影响、强大推力。我国发展方式要从规模速度型粗放增长转向质量效率型集约增长，经济结构从增量扩能为主转向调整存量、做优增量并举，发展动力从主要依靠资源和低成本劳动力等要素投入转向创新驱动，必须依靠创新这个引领发展的第一动力。我国是世界第二大经济体，要破解经济社会发展瓶颈，实现可持续发展，跨越"中等收入陷阱"，避免出现"阿喀琉斯之踵"现象，不能再走以土地、劳动力、资本等为主导的传统发展之路，必须走创新发展之路。我国经济发展进入新常态，从中低端迈向中高端，创造新常态下的新优势，必须走创新发展之路。

坚持创新发展，要崇尚创新，把认识和行动凝聚到创新发展上，形成抓创新就是抓发展、谋创新就是谋未来的共识。要依靠上下同心、全社会共同努力，推动创新发展在全社会蔚然成风。要加快创新人才队伍建设，把人才作为支撑创新发展的第一资源，推动实施人才强国战略，加快人才结构战略性调整。要弘扬创新文化，倡导敢为人先、勇于冒尖的创新精神，使创新成为全社会的一种价值导向、一种思维方式、一种生活习惯，大力释放全社会创新潜力，形成人人崇尚创新、人人渴望创新、人人皆可创新的社会氛围。

187. 协调发展注重的是解决发展不平衡问题

　　十八届五中全会把协调发展放在我国发展全局的重要位置，坚持统筹兼顾、综合平衡，正确处理发展中的重大关系，补齐短板、缩小差距，努力推动形成各区域各领域全面协调发展，反映了人民的真情期待，具有十分重要的意义。

　　全面建成小康社会，是我们党要实现的第一个百年奋斗目标。习近平总书记指出："协调发展注重的是解决发展不平衡问题。"我们要建成的小康，不是某一区域、某一领域的小康，而是全面小康，这是十分艰巨的任务。关于全面建成小康社会，习近平总书记有一系列重要论述："没有农村的小康，特别是没有贫困地区的小康，就没有全面建成小康社会""小康不小康，关键看老乡""一个民族都不能少""决不能让一个苏区老区掉队"……这充分体现了我们党把十三亿多人民全部带入全面小康的坚定决心。

　　发展是一个整体、一个系统，需要各方面、各环节、各因素协调联动。发展不能失衡，失衡就会积累越来越多的社会矛盾和经济矛盾。实现均衡发展、协调发展，是我国经济社会可持续发展的必然要求。习近平总书记指出："下好'十三五'时期发展的全国一盘棋，协调发展是制胜要诀。"坚持协调发展，既要推进总体发展，又要搞好协调发展，做到统筹兼顾、综合平衡、平稳发展，不能再让城乡发展不平衡、区域发展不平衡、经济社会发展不平衡。发展必须是遵

循经济规律的科学发展，必须是遵循自然规律的可持续发展，必须是遵循社会规律的包容性发展。坚持协调发展，必须遵循规律，按照规律办事，着力提高发展的协调性和平衡性，实现区域协同、城乡一体发展，提高发展的协调性和平衡性。

坚持协调发展，是决战决胜全面建成小康社会的关键。全面小康，关键在"全面"，重点在"全面"，难点也在"全面"。这个"全面"，需要区域、领域之间协调发展，不能一头繁荣、一头贫穷，不能东部快跑，西部慢走；需要物质文明和精神文明同步推进，不能物质丰裕、精神贫乏；需要正确处理好经济建设和生态文明建设的关系，不能挖了金山银山，毁了绿水青山。

全面建成小康社会，需要贯彻协调发展的新理念，解决发展不平衡的问题。要统筹"五位一体"总体布局，协调推进"四个全面"战略布局，真正做到协调发展，推动我国经济社会持续健康发展，让发展之路越走越宽广。协调发展，就要统筹兼顾各方面的利益，注重地区之间的平衡发展，保持各领域的均势发展，形成平衡发展结构，增强发展后劲，不断增强发展的整体效能，建成让人民满意的全面小康社会。

188. 绿色发展注重的是解决人与自然和谐问题

　　绿色发展作为关系我国发展全局的一个重要理念，体现了我们党对经济社会发展规律认识的进一步深化。习近平总书记指出："绿色发展注重的是解决人与自然和谐问题。"坚持绿色发展，是对生态文明建设的深化，必将促进人与自然和谐发展，推动美丽中国建设，实现中华民族永续发展。

　　我国资源约束趋紧、环境污染严重、生态系统退化的问题十分严峻，人民群众对生活环境的要求越来越强烈。坚持绿色发展，体现了我们党对我国经济社会发展阶段性特征的科学把握。走绿色低碳循环发展之路，是突破资源环境瓶颈制约、调整经济结构、转变发展方式、实现可持续发展、提高人民幸福指数的必然选择。

　　近几年来，受到雾霾困扰的人们，对蓝天白云、清新空气、亮丽阳光天天充满期待，大家深切地体会到，好空气不是用钱可以买来的。绿色代表了人民对美好生活的希望和期盼。民有所呼，党有所应。绿色发展已经成为我们的发展理念，被提到重要日程。

　　坚持绿色发展，要按照习近平总书记的要求，坚持节约资源和保护环境的基本国策，坚定走生产发展、生活富裕、生态良好的文明发展道路，加快建设资源节约型、环境友好型社会，推进美丽中国建设，为全球生态安全作出新贡献。粗放型发展方式已经使我国能源、资源不堪重负，造成了大

范围雾霾、水体污染、土壤重金属超标等突出环境问题，必须引起高度重视，不能再重蹈覆辙。要强化"绿水青山就是金山银山"，"既要金山银山，又要绿水青山"的意识，充分认识到优美的生态环境就是生产力，就是社会财富。绿色发展要以人与自然和谐为价值取向，以绿色低碳循环为主要原则，以生态文明建设为基本抓手。要按照绿色价值取向，正确处理经济发展同生态环境保护的关系，牢固树立保护生态环境就是保护生产力、改善生态环境就是发展生产力的理念，推动绿色发展、低碳发展、循环发展，绝不以牺牲生态环境为代价换取一时的经济增长。

坚持绿色发展，要坚持以人为本、绿色惠民。习近平总书记指出："建设生态文明，关系人民福祉，关乎民族未来。""良好的生态环境是最公平的公共产品，是最普惠的民生福祉。"随着经济社会发展和人民生活水平提高，人民对生态环境的要求越来越高。生态环境直接关系到人民群众生活质量，关系到社会和谐稳定。坚持绿色发展就是坚持绿色惠民、绿色强国、绿色生产，保护生态环境就是保障民生、保护人民健康，改善生态环境就是改善民生、提高人民生活质量。坚持绿色发展、绿色惠民，为人民提供干净的水、清新的空气、安全的食品、优美的环境，是我们加强生态文明建设、不断改善生态环境的努力方向。

189. 开放发展注重的是解决发展内外联动问题

开放发展理念准确把握当今世界和我国发展大势，直面我国对外开放中的突出矛盾和问题。习近平总书记指出："开放发展注重的是解决发展内外联动问题。"开放发展，核心是解决发展内外联动问题，目标是提高对外开放质量，发展更高层次的开放型经济。坚持开放发展，中国将在更大范围、更宽领域、更深层次上提高开放型经济水平。

坚持开放发展，要主动开放，把开放作为我国发展的内在要求。要认真总结对外开放的经验，以更加积极的态度，主动作为，主动扩大对外开放。要统筹国内国际两个大局，以开放促改革，积极参与全球治理，着力解决发展内外联动问题，全方位升级开放型经济，努力实现对外开放与维护经济安全的有机统一。

坚持开放发展，要双向开放，坚持引进来和走出去并重。要更好地统筹国际国内两个市场、两种资源，促进国内国际要素有序流动、资源高效配置、市场深度融合。引进来要适应我国加快转变经济发展方式的要求，着力提高引进资金、创新技术、先进管理经验和高素质人才的质量。走出去要支持我国企业扩大对外投资，推动装备、技术、标准、服务走出去，提升在全球价值链中的位置。

坚持开放发展，要全面开放，形成全面开放新格局，提高开放水平。全面布局开放举措、开放内容、开放空间，打造陆海内外联动、东西双向开放。坚持自主开放与对等开放，

加强走出去战略谋划，统筹多双边和区域开放合作，加快实施自由贸易区战略，推进"一带一路"建设和丝绸之路经济带建设，推动陆海内外联动、东西双向开放，进一步放开一般制造业，有序扩大服务业对外开放，扩大金融业双向开放，促进基础设施互联互通，逐步形成沿海内陆沿边分工协作、互动发展的全方位开放新格局。

坚持开放发展，要公平开放，构建公平竞争的内外资发展环境。通过加强法治建设，为外资企业提供公平、透明、可预期的市场环境，实现各类企业依法平等使用生产要素、公平参与市场竞争、同等受到法律保护。要通过公平开放，表明中国利用外资的政策不会变，对外商投资企业合法权益的保护不会变，为各国企业在华投资兴业提供更好服务的方向不会变，进一步增强外资企业长期在华发展的信心。

坚持开放发展，要共赢开放，实现互利共赢。加强国际交流合作，推动经济全球化朝着普惠共赢的方向发展。发展全方位、多层次国际合作，扩大同各国各地区的利益汇合。构建开放型世界经济，维护和加强多边贸易体制，为世界各国发展提供充足空间。推动区域自由贸易，对多边贸易体制形成有益补充，推动经济全球化朝着普惠共赢的方向发展。要以开放发展为各国创造更广阔的市场和发展空间，形成各国增长相互促进、相得益彰的合作共赢新格局。

190. 共享发展注重的是解决社会公平正义问题

新发展理念把共享作为发展的出发点和落脚点，指明发展价值取向，把握科学发展规律，顺应时代发展潮流，是充分体现社会主义本质、共产党宗旨和国家长治久安的重要发展理念。习近平总书记指出："共享发展注重的是解决社会公平正义问题。"

坚持共享发展，必须坚持发展为了人民、发展依靠人民、发展成果由人民共享。以共享发展理念引领我国发展，维护社会公平正义，保障发展为了人民、发展依靠人民、发展成果由人民共享，这对实现更高质量更高水平的发展提出了目标要求和行动准则，必将为全面建成小康社会、实现中华民族伟大复兴的中国梦凝聚更深厚的伟力。

坚持共享发展，就要坚持以人民为中心。要坚持人民的主体地位，坚持以人为本、以民为本，突出人民至上，解决我国发展中共享性不够、受益不平衡问题，让全体人民共享改革发展的成果。习近平总书记强调："国家建设是全体人民共同的事业，国家发展过程也是全体人民共享成果的过程。"坚持共享发展，我国就能实现国家安定、民族团结、社会和谐，人民就会提高对我们党的满意度。我们既要团结带领人民致力于发展，把"蛋糕"做大，又要按照共享发展的要求，公平公正地把"蛋糕"分好，不断提高人民福祉，让人民群众更加满意，这样，才能进一步调动人民群众投身改革发展

的积极性和创造性。

坚持共享发展，就要推进社会公平正义。没有共享谈不上公平正义，没有公平正义更不可能共享。共享发展的目标是实现共同富裕，贫穷不是社会主义，两极分化也不是社会主义，让人民群众共享改革发展成果，实现共同富裕才是社会主义的本质要求。要以推进社会公平正义为前提，扎实有效推进精准扶贫精准脱贫，进一步加强和改善民生，推进区域、城乡基本公共服务均等化，不断缩小收入差距，消除贫富悬殊、避免两极分化，实现共同富裕。要通过推进社会公平正义，切实解决重效率轻公平、重城市轻农村、重 GDP 轻民生、重"做大蛋糕"轻"分好蛋糕"等问题，用完善的制度保证人民平等参与、平等发展权利，有效促进共享发展。

坚持共享发展，就要人人参与、人人尽力、人人享有。共享是广大人民群众共同享有，要实现共享，就需要我们共建，既追求人人享有，也要求人人参与、人人尽力，人人都为国家发展、民族振兴和人民幸福贡献自己的力量，共同为国家经济社会持续健康发展尽心尽力，为共享发展创造更多的物质财富和精神财富。要在全社会营造人人参与、人人尽力、人人享有的良好环境，以共享引领共建，以共建推动共享，不断厚植发展优势、凝聚发展动力，让人人都有获得感、人人增强幸福感。

191. 正确把握全面从严治党的核心、基础、要害、关键

党的十八大以来，习近平总书记就全面从严治党发表了一系列重要讲话，提出全面从严治党，核心是加强党的领导，基础在全面，关键在严，要害在治。这对抓好管党治党、从严治党具有十分重要的指导意义。

全面从严治党，核心是加强党的领导。这是对全面从严治党本质的深刻揭示，厘清了全面从严治党与加强党的领导的内在关系，指明了全面从严治党的正确方向和最重要的着力点。全面从严治党必须始终围绕坚持党的领导来把握和贯彻，必须为有效实现党的领导服务。在全面从严治党的过程中必须始终贯穿党的领导，各级党组织要担负起全面从严治党的主体责任。

全面从严治党，基础在全面，必须把党的建设放到"全面"上来把握。"全面"就是管全党、治全党，面向8900多万党员、450多万党组织，覆盖党的建设各个领域、各个方面、各个部门，重点是抓住"关键少数"。全面从严治党，在管党治党的范围上体现了全覆盖，包括自上而下的各级党组织和党员干部；在管党治党的内容上体现了不留死角、没有空白，从党的建设的各个方面管党治党，体现出从严治党的高标准、严要求；在管党治党的主体上体现了责任担当、强化责任，全部党组织在列，全体党员干部参与，人人有责任、层层抓落实。

全面从严治党，要害在治。必须把"治理"作为党的建设的根本性要求。各级党组织要坚持党建工作和中心工作一起谋划、一起部署、一起落实、一起考核，把全面从严治党的责任扛在肩上，落实在实际工作中，把党建工作抓细抓实抓好，落地生根。要通过全面性的治理措施，着力解决影响党的创造力、凝聚力、战斗力的问题，坚决祛除滋生在党的健康肌体上的毒瘤，认真治理损害党的先进性和纯洁性的问题，不断开拓全面管党治党的新境界。

　　全面从严治党，关键在严。必须把"严格"贯穿于党的建设的全过程。"严"就是真管真严、敢管敢严、长管长严。世间事，做于细，成于严。要把"严"贯穿全面从严治党的全过程，严字当头，坚持高标准、严要求，守纪律、讲规矩，不能对党规党纪有特例、搞变通。对干部，特别是担任重要领导职务、主要领导职务的领导干部，要从严要求、从严教育、从严管理、从严监督。要围绕坚定理想信念、加强道德养成、严明组织纪律、规范权力行使、培育优良作风等重点环节，以严格的措施管理干部、以严格的纪律约束干部，使干部心有所畏、言有所戒、行有所止。要教育和促进各级干部自觉履行党章赋予的各项职责，严格按照党的原则和规矩办事。坚持不懈抓下去，使管党治党真正从宽松软走向严紧硬。

192. 抓住"关键少数"，破解一把手监督难题

领导干部是"关键少数"，各级领导班子一把手是"关键少数"中的"关键少数"，是党内监督的重中之重。习近平总书记要求抓住"关键少数"，破解一把手监督难题。长期以来，对一把手的监督是一个难题，普遍存在着上级监督太远、同级监督太软、下级监督太难的问题。一把手监督已经成为薄弱环节，切实加强一把手监督，补足这块监督短板，是我们必须破解的难题。

破解监督一把手难题，要知难而进，敢于碰硬。严是爱，松是害。加强对一把手监督，是对党和人民负责，也是对干部的爱护。一把手责任越重大、岗位越重要、权力越大，越要加大监督力度。要明确监督责任，整合监督力量，推进一把手监督工作常态化、科学化、规范化。要多设置监督"探头"，切实把一把手置于党组织、党员、群众监督之下。上级要加强对下级的监督，上级一把手特别要注重加强对下级一把手的监督。上级要多了解下级一把手日常的思想、工作、生活状况，多关注干部群众反映下级一把手的问题，多听取各方面对一把手的意见。上级纪委要充分发挥专门监督机关的作用，把下级一把手纳入监督重点，发现问题线索及时处置。

破解监督一把手难题，要突出权力监督。权力导致腐败，绝对权力导致绝对腐败。反腐倡廉的核心就是制约和监督权力。监督一把手，要突出重点，既要监督一把手德、能、勤、

绩、廉的现实表现，更要强化权力监督。要围绕一把手正确行使用人、用钱、决策、审批等权力，对一把手的选人用人权、重大决策权、资金使用权和项目安排权进行全方位监督。同时，要加强预防监督，推行权力公开透明运行，通过厘权、制权、晒权、行权、控权、评权，规范"一把手"权力的行使。

破解监督一把手难题，要严字当头。对一把手，要实行严格监督、严格管理、严肃查处。要抓好关键岗位、关键领域和重点行业一把手的监督管理，特别是加强对国有企业、高等院校、人权事权和财权高度集中部门的一把手的监督。要坚持和落实民主集中制，用好巡视"利剑"，用好批评和自我批评武器，把权力关进制度的笼子，让权力在阳光下运行，不断构建全方位的监督机制。对一把手的监督要从宽、松、软真正走向严、紧、硬，动真碰硬、展现刚性，使一把手做到位高不擅权、权重不谋私，干干净净做事、坦坦荡荡为官。

破解监督一把手难题，要形成监督合力。把上级监督、同级监督机构监督、舆论监督、群众监督有机结合起来，加大监督力度，对一把手实行全方位、全天候监督，做到"一把手"到哪里，监督措施和网络就延伸到哪里。对一把手存在的问题，不论涉及到谁，不论官大官小，决不能姑息养奸、包容纵容，必须毫不留情、从严从速、一查到底，达到惩处一个、教育一片的目的。

193. 把适应、把握、引领新常态作为贯穿发展全局和全过程的大逻辑

习近平总书记要求把适应新常态、把握新常态、引领新常态作为贯穿我国经济发展全局和全过程的大逻辑。大逻辑，就是一种大思路、大趋势。我们要认清大势，顺势而为，遵循大逻辑，主动适应新常态、把握新常态、引领新常态。

我们要把思想和行动统一到党中央重大判断和决策部署上来，遵循大逻辑，顺应大趋势，不断增强和发挥引领经济发展新常态的积极性、主动性、创造性。新常态带来经济运行新特征、新规律、新要求，只有主动认识、主动适应，抓住重点、科学把握，主动作为、积极引领，才能抢占先机，推动经济发展提质增效、转型升级。

认识新常态，要增强信心。认识到经济增长从高速转向中高速，不是周期性的外部冲击所致，而是由结构性因素造成的长期趋势，是我国经济进入新阶段的必然结果。要历史地、辩证地看待新常态下阶段性特征和趋势性变化，新常态没有改变我国发展仍处于可以大有作为的重要战略机遇期，没有改变我国经济发展总体向好的基本面，我国经济仍然有很好的增长空间。随着全面深化改革向纵深推进，对外开放不断扩大，简政放权力度加大，市场决定性作用增强，将释放市场活力，为我国经济带来发展动力和开放红利，我们有信心维持中高速增长。

适应新常态，要主动作为，加快增长动力从投入驱动向

创新驱动转变。经济增长压力加大，是我们面临的困难，这与世界整体经济环境进入下行周期密切相关，也是中国经济调整结构、提质增速的阵痛。在人口红利逐渐消失的情况下，增长优势减弱。只有使增长动力向创新驱动转变，才能更快提高全要素生产率，形成新的增长源泉，实现长期可持续的中高速发展。适应新常态要雷厉风行、主动作为，适应得越快越好，不能坐着等政策、站着看先进，要把发展作为第一要务，集中精力抓好经济发展，凝心聚力推动发展，保持主动作为、奋发有为的精神状态。

引领新常态，需要通过全面深化改革实现发展方式转变、产业结构升级和增长动力转换，提高潜在增长率。新常态下，经济发展更加注重增长速度的科学性，更加注重解决问题的实效性，更加注重多元目标的均衡性。引领新常态，要勇于担当、攻坚克难，加快转型升级，培育形成经济发展新的增长极。要勇于创新、锐意改革，在创新中推动发展，强化体制动力和内生活力，提高发展质量和效益。要主动作为，向深化改革要发展，使改革新红利转化为发展新动能；主动向创新驱动要发展，大力推进全民创新创业；主动向结构优化要发展，以提高经济发展质量和效益。

194. 新常态不是一个事件，不要用好或坏来判断

当前，我国经济发展呈现速度变化、结构优化、动力转换等阶段性特征。这符合经济转型升级的客观规律，是不以人的意志为转移的必然趋势。新常态是对我国当前经济发展阶段性特征的高度概括，是对我国经济今后一个时期战略性走势的科学判断，是谋划和推动经济社会发展的重要依据。

新常态是一个阶段性特征，是一种战略走势，是一个客观状态，是我国经济发展到今天这个阶段必然会出现的一种状态，是经济发展新阶段的客观规律性变化。新常态是一种必然趋势，具有内在必然性，符合经济转型升级的客观规律，是不以人的意志为转移的。习近平总书记指出："新常态不是一个事件，不要用好或坏来判断。"在新常态下，我国经济发展面临着一些困难和挑战，也面临着一些战略机遇，就看我们怎么战胜困难、化解矛盾、解决问题，就看我们怎么抓住机遇、深化改革、励精图治，持续推动经济社会发展。

经济发展新常态之所以"新"，因为当前我国经济发展呈现若干新的特征。我国经济发展进入新常态后，增长速度正从高速增长转向中高速增长，经济发展方式正从规模速度型粗放增长转向质量效率型集约增长，经济结构正从增量扩能为主转向调整存量、做优增量并存的深度调整，经济发展动力正从传统增长点转向新的增长点。经济发展进入新常态，我国发展仍处于可以大有作为的重要战略机遇期没有改变，

我国经济发展总体向好的基本面没有改变，改变的是经济发展方式和经济结构。

认识新常态、适应新常态、引领新常态，对于我们进一步推动经济持续健康发展，统筹推进"五位一体"总体布局，协调推进"四个全面"战略布局，实现"两个一百年"奋斗目标和中华民族伟大复兴的中国梦，具有重大而深远的意义。我们要因势而谋、因势而动、因势而进，推动中国经济发展向形态更高级、分工更复杂、结构更合理阶段演化。

习近平总书记指出："认识新常态、适应新常态、引领新常态，是当前和今后一个时期我国经济发展的大逻辑。"这一重要论断将新常态提升到国家战略层面。面对经济发展新常态，既要加强学习、深化理解，统一思想、提高认识，又要遵循大逻辑，尊重经济发展规律，主动作为、敢于担当，深化改革、推动发展，努力做到认识到位、观念适应、措施有力、工作推进，切实把思想和行动统一到中央的战略部署上来，不断增强调结构、转方式、增动力、促发展的自觉性和主动性。

195. 新常态不是一个筐子，不要什么都往里面装

2014年，习近平总书记首次提出"新常态"后，多次作出重要论述，不断丰富完善其概念和内涵，最终提升到国家经济发展战略层面。新常态是对我国经济发展进入新阶段的规律新认识、特征新概括、政策新依据，准确体现了我国经济发展广泛而深刻的变化。

新常态之所以"新"，就是与以往不同；新常态之所以"常"，就是相对稳定的状态。新常态就是新的发展阶段的一般性特征，是经济发展新阶段的客观规律性变化。新常态是党中央对当前我国经济发展若干阶段性特征所作出的新的理论概括，有确定的理论内涵和明确的实践要求。

习近平总书记指出："新常态不是一个筐子，不要什么都往里面装。"经济新常态主要指经济发展一定过程中表现出的特有现象，这种现象是与我国当前客观经济发展水平相一致的，任何超越或脱离特定经济现象的表述都是不科学的，把其他内容嵌入新常态的做法都是不可取的。经济新常态有其特定的经济含义，其包含的各种经济内在因素是一个有机整体，不能把一些不属于其内在经济联系的东西强行塞进里面。

但是，我们不难看到一些不正常的现象，一段时间以来，新常态成了一些领导干部的新鲜热词，有的对新常态缺乏正确的理解，认识上存在一些误区，文件材料，大会小会，开口都是新常态。新常态一时间被一些党员干部变成了一个筐子，合

装不合装的，都往新常态里边装，能装不能装的，都往新常态里套，还一副善于学习、很时髦的样子，实在令人痛心。

在一些党员干部中，出现了误解新常态、滥用新常态概念的问题，新常态被盲目引申化，随意扩大化，被滥用到其他方面，什么都套上新常态，新常态描述经济发展新特征的鲜明特色被严重淡化。有的甚至把一些与经济发展风马牛不相及的东西套上新常态，与经济新常态混为一谈，使经济新常态让人无法理解。有的甚至把一些不好的现象都归入新常态，开口就说"新常态嘛"，轻轻松松一句话，把方方面面的困难、矛盾、问题都归咎于新常态，装进新常态的筐子里，让新常态背黑锅，自己把责任推得一干二净。新常态只能用在特定的经济语境中，不能随意引申、误解滥用。误解、滥用新常态，对我们认识新常态、把握新常态、引领新常态十分不利，这种错误倾向必须纠正。

新常态最早提出时主要针对的是经济发展问题，党中央用新常态来判断当前中国经济的特征，并将认识新常态、适应新常态、引领新常态上升到战略高度，表明我们党对当前中国经济发展阶段变化规律的认识进一步深化。我们要科学理解新常态的内涵，精准界定新常态的外延，深刻把握新常态的精神实质。对新常态概念不能泛化和滥用，更不能在其他领域、其他问题上随意贴上新常态的标签。

196. 新常态不是一个避风港

新常态不是不要经济增长，而是更加注重提高发展的质量和效益，保持经济在合理区间运行，推动我国社会生产力水平整体改善。习近平总书记指出："新常态不是一个避风港，不要把不好做或难做好的工作都归结于新常态，似乎推给新常态就有不去解决的理由了。"

新常态不是一个避风港。避风港里没有大风大浪，是不会有任何风险的。但是，躲进避风港，不可能欣赏到大海的壮阔美丽，也会坐吃山空的。把新常态当作避风港，是一种把自身的懈怠、不努力、不作为归因于新常态的错误认识。在认识新常态、适应新常态、引领新常态的大逻辑下，新常态不是党员干部的"避风港"，消极等待、无所作为只会贻误发展时机，积极进取才能在新常态下实现新发展。

新常态并不可怕，可怕的恰恰是我们自己。各级领导干部必须克服畏难情绪，消除恐慌心理，不能把经济新常态作为不化解矛盾、不解决问题的"金字招牌"，作为冠冕堂皇掩盖自身能力不足的"幌子"；不能把不好做或难做好的工作都归结于新常态，把原因归咎于新常态，把责任推给新常态，为自己找不去解决问题的避风港。这是一种对新常态认识不足、知难而退、松懈懈怠、无所作为的突出表现，是对经济发展的极端不负责任。

新常态下，尽管我国经济面临较大下行压力，在经济转

型期有很多困难和挑战，但是"十三五"期间和今后一个时期，我国仍处于发展的重要战略机遇期，经济发展长期向好的基本面没有变，经济韧性好、潜力足、回旋空间大的基本特质没有变，经济持续增长的良好支撑基础和条件没有变，经济结构调整优化的前进态势没有变，我们仍然大有可为、大有作为。我们要把握大势、抓住机遇、化危为机，变中求新、新中求进、进中突破，知难而进、攻坚克难，脚踏实地、埋头苦干，在改革创新中破解经济发展难题，推动我国经济社会发展不断迈上新台阶。

经济新常态，要有工作好状态。党员干部良好的精神状态，是推动经济发展的重要保障，不能有丝毫懈怠。如果党员干部精神不在状态、干事不敢作为、遇事怕事躲事，要实现新常态下的新发展是不可能的。要切实解决党员干部中存在的为官不为、不能为、不想为、不敢为的问题。要以勇于担当、奋发有为的精神状态，以敢闯敢试、攻坚克难的胆识，坚持创新、协调、绿色、开放、共享发展，遵循新常态的大逻辑，认识新常态、适应新常态、引领新常态，大力推进供给侧结构性改革，实现增长方式的根本转变，推动我国经济发展不断迈上新台阶。

197. 去产能、去库存、去杠杆、降成本、补短板

去产能、去库存、去杠杆、降成本、补短板，是当前供给侧结构性改革的重点工作，是五块硬骨头、拦路石，不啃下这些硬骨头，不搬开这些拦路石，改革是难以推进的。"去"是为了给有效供给腾出空间，退是为了进，早去早主动，去到位才能进得快、进得好。

去产能，就是要积极稳妥化解产能过剩。严格控制增量，防止新的产能过剩，不能边去边增，不减反增。支持企业走出去，参与"一带一路"建设，加强国际产能合作。按照企业主体、政府推动、市场引导、依法处置的办法，积极稳妥推进"僵尸企业"出清，政府协助企业做好社会政策托底工作和职工安置工作。

去库存，就是要化解房地产库存。按照房地产市场规律，针对区域性特点，提高调控的精准度，因地施策、因城施策，促进房地产市场平稳健康发展。深化住房制度改革，落实户籍制度改革方案，有效释放农业转移人口在城镇购房需求，适度提高棚户区改造货币化安置比例，尽量缩短商品住宅去库存时间。要促进房地产企业兼并重组，提高产业集中度，有效降低商品住房价格。地方政府要降低对土地财政的依赖，进一步提高城市可持续发展能力。

去杠杆，就是要防范化解金融风险。做好地方政府存量债务置换工作，完善全口径政府债务管理，严控新增政府性债务，改进地方政府债券发行办法，探索将符合条件的政府

存量债务置换为政府债券。加大直接融资比重来降杠杆，鼓励企业上市挂牌，扩大企业债券发行规模，支持企业利用资本市场做大做强。密切监控企业资金问题，防止企业资金链断裂产生连锁反应。加强全方位监管，规范各类融资行为，坚决遏制非法集资蔓延势头。

降成本，就是帮助企业降低生产经营成本。大力发展实体经济，要采取切实有效的措施，帮助企业降低成本，提高市场竞争力，为企业排忧解难。转变政府职能、简政放权，减少审批事项，切实提高审批效率，进一步清理规范中介服务，降低隐性成本和制度性交易成本。营造公平的税负环境，清理各种不合理收费，研究降低制造业增值税税率，降低企业税费负担。推进利率正常化，金融部门为实体经济让利，降低企业财务成本。推进电价市场化改革和流通体制改革，降低电力价格和低物流成本。

补短板，就是扩大有效供给。补齐供给体系中的短板，必须"补"在关键处、薄弱处，一补就能拉动供给。要从严重制约经济社会发展的重要领域和关键环节着手，在群众迫切需要解决的突出问题着力，既补硬短板也补软短板，既补发展短板也补制度短板，突出抓好打好脱贫攻坚战、支持企业技术改造和设备更新、完善软硬基础设施、加大投资于人的力度、继续抓好农业生产五个方面的重点任务。

198. 供给侧结构性改革的根本目的是提高社会生产力水平，落实好以人民为中心的发展思想

据国家商务部的统计，2014 年，我国居民出境人数超过 1 亿人次，境外消费超过 1 万亿人民币；据国家外汇管理局统计，2015 年，我国居民境外刷卡支出 1330 亿美元，其中购物消费支出 836 亿美元，消费能力严重外流，实在令人深思，大量"需求外溢"，令人沉思。

习近平总书记指出，我国经济发展面临的问题，供给和需求两侧都有，但矛盾的主要方面在供给侧。我国不是需求不足，或没有需求，而是需求变了，供给的产品却没有变，质量、服务跟不上。有效供给能力不足带来大量"需求外溢"，消费能力严重外流。

推进供给侧结构性改革，是我们党适应和引领经济发展新常态作出的重大创新，是适应国际金融危机发生后综合国力竞争新形势的主动选择，是适应我国经济发展新常态的必然要求。习近平总书记指出："供给侧结构性改革的根本目的是提高社会生产力水平，落实好以人民为中心的发展思想。"推进供给侧结构性改革，是正确认识经济形势后选择的经济治理药方，是解决中长期经济问题的根本之道。

供给侧结构性改革的根本目的是提高社会生产力水平。改革是中国发展生产力的必由之路。要实现"两个一百年"奋斗目标，实现中华民族伟大复兴中国梦，就要始终坚持改革创新，不断从改革中得到推动发展的动力。供给侧结构性

改革，重点就是要解放和发展社会生产力，用改革的办法推进结构调整，减少无效和低端供给，扩大有效和中高端供给，增强供给结构对需求变化的适应性和灵活性，提高全要素生产率，不断增强我国经济在新常态下的发展活力。要坚持创新、协调、绿色、开放、共享的发展理念，通过全方位推进改革，采取一系列切实有效的政策举措，大力推动科技创新，大力发展实体经济，切实保障和改善人民生活，有效解决我国经济供给侧存在的问题，推动经济社会持续健康发展。

供给侧结构性改革，要落实好以人民为中心的发展思想。我们党是马克思主义政党，始终牢记全心全意为人民服务的根本宗旨，坚持人民的主体地位，坚持以人民为中心，把人民对美好生活的向往作为奋斗目标，努力实现好、维护好、发展好最广大人民的根本利益。推进供给侧结构性改革的根本，就是要使我国供给能力更好满足广大人民日益增长、不断升级和个性化的物质文化和生态环境需要，从而实现社会主义生产目的。在推进供给侧结构性改革的进程中，我们一定要坚持群众路线，密切联系群众，多倾听群众的心声愿望、意见建议，把群众参与改革的积极性和创造性调动起来，得到群众的真心支持和帮助。

199. 推进"三去一降一补"要敢于攻坚克难

推进供给侧结构性改革，重点推进"三去一降一补"，要按照总书记的要求，"不能因为包袱重而等待、困难多而不作为、有风险而躲避、有阵痛而不前"，始终保持昂扬向上、改革创新，知难而进、攻坚克难，敢于担当、勇于负责的精气神。

不能因为包袱重而等待。重点推进"三去一降一补"，落实好五大任务，涉及面广、影响大、情况复杂。完成每一项重点任务，本质上是一次重大的创新实践，就是一次改革突破。每一句话都有一系列繁重的任务。这确实是很重的包袱。但是，我们不能因为包袱重而等待。正因为包袱重、任务重，才需要各级领导干部勇挑重担。因为包袱重，就要等待，就要等一等、看一看，瞻前顾后，犹豫不决，就会错过最佳的改革时机，只会使包袱越积越大。

不能因为困难多而不作为。重点推进"三去一降一补"，落实五大重点任务，确实面临着许多困难。我们不能因为困难多而不作为。困难多，恰恰说明改革的必要性，就需要我们去克服。在困难面前，我们是选择上，还是选择退，直接检验党员干部的党性。我们要知难而上、攻坚克难，敢于担当、积极作为，敢作为、善作为，战胜一个又一个困难，不断推进供给侧结构性改革。上过小学的人都知道，做好加法和减法不是难题，但是，落实到一个地区，加法怎么做？减

法怎么做？怎么把握好度？这就是难题，但是，我们必须做下去、做好，真正产生效应。

不能因为有风险而躲避。改革从来与风险相伴，没有风险的改革，就不成其为改革。"僵尸企业"本来已经"死"了多年，但是，一旦启动处置，它就会"活"起来，各种困难、矛盾统统冒出来。处置"僵尸企业"，也有风险。但是，我们不能因为有风险而躲避。我们要清醒地认识到，处置"僵尸企业"，让"僵尸"入土为安，腾出宝贵的实物资源、信贷资源和市场空间，有利于推进供给侧结构性改革。所以我们不能躲避，要敢于应对风险，积极稳妥化解风险，把风险降到最低，把改革推进好。

不能因为有阵痛而不前。供给侧结构性改革的本质属性是深化改革，归根结底要落在"改革"二字上来。改革就涉及到利益调整，就会有阵痛，但是，我们要坚信，改革有阵痛，不改革就是长痛，长痛不如短痛。通过改革，痛了就通了，通了就不痛了。在改革的阵痛面前，我们要坚定信心，勇往直前，扎实推进改革。要从体制机制入手推动简政放权、国企改革、创新驱动发展等，为培育新的经济结构、强化新的发展动力、释放改革红利作出努力。

200. 严肃党内政治生活是全面从严治党的基础

在"四个全面"战略布局中，全面从严治党是全面建成小康社会的根本要求，是全面深化改革的必然体现，是全面依法治国的政治保证。习近平总书记提出"严肃党内政治生活是全面从严治党的基础"，一语中的指出了全面从严治党的根本途径和着力点，充分说明了严肃党内政治生活的重要性和在全面从严治党中的基础性地位，我们要深刻领会。

严肃党内政治生活，是我们党的优良传统和政治优势。严肃党内政治生活，是我们党坚持党的性质和宗旨、保持先进性和纯洁性的重要法宝，是解决党内矛盾和问题的"金钥匙"，是广大党员、干部锤炼党性的"大熔炉"，是纯洁党风的"净化器"。

严肃党内政治生活，是我们党的优良传统和政治优势。我们党能由弱变强，由小变大，不断发展壮大，成为带领中国人民取得新民主主义革命、社会主义革命与建设以及改革开放的伟大胜利，成为拥有 8900 多万党员、450 多万党组织的执政党，一个重要的原因就是，我们党通过严肃的党内政治生活，实现了党的团结和统一，不断增强了党的凝聚力和战斗力。

严肃党内政治生活是全面从严治党的基础。办好中国的事情，关键在党，关键在党要管党、从严治党。党要管党必须从党内政治生活管起，从严治党必须从党内政治生活严起。

党的十八大以来，以习近平同志为核心的党中央身体力行、率先垂范，坚定推进全面从严治党，加强党的建设，坚持思想建党和制度治党紧密结合，集中整饬党风，严厉惩治腐败，净化党内政治生态，党内政治生活展现新气象，赢得了党心民心，为开创治国理政新局面提供了重要保证。

党的十八届六中全会站在党和国家事业发展的高度，深刻总结我们党开展党内政治生活的历史经验，深入分析全面从严治党面临的形势和任务，深刻把握新形势下党内政治生活的新情况新特点，针对党内存在的突出矛盾和问题，审议通过了《关于新形势下党内政治生活的若干准则》，就新形势下加强和规范党内政治生活作出全面部署，从 12 个方面作出规定、提出明确要求，为严肃党内政治生活、净化党内政治生态提供了基本遵循。

严肃党内政治生活，必须严格执行《准则》。《准则》既指出了党内政治生活存在的问题，又为严肃党内政治生活开出了药方；既是对党章规定的具体化，也是对十八大以来全面从严治党实践中形成的一系列举措的系统化；既有严肃党内政治生活的治本方略，又有严肃党内政治生活的治标举措，具有很强的思想性、指导性和针对性，我们一定要认真执行，抓好落实。党内政治生活严肃起来、认真起来，全面从严治党就有了重要基础。

201. 党要管党，首先要从党内政治生活管起；从严治党，首先要从党内政治生活严起

严肃的党内政治生活，是马克思主义政党的本质要求，是中国共产党区别于其他政党的鲜明标志，是保持党的先进性、纯洁性的重要法宝，是加强党的自身建设的重要经验，是我们党的优良传统和政治优势，是我们党取得一个又一个胜利的重要保证，是增强自我净化、自我完善、自我革新、自我提高能力的重要途径。

习近平总书记提出："党要管党，首先要从党内政治生活管起；从严治党，首先要从党内政治生活严起"，就是要求我们高度重视党内政治生活。

党要管党、从严治党，就要从严肃党内政治生活管起、严起，形成常态。对党内政治生活，要真管，始终紧紧抓在手上，出实招、用真力，毫不松劲；要真严，严格要求、从严从实，严格执行《关于新形势下党内政治生活的若干准则》。抓住党内政治生活这个关键点，就抓住了解决党内矛盾和问题的钥匙。通过党内政治生活的大熔炉，来锤炼党员干部、锻炼各级组织，我们党就能坚持真理、修正错误，凝心聚力、强身健体，实现自我修复、保持肌体健康。要把严肃党内政治生活作为党要管党、从严治党的基础工程来抓，切实增强党内政治生活的政治性、时代性、原则性、战斗性，不断提高各级党组织的创造力、凝聚力和战斗力，为实现"两个一百年"奋斗目标提供坚强的政治保障。

党要管党首先从党内政治生活管起，从严治党首先从党内政治生活严起，要突出重点，抓住关键，一抓到底。要坚持把思想政治建设摆在首位，固本培元、增强定力，切实拧紧党员干部理想信念的"总开关"，引导党员干部特别是领导干部筑牢信仰之基、补足精神之钙、把稳思想之舵，坚定理想、坚定信念，坚持真理、坚守正道，坚持原则、严守规矩，不忘初心、继续前进；要把贯彻执行民主集中制作为重点，充分发扬民主，善于集中集体智慧，努力形成又有集中又有民主、又有纪律又有自由、又有统一意志又有个人心情舒畅生动活泼的政治局面；要把批评和自我批评作为锐利武器，坚持问题导向，以党章为依据，以党规党纪为尺子，认真查找党员干部在政治上、思想上、作风上存在的突出问题，开展经常性的批评和自我批评，抓早抓小，让咬耳扯袖、红脸出汗成为常态；要把纪律和规矩挺在前面，把严明党的纪律作为从严治党的中心环节、严肃党内政治生活的关键来抓，作为抓班子、带队伍的刚性要求，使管党治党真正严起来，让党员始终做到严守纪律、严守规矩；要把加强监督作为重要保障，强化党内监督，强化纪律约束，整改督促落实，把上级对下级、同级之间以及下级对上级的监督充分运用起来，让党组织和党员自觉接受各方面的监督，为全面从严治党、严肃党内政治生活提供有力保障。

202. 端正用人导向是严肃党内政治生活的治本之策

治国之要，唯在用人。选人用人是党内政治生活的风向标，端正用人导向，是严肃党内政治生活的组织保证，是严肃党内政治生活的治本之策。

习近平总书记指出：选人用人是党内政治生活的风向标，用人上的不正之风和腐败现象对政治生活危害最烈，端正用人导向是严肃党内政治生活的治本之策。

端正用人导向，必须坚持正确选人用人导向，这是净化党内政治生态的必然要求。选人用人导向正确，党内政治生活就会充满正气，干部就会见贤思齐、心齐气顺。选人用人存在不正之风，没有公道正派，就会邪气横生、人心涣散，政治生态恶化。必须把端正用人导向作为严肃党内政治生活、净化党内政治生态重要着力点，以用人环境的风清气正促进政治生态的山清水秀。

端正用人导向，要认真落实好干部标准。坚持德才兼备、以德为先，坚持五湖四海、任人唯贤，坚持事业为上、公道正派。要严把政治关、品行关、作风关、廉洁关，真正让忠诚干净担当、为民务实清廉、奋发有为、锐意改革、实绩突出的干部得到褒奖和重用，让阳奉阴违、阿谀逢迎、弄虚作假、不干实事、会跑会要的干部没有市场、受到惩戒，使党内正能量更加充沛，为党和人民事业发展提供坚强保证。

端正用人导向，要大力整治选人用人上的不正之风。要

严明用人纪律，强化责任追究。坚决禁止跑官要官、买官卖官、拉票贿选等行为，坚决禁止向党伸手要职务、要名誉、要待遇行为，使用人风气更加清朗，坚决纠正"劣币驱逐良币"的逆淘汰现象。领导干部要带头执行党的干部政策，不准任人唯亲、搞亲亲疏疏，不准封官许愿、跑风漏气、收买人心，不准个人为干部提拔任用打招呼、递条子，不得干预曾经工作生活过的地方、曾经工作过的单位和不属于自己分管领域的干部选拔任用。

端正用人导向，要加大正向激励力度。要旗帜鲜明为敢于担当的干部担当，引导广大干部保持良好精神状态，奋发有为、敢于担当。要为敢于负责的干部负责，对那些想干事、能干事、善作为、出实绩的干部要充分理解、大力支持和保护，理直气壮地为他们撑腰鼓劲，该褒奖的褒奖，该重用的重用。对不担当、不作为、敷衍塞责的干部要严肃批评，对失职渎职造成严重后果的要严肃问责，真正使敢担当、敢负责、敢作为在干部队伍中蔚然成风。

端正用人导向，要认真贯彻《关于新形势下党内政治生活的若干准则》。《准则》在选拔任用干部的原则、选人用人的根本遵循、防范和纠正用人上不正之风的措施等方面，作出了明确规定，为选好人用对人、严肃党内政治生活、净化党内政治生态指明了方向，要抓好落实。

203. 直面问题是勇气，解决问题是水平

从总体上看，党内政治生活状况是好的。但是，我们也要看到，一个时期以来，党内政治生活中也出现了一些突出问题，习近平总书记提出"直面问题是勇气，解决问题是水平"。

直面问题是勇气。党内政治生活中存在的问题严重破坏党的团结和集中统一，严重损害党内政治生态和党的形象，严重影响党和人民事业发展。我们要敢于直面，不能回避。问题就摆在那里，视而不见听而不闻，只会放纵放任问题，使问题越积越多、越变越大，最终不可收拾。只有坚持问题导向，敢于直面问题，认真梳理问题，深入查找问题的根源，寻求解决问题的办法，才是唯一出路，这样才能体现党员干部的责任担当。

解决问题是水平。发现问题，就是要正视问题，就是要解决问题。能不能解决好党内政治生活中存在的问题，进一步严肃党内政治生活、净化党内政治生态，考验着党员干部的能力和水平。严肃党内政治生活、净化党内政治生态，是解决当前党内突出矛盾和问题的迫切需要。我们一定要以对党和人民高度负责的精神，坚持有什么问题就解决什么问题，什么问题难就重点解决什么问题，什么问题突出就着力攻克什么问题，坚持顶层设计、底线思维，明确目标任务，采取切实有效的措施，加强和规范党内政治生活，净化党内政治

生态。

　　严肃党内政治生活、净化党内政治生态，要把加强思想教育作为首要任务，筑牢信仰之基、补足精神之钙、把稳思想之舵，坚定道路自信、理论自信、制度自信、文化自信，自觉践行创新、协调、绿色、开放、共享的发展理念，不忘初心、继续前进；要把严明政治纪律和政治规矩作为关键，进一步增强"四个意识"，紧密团结在以习近平同志为核心的党中央周围，坚定维护党中央权威，自觉地在思想上政治上行动上同党中央保持高度一致，认真贯彻党中央各项决策部署，确保落到实处；要把匡正选人用人导向作为重要着力点，认真落实好干部标准，坚持德才兼备、以德为先，坚持五湖四海、任人唯贤，选拔任用组织放心、群众满意、干部服气的干部，以用人环境的风清气正促进政治生态的山清水秀；要把党的组织生活、开展批评和自我批评作为重要载体和手段，坚持党的组织生活各项制度，增强党的组织生活活力，认真贯彻"团结——批评——团结"的原则，把批评和自我批评这个武器用好用活；要把加强制度建设作为根本保障，坚持和完善已有制度，对《准则》提出的党内学习制度、重大问题请示报告制度、党内选举制度、党的代表大会制度、党员权利保障制度、党的组织生活制度等，要一以贯之、不折不扣地落实。

204. 党内监督任何时候不能缺位

实行严格的党内监督，就是要提高党的凝聚力和战斗力，维护党的集中统一，确保全党统一意志、统一行动、步调一致前进，更好地贯彻落实党中央重大决策部署；就是要引导广大党员干部积极投身党的事业，形成奋发有为、敢于担当的精气神，营造干事创业、风清气正的政治生态；就是要督促各级领导干部树立正确的政绩观，把抓好党建作为最大的政绩，坚持党建工作和中心工作一起谋划、一起部署、一起落实、一起考核，把每条战线、每个领域、每个环节的党建工作都抓具体、抓深入。

习近平总书记告诫我们：党内监督缺位，必然导致党的领导弱化、党的建设缺失、全面从严治党不力。党内监督一定要到位，不能缺位，一定要出真力，不能做虚工，务必做到全覆盖、无禁区，让《条例》落地生根，取得实效。

强化党内监督，要形成全党合力。深化全面从严治党，必须从根本上解决主体责任缺失、监督责任缺位、管党治党宽松软的问题，把强化党内监督作为党的建设的重要基础性工程，使监督的制度优势充分释放出来。党内监督是全党的任务，全党必须一起动手，党内监督没有禁区、没有例外，全党各级组织、全体党员干部必须参与，形成党内人人受监督、人人参与监督的良好局面。

强化党内监督，要完善监督体系，明确监督责任。建立

健全党中央统一领导、党委（党组）全面监督、纪律检查机关专责监督、党的工作部门职能监督、党的基层组织日常监督、党员民主监督的党内监督体系。党委（党组）负主体责任，书记是第一责任人，党委常委会委员（党组成员）和党委委员在职责范围内履行监督职责。党的各级领导干部一定要把责任扛在肩上，做到知责、尽责、负责，敢抓敢管，勇于监督。各级纪委是党内监督专责机关，履行监督执纪问责职责。要通过强有力的党内监督，不断增强党在长期执政条件下自我净化、自我完善、自我革新、自我提高的能力。

强化党内监督，要形成监督合力，织密监督制度网。要坚持好民主集中制，把民主基础上的集中和集中指导下的民主有机结合起来，把上级对下级、同级之间以及下级对上级的监督充分调动起来。坚持党内监督同有关国家机关监督、民主党派监督、群众监督、舆论监督等相结合，使积极开展监督、主动接受监督成为全党的自觉行动。要把确保党章党规党纪在全党有效执行，维护党中央集中统一领导，维护党的团结统一，作为重要监督任务。要以党的领导机关和领导干部特别是主要领导干部为重点监督对象。要坚持惩前毖后、治病救人，抓早抓小，运用好监督执纪"四种形态"，及时发现问题、纠正偏差，把党内监督体现在时时处处事事上，敦促党员、干部按本色做人、按角色办事、按规矩履职。

205. 各级领导干部要主动接受各方面监督

历史反复证明，广开言路、从谏如流，往往是良政善治的开端；壅蔽言路、闭目塞听，常常是政治衰败的前兆。权力失去制约和监督，必然产生腐败，这是铁的定律。

我们不难看到，在现实中，少数领导干部不能正确对待监督，不喜欢监督、不接受监督，认为监督就是别人在给自己找麻烦，把上级的监督看成是对自己不信任，把同级的监督看成是跟自己过不去，把下级的监督看成是对自己不尊重，把群众的监督看成是无关紧要，想方设法压制监督，甚至打击报复。这是很不正常的，是十分错误的。这种不接受监督的干部，肯定是要出问题的。习近平总书记要求各级领导干部"要主动接受各方面监督，这既是一种胸怀，也是一种自信"。

各级领导干部主动接受各方面监督，是一种胸怀。良药苦口利于病，忠言逆耳利于行。以人为镜，才能知得失。党内不允许有不接受监督的特殊党员。实践证明，有人监督是好事，没人监督会出事。领导干部手中的权力是党和人民赋予的，只能用来为人民服务，干部行使权力是否公正无私，履行职责是否尽责尽职，帮助群众是否真心实意，都离不开监督。自觉接受监督，是正确行使权力的需要。自觉接受监督，虚心听取各方意见建议，有利于修正偏差，使决策和决策的执行更加科学有效，把工作做得更好。自觉接受监督，是领导干部的立身之本和终生课题，有利于领导干部加强党

性修养，不断进行自我教育、自我改造、自我完善、自我提高。领导干部要襟怀坦荡，以党的事业和人民的利益为重，带头接受监督，欢迎来自各方面的监督，养成在监督下学习、工作和生活的习惯。要把监督看成是组织、同志、群众对自己的关心爱护，以开放包容和海纳百川的胸怀，自觉接受监督，真心诚意听取意见建议，做到有则改之、无则加勉，修正错误、完善提高。

领导干部要主动接受各方面监督，是一种自信。领导干部怎样看待监督，能不能主动接受监督，敢不敢接受监督，体现的是一种自信。对领导干部而言，容忍批评才有胸襟，从谏如流可增智慧，接受监督方显自信。只要我们始终把党和人民的利益放在第一位，事事坚持原则、出于公心，依纪依规依法办事，处处严以律己、公正无私、清清白白，我们就应该有足够的自信接受监督。自觉接受监督，要有无私无畏的襟怀，有闻过则喜的雅量，有宽容包容的气度，有见贤思齐的精神，有择善而从的品格，自觉接受上级与下级的监督、党内与党外的监督、组织与群众的监督、社会与媒体的监督，在各方面的监督中完善自己。要自觉强化自律意识，不断加强党性锻炼，提高自身素养，坦坦荡荡做人，踏踏实实做事，为党和人民更好地工作。干部以一种自信自觉接受监督，无论对党和人民的事业，还是对自身的成长都大有好处。

206. 治国必先治党，治党务必从严

"办好中国的事情，关键在党。"这是被中国近代以来的历史反复证明了的真理。执政兴国，关键在党；依法治国，核心在党。我们党作为一个有8900多万名党员、450多万党组织的党，作为一个在十三亿多人口的大国长期执政的党，党的建设关系重大、牵动全局。习近平总书记要求，治国必先治党，治党务必从严。

党的十八大以来，以习近平同志为核心的党中央，坚定不移地推进全面从严治党，凝心聚力惩治腐败，扶正祛邪纠正不良作风，党风政风为之一新，极大地凝聚了党心民心，赢得了人民的信赖和拥护。

治国必先治党，这是执政党的自觉担当，也是依法治国的必然要求。中国共产党是中国特色社会主义事业的领导核心。我们党肩负着国家和民族的重托，要团结带领全党、全国各族人民不断推进中国特色社会主义伟大事业，实现"两个一百年"奋斗目标，实现中华民族伟大复兴中国梦，让中华民族永远屹立于世界民族之林，责任重大、使命光荣。要治理好这样一个十三亿多人口的国家，我们党就要有这样一种清醒和自觉：治国必先治党。必须扎实推进全面从严治党，切实加强和改进党的建设，加强党的思想建设、组织建设、作风建设、制度建设和反腐倡廉建设，不断加强党的执政能力建设和先进性、纯洁性建设，不断提高党的凝聚力和战斗

力，不断巩固党的执政地位，夯实党的执政基础，确保党始终成为中国特色社会主义事业的坚强领导核心。

治党务必从严。全党必须清醒地看到，在世情、国情、党情发生深刻变化的新形势下，提高党的领导水平和执政水平、提高拒腐防变和抵御风险能力，加强党的执政能力建设和先进性、纯洁性建设，面临许多前所未有的新情况新问题新挑战。落实党要管党、从严治党的任务比以往任何时候都更为繁重、更为紧迫。巩固党的执政地位，要牢记治党务必从严，有效推进全面从严治党。管党治党，贵在一个"严"字，必须严字当头，把严的要求贯彻到管党治党的全过程，从严从实、务求实效。要真的管、真的严，用真心、使真劲，把管党治党摆上重要议事日程，认真履行好党委的主体责任和纪委的监督责任，紧紧抓在手上，抓严抓实，毫不松懈；要敢于严、善于严，对党员干部要严格要求、严格教育、严格管理、严格监督，把纪律和规矩挺在前面，严格执行党章党规党纪，反腐败实现全覆盖、无禁区、零容忍；要长期管、长期严，打一场全面从严治党的持久战、攻坚战，长期抓下去，长期严下去，全面推进党的建设新的伟大工程，不断增强党自我净化、自我完善、自我革新、自我提高能力，不断提高党的建设科学化水平，务必取得管党治党的全面胜利。

207. 不忘初心，继续前进

在庆祝中国共产党成立 95 周年大会上，习近平总书记 10 次讲到了"不忘初心，继续前进"，并深刻阐述必须牢牢把握的八方面要求，为全党在新的历史起点上做好党和国家各项工作，指明了前进方向，明确了行动指南。

不忘初心，就是不忘根本，不能忘记我们从哪里来。中国共产党的"初心"，就是自建党之初就树立的责任担当、奋斗目标、进取精神和赤子之心。中国共产党的"初心"，就是中国共产党人的"本"和"魂"。忘记意味着忘本，忘本意味着背叛。本固党兴，本固邦宁。不忘初心，就是不忘党的本质属性、不忘党的根本、不忘党为什么出发、不忘党走过的历史、不忘党不断取得新胜利的成功经验。

继续前进，就是不能忘记我们要到哪里去。就是要努力推进党和人民的事业不断取得新突破、实现新发展，努力实现长远奋斗目标，完成阶段性任务。面对挑战，时代期待中国共产党人新的出发，8900 多万党员必须不忘初心、继续前进，不断开创中国特色社会主义事业新境界，努力实现"两个一百年"奋斗目标，为实现中华民族伟大复兴中国梦而奋斗，向历史、向人民交出新的更加优异的答卷。

坚持不忘初心、继续前进，从历史走向未来，从胜利走向胜利，我们要认真贯彻落实习近平总书记的要求：坚持马克思主义的指导地位，坚持把马克思主义基本原理同当代中

国实际和时代特点紧密结合起来，推进理论创新、实践创新，不断把马克思主义中国化推向前进；牢记我们党从成立起就把为共产主义、社会主义而奋斗确定为自己的纲领，坚定共产主义远大理想和中国特色社会主义共同理想，不断把为崇高理想奋斗的伟大实践推向前进；坚持中国特色社会主义道路自信、理论自信、制度自信、文化自信，坚持党的基本路线不动摇，不断把中国特色社会主义伟大事业推向前进；统筹推进"五位一体"总体布局，协调推进"四个全面"战略布局，全力推进全面建成小康社会进程，不断把实现"两个一百年"奋斗目标推向前进；坚定不移高举改革开放旗帜，勇于全面深化改革，进一步解放思想、解放和发展社会生产力、解放和增强社会活力，不断把改革开放推向前进；坚信党的根基在人民、党的力量在人民，坚持一切为了人民、一切依靠人民，充分发挥广大人民群众积极性、主动性、创造性，不断把为人民造福事业推向前进；始终不渝走和平发展道路，始终不渝奉行互利共赢的开放战略，加强同各国的友好往来，同各国人民一道，不断把人类和平与发展的崇高事业推向前进；保持党的先进性和纯洁性，着力提高执政能力和领导水平，着力增强抵御风险和拒腐防变能力，不断把党的建设新的伟大工程推向前进。

208. 文化自信，是更基础、更广泛、更深厚的自信

一个政党、一个国家、一个民族的强盛，总是以文化兴盛为支撑。中华优秀传统文化、革命文化和社会主义先进文化，是我们民族的"根"与"魂"，是推动经济社会发展的更基本、更深沉、更持久的力量。

文化自信是更基础的自信。有一首《大中国》的歌，当唱到"我们都有一个家，名字叫中国"时，每一个中华民族的子孙都会感到非常亲切。为什么？因为中华民族拥有共同的民族文化血脉和独特的精神标识。共同的文化，把中华民族连在一起。每一个炎黄子孙，无论你身处何地，无论你现在使用何种语言文字，在其他人眼里你还是华人，中国是你的最亲最近的祖国，因为你的根是中华民族。

习近平总书记指出："文化自信，是更基础、更广泛、更深厚的自信。"文化自信是中华民族能够团结起来、凝聚起来的重要基础，有了文化自信，就会增强"国家"认同和"民族"认同，才会有中华民族一家亲的真情实感。文化自信是最基础的自信，在道路自信、理论自信、制度自信中发挥着基础性、支撑性的作用，只有坚持文化自信，才能更好地坚持道路自信、理论自信、制度自信。

文化自信是更广泛的自信。文化可以深入人的一切活动、一切方面，可以说无处不在，无时不有。文化自信不仅渗透在道路自信、理论自信、制度自信之中，还存在于人的一切

活动之中，文化自信的影响更广泛。文化具有广泛性，中华民族创造的优秀传统文化，是人类社会共有的、最可贵的精神财富。文化自信可以成为国家软实力的不竭来源。以"讲仁爱、重民本、守诚信，崇正义、尚和合、求大同"等为代表的文化价值与精神理想，早已跨越时空、超越国界走向世界。遍布世界各地的孔子学院，每年有数千万人在学习汉语，其中一个重要原因，就是中华优秀传统文化的魅力。通过中华文化的交流与传播，可以增进世界各国对中国的认知，增进世界各国人民与中国人民的友谊。

文化自信是更深厚的自信。文化是中华民族各项活动里面的基因，是我们的精神家园，是我们的传统。文化一旦内化于心，就具有稳定性和长期性。文化自信树立起来，就能产生深厚长远的影响。中国特色社会主义道路自信、理论自信、制度自信、文化自信四位一体，道路是路径方向，理论是行动指南，制度是行为规范，文化则是精神动力。文化决定一个民族的思维模式、行为方式、价值准则，渗透于社会的方方面面，融汇在道路、理论、制度之中。文化润物细无声，潜移默化，发挥着最深远、最稳定、最长效的作用。有了文化自信的有力支撑，"四个自信"才能真正成为一个有机整体，形成强大力量，为实现民族复兴注入持久的精神动力。

209. 党的基本路线是国家的生命线、 人民的幸福线

党在社会主义初级阶段的基本路线，是在党的第十三次全国代表大会上确定的。实践已经充分证明，我们长期坚持党的基本路线，实现了经济持续快速发展，人民生活不断改善，综合国力大幅度提升，我国已经成为世界第二大经济体。我国能够实现经济发展、国家富强、人民幸福、社会和谐稳定，正是因为我们党坚定不移坚持党的基本路线。

邓小平同志曾经语重心长地告诫我们："基本路线要管一百年，动摇不得。只有坚持这条路线，人民才会相信你，拥护你。谁要改变三中全会以来的路线、方针、政策，老百姓不答应，谁就会被打倒。"在庆祝中国共产党成立 95 周年大会上，习近平总书记明确提出"党的基本路线是国家的生命线、人民的幸福线"，充分反映了全党全国人民的共同愿望。

党的基本路线是国家的生命线。党的基本路线为什么有强大的生命力？为什么得到全国人民的衷心拥护？因为它抓住了我们党治国理政必须解决的主要矛盾、根本问题，明确了工作重点和发展目标。坚持以经济建设为中心，我们就抓住了全部工作的"一个中心"，发展是硬道理，发展是党执政兴国的第一要务，是解决中国所有问题的关键，凝心聚力发展经济，是我们一切工作的重中之重。坚持四项基本原则和坚持改革开放，是我们必须牢牢把握的"两个基本点"，坚持四项基本原则是我们的立国之本，关系到我国经济社会

发展的旗帜、方向，坚持改革开放是强国之路，关系到我国经济社会发展的动力活力。所以，党的基本路线是我们国家的生命线，任何时候都不能有丝毫动摇。

党的基本路线是人民的幸福线。党的基本路线凝聚着我们党对基本国情、战略目标、发展动力、领导力量和依靠力量的认识，符合中国的国情和最广大人民的根本利益，从根本上改变了中国人民和中华民族的前途命运，关乎党的命脉，关乎国家前途、民族命运、人民幸福。坚持以经济建设为中心，把经济建设搞好，就能不断推进国强民富，奠定坚实的物质基础，不断增加人民的获得感，不断提高人民的幸福指数；坚持四项基本原则，是全党和全国各族人民团结、稳定、发展、进步的最重要政治基础，就能为实现人民幸福提供政治保障；坚持改革开放，在开放中与世界实现共享发展，就能为实现人民幸福注入推动力量。

我国仍处于并将长期处于社会主义初级阶段的基本国情没有变，人民日益增长的物质文化需要同落后的社会生产之间的矛盾这一社会主要矛盾没有变，我国是世界上最大发展中国家的国际地位没有变。坚持党在社会主义初级阶段的基本路线，就是坚持国家的生命线和人民的幸福线，一定要旗帜鲜明，任何时候不能有丝毫动摇。

210. 我们要始终坚持人民立场

　　立场是人类观察事物和处理问题时所站的价值原点。习近平总书记指出："人民立场是中国共产党的根本政治立场，是马克思主义政党区别于其他政党的显著标志。"人民立场是一个根本性的问题，关系到党的政治命运和存在价值，我们一定要始终坚持。

　　坚持人民立场，就要努力实现最广大人民的根本利益。从总体上和长远上来看，我们党的利益与最广大人民根本利益是一致的。坚持人民立场，要把人民放在心中最高位置，坚持全心全意为人民服务的根本宗旨，努力实现好、维护好、发展好最广大人民的根本利益，把人民拥护不拥护、赞成不赞成、高兴不高兴、答应不答应作为衡量一切工作得失的根本标准。

　　坚持人民立场，就要为人民创造幸福生活。人民对美好生活的向往，就是我们的奋斗目标。作为中国特色社会主义事业的坚强领导核心，我们要顺应人民群众对美好生活的向往，坚持以人民为中心的发展思想，以保障和改善民生为重点，发展各项社会事业，加大收入分配调节力度，打赢脱贫攻坚战，保证人民平等参与、平等发展权利，使改革发展成果更多更公平惠及全体人民，朝着实现全体人民共同富裕的目标稳步迈进，不断增加人民的获得感，提高人民的幸福指数，让人民充分感受到中国共产党一心为人民谋幸福。

　　坚持人民立场，就要充分尊重人民主体地位。人民是国

家的主人，是国家的权利主体，处在主体地位上，必须保证人民当家作主。我们要毫不动摇走中国特色社会主义政治发展道路，长期坚持、全面贯彻、不断发展人民代表大会制度、中国共产党领导的多党合作和政治协商制度、民族区域自治制度、基层群众自治制度，发展社会主义协商民主，巩固和发展最广泛的爱国统一战线，扩大人民群众有序政治参与，保证人民广泛参加国家治理和社会治理，形成生动活泼、安定团结的政治局面。

坚持人民立场，就要全心全意依靠人民群众。人民是历史的创造者，是真正的英雄。坚信党的根基在人民、党的力量在人民，坚持一切为了人民、一切依靠人民，充分发挥广大人民群众积极性、主动性、创造性。我们党只有深深植根人民，得到人民群众的支持和拥护，才能不断提高执政能力。统筹推进"五位一体"总体布局，协调推进"四个全面"战略布局，实现"两个一百年"奋斗目标，必须充分相信和依靠人民群众，把十三亿多人民的力量汇聚起来，才能形成巨大的推动力，实现预期的目标。要以识才的慧眼、爱才的诚意、用才的胆识、容才的雅量、聚才的良方，广开进贤之路，广纳人才，汇聚英才，努力形成人人渴望成才、人人努力成才、人人皆可成才、人人尽展其才的良好局面。

211. 干部要以德修身、以德立威、以德服众

　　党员干部成长，离不开组织的关心和培养，离不开群众的帮助支持，也离不开干部自身坚持不懈的努力。习近平总书记提出："以德修身、以德立威、以德服众，是党员干部成长成才的重要因素。"这就为广大党员干部成长成才指明了努力的方向。

　　以德修身，就是要崇德修身、践德向善。人无德不立，干部无德不可用。我们党在干部选拔任用中，十分重视全面考察干部的德，始终坚持的一条原则就是：德才兼备、以德为先。党员干部要充分认识到为政以德的重要性，不断提高自己的道德修养。要努力学习中华优秀传统文化，从中汲取营养，争做"先天下之忧而忧，后天下之乐而乐"的人，树立良好的民本思想、敬畏人民、尊敬人民、心中有民、为了人民；要用党的科学理论武装头脑；要坚定理想信念，坚定共产主义理想、中国特色社会主义信念和中华民族伟大复兴中国梦共同理想，做一个有理想、有信念、有追求的人；要坚持向实践学习、向人民学习，学习人民群众的优秀品质，不断提高自己的道德修养，树立正确的世界观、人生观、价值观，始终保持良好的道德追求。

　　以德立威，就是要以良好的品德树立威信。党员干部要团结带领群众做好各项工作，就要在群众中有威信。在群众中没有威信的干部，就没有号召力和影响力，就不能把群众团结起来，完成好攻坚克难、加快发展的任务。在现实生活

中，我们不难看到，有的领导干部喜欢在群众面前颐指气使、耍威风，搞一言堂、一个人说了算，甚至欺压群众，群众口服心不服，从心里不接受、不认同。干部的威，不是靠大权独揽、独断专行树立起来的，这样立的"威"，不仅立不起来，还让干部想立的"威"大打折扣。干部立威，一定要通过自己的品德修养来立。要与党同心同向、与民同心同行，一心为公、一心为民，这样的立，才是长久的立，才立得住，立得长久。

以德服众，就是要以良好的道德品行赢得群众的信服。每一个党员干部，都希望得到群众的信服。群众信服的党员干部，群众就愿意团结在他们周围，就愿意听他们，跟着他们干。群众不信服的党员干部，他们说得再好，群众也不相信。失去群众信服的干部，也就失去了群众的信任，失去了群众基础和工作基础。党员干部一定要用良好的思想品德、道德情操、人格魅力来影响和带动群众。要通过老老实实向书本学习、向实践学习、向群众学习、向身边的同志学习，自觉坚定革命理想，提高政治素养，锤炼高尚情操，遵守社会公德、职业道德、家庭美德，远离低级趣味，抵制歪风邪气，一身正气、两袖清风，才能赢得群众的信服，才能拥有道德力量。对这样的党员干部，群众才会心服口服，从心里真正认同、接受。

212. 人无精神则不立，国无精神则不强

东汉时期的思想家王符说过："夫人之所以为人者，非以此八尺之身也，乃以其有精神也。"精神就是元气，就是元神。精神反映人们的思想意识和行为状态，代表着一个时代的风貌，映照着一个时代的发展。习近平总书记提出："人无精神则不立，国无精神则不强。"

人无精神则不立，人是要有点精神的。人只要有精神，任何时候精神不倒，就能保持积极向上、奋发有为的激情。命运永远只青睐那些充满自信、勇往直前的人。人只要有精神，就会充满自信，在困难和曲折面前自信自强自立，干出一番大事业，闯出一片新天地。没有精神支撑的人，就会精神空虚，如行尸走肉，整天就会怨天尤人、妄自菲薄、自暴自弃、不思进取、无所作为，被困难打倒，永远走不出失败的阴影。

实现国家富强、民族振兴、人民幸福，需要十三亿多人民都有昂扬向上、奋力拼搏、勇于担当、攻坚克难的精神。我们一定要坚定理想信念，不忘初心、继续前进，要有战胜一切困难的决心，面对困难敢于迎难而上；要有不怕任何挫折的意志力，面对危机敢于挺身而出；要有敢闯敢试的决断力，面对失误敢于承担责任；要有稳坐钓鱼台的定力，面对时代责任勇于担当。

国无精神则不强，国是要有精神的。精神是一个国家赖

以长久生存、发展、壮大的灵魂。国家有精神，才能经受住各种风浪的考验，在前进道路上不断战胜困难，取得新的胜利。革命战争年代，中国共产党始终保持艰苦奋斗、一往无前的精神，培育了井冈山精神、长征精神、延安精神、抗战精神、西柏坡精神，夺取了新民主主义革命的伟大胜利。新中国成立后，中国共产党培育了大庆精神、焦裕禄精神、雷锋精神，取得了社会主义建设的显著成就。改革开放以来，中国共产党解放思想、开拓进取，培育了"98 抗洪"精神、抗击非典精神、"两弹一星"精神、抗震救灾精神、北京奥运精神、载人航天精神，闯出了一条改革开放、强国富民的新路，把一个积贫积弱的国家发展成为世界第二大经济体，人民生活水平显著提高。

　　国家要强，一定要有精神。只要我们始终坚定共产主义远大理想、中国特色社会主义信念和中华民族伟大复兴中国梦共同理想，坚定中国特色社会主义道路自信、理论自信、制度自信、文化自信，传承和弘扬伟大的民族精神，始终保持改革创新、开拓进取、勇往直前的精神状态，我们就一定能不断推进中国特色社会主义伟大事业，实现"两个一百年"奋斗目标，朝着中华民族伟大复兴的宏伟目标前进。

213. 每一代人有每一代人的长征路，每一代人都要走好自己的长征路

伟大的红军长征取得了伟大的胜利，已经载入中国共产党、中华人民共和国和中华民族的光辉史册。

中国共产党是胸怀共产主义远大理想的马克思主义政党，长期进行的伟大长征，从来就没有停下脚步：我们党团结带领中国人民进行28年浴血奋战，打败日本帝国主义，推翻国民党反动统治，完成新民主主义革命，建立了中华人民共和国；完成社会主义革命，确立社会主义基本制度，消灭一切剥削制度，推进了社会主义建设；进行改革开放新的伟大革命，极大激发广大人民群众的创造性，极大解放和发展社会生产力，极大增强社会发展活力，人民生活显著改善，综合国力显著增强，国际地位显著提高。中国彻底摆脱被开除球籍的危险，创造了人类社会发展史上惊天动地的发展奇迹，使中华民族焕发出新的蓬勃生机。

习近平总书记指出："每一代人有每一代人的长征路，每一代人都要走好自己的长征路。"我们这一代人的长征，就是实现"两个一百年"奋斗目标、实现中华民族伟大复兴中国梦的新长征。走好我们的长征路，坚持和发展中国特色社会主义，推动经济社会持续健康发展，是我们肩负的职责和使命。

今天我们进行的长征，是具有开创性、艰巨性、复杂性的事业。在我们的长征中，要坚持和发展中国特色社会主义

伟大事业，扎实有效推进党的建设新的伟大工程，夺取许多具有新的历史特点的伟大斗争新胜利，需要我们敢于面对困难，善于解决困难，不断攻坚克难，不断取得新的胜利。

走好我们的长征路，需要我们始终高举中国特色社会主义伟大旗帜，坚定中国特色社会主义道路自信、理论自信、制度自信、文化自信。

走好我们的长征路，需要我们始终牢固树立政治意识、大局意识、核心意识、看齐意识，在思想上、政治上、行动上与以习近平同志为核心的党中央保持高度一致，自觉维护党的团结和统一，自觉维护党中央权威，认真贯彻党中央的决策部署。

走好我们的长征路，需要我们始终坚持党的群众路线，密切党与人民群众的血肉联系，不断提高人民的幸福指数，把最广大的人民团结在党的周围，得到人民的支持拥护。

走好我们的长征路，需要我们扎实推进"五位一体"总体布局，协调推进"四个全面"战略布局，坚持创新、协调、绿色、开放、共享的新发展理念，把发展作为第一要务，推动经济社会持续健康发展，不断提高综合国力。

走好我们的长征路，需要我们始终坚持全面从严治党，创新推动党的建设，深入推进党风廉政建设和反腐败斗争，切实整治不良作风，不断提高党的凝聚力和战斗力。

214. 老百姓是天，老百姓是地

　　有一首名叫《江山》的歌里有这样一句歌词：老百姓是地，老百姓是天，老百姓是共产党永远的牵挂。听起来十分亲切感人。

　　习近平总书记指出："老百姓是天，老百姓是地。忘记了人民，脱离了人民，我们就会成为无源之水、无本之木，就会一事无成。"

　　习近平总书记多次提醒全党，"水能载舟，亦能覆舟。"这个"水"，就是老百姓。中国共产党是中国工人阶级的先锋队，同时是中国人民和中华民族的先锋队。我们必须清醒地认识到，中国共产党从成立之日起就来自人民，植根人民，与人民是片刻不可分割的。

　　老百姓是天，就是说，我们党的头顶上有一个天，那就是老百姓。正因为是老百姓罩着我们党，我们党才会不断发展壮大，成为拥有8900多万党员、450多万党组织，在一个十三亿多人口的中国执政的马克思主义政党。老百姓是天，高高在上，我们只能仰视。对老百姓，我们一定要有一种敬畏之情，有一颗敬畏之心。那种高高在上，凌驾于老百姓之上，目无老百姓，欺压老百姓，侵害老百姓利益的人，就是典型的"以下犯上"，最终要受到老百姓的惩处。在思改革、谋发展的过程中，我们一定要坚持党的群众路线，深入到群众中去问政于民、问需于民、问计于民，多看"天"色，把

老百姓拥护不拥护、赞成不赞成、高兴不高兴、满意不满意作为检验一切工作的标准，多做顺民意、得民心的好事、实事，不做违背老百姓意愿、破坏党群关系的事。

老百姓是地，就是说，我们党植根于大地，这个大地就是老百姓。试想，每一个共产党员，有哪一个不是来自老百姓？老百姓是我们党生存的根基，力量的源泉。没有亿万老百姓无私无畏的支持，我们党不可能走到今天。史无前例的红军长征，二万五千里的长征路，充满了艰难险阻，没有老百姓的无私帮助，我们走得过来吗？著名的淮海战役，没有无以计数的老百姓把自己的儿女送去当兵，推着独轮车支援前线，能取得决定性的胜利吗？老百姓支撑了我们党的事业发展壮大。对老百姓，我们要始终怀感恩之心、感激之情。

天不可欺，地不可踩。老百姓就是我们的衣食父母，是我们党的执政之基、力量之源。全心全意为人民服务，是我们党的根本宗旨。我们一定要把人民放在心中的最高位置，把人民对美好生活的向往作为我们的奋斗目标，时时处处想着人民，时时刻刻为了人民，把最广大的人民团结起来，把实现好、维护好、发展好最广大人民的根本利益作为一切工作的出发点和落脚点，努力为人民办实事、办好事，真心赢得群众的信任。只有这样，我们才能不断巩固党的执政基础，不断推动党和人民的事业持续发展。

215. 对党忠诚、为党分忧、为党担责、为党尽责

走好我们这一代人的长征路，是我们的光荣使命。习近平总书记要求全党同志"对党忠诚、为党分忧、为党担责、为党尽责"。短短的十六个字，包含了丰富的内涵，这是对全体党员干部提出的殷切希望，我们要深入领会，真正内化于心、外化于行，落实到实际工作中。

对党忠诚，就是要忠诚于党和人民的事业，热爱党、拥护党、永远跟党走。在新的历史时期，对党忠诚，就是要坚定理想信念，坚定中国特色社会主义道路自信、理论自信、制度自信、文化自信，坚定不移地坚持党的基本路线，切实增强"四个意识"，紧密团结在以习近平同志为核心的党中央周围，坚决维护党中央的权威，自觉在思想上、政治上、行动上同党中央保持高度一致，自觉向以习近平同志为核心的党中央看齐，向党的理论和路线方针政策看齐，认真贯彻党中央的决策部署，为实现"两个一百年"奋斗目标而努力工作，真正做到在党爱党、在党言党、在党忧党、在党为党。

为党分忧，就是要以党之忧为忧，努力为党分忧解忧。党员干部为党分忧，必须强化问题意识和责任担当，尽责尽力化解现实矛盾、解决突出问题，做到平时看得出来、关键时刻站得出来、生死关头豁得出来。为党分忧，必须落实到具体的行动中，用实际行动、实际成效来说话，人人尽职尽

责，人人争作贡献，扎扎实实做好每一件事，把工作做到位。党员干部要坚持问题导向，知难而进、攻坚克难，深入到矛盾最集中、问题最突出的地方，到群众最需要的地方，为群众办实事、做好事、解难事。

为党担责，就是要为党和人民的事业发展勇于担当责任、勇于负责。党和人民的事业，是全党同志共同的事业。党肩上的重任，需要全党共同担当。在改革的攻坚期，要有逢山开路、遇河架桥的勇气，敢于涉险滩、闯难关，不断推进全面深化改革。要发扬钉钉子精神，咬定青山不放松，以坚韧的耐力和恒心，有效化解矛盾，解决问题，推动发展。

为党尽责，就是要为党和人民的事业发展尽心尽责，竭尽全力履行好责任。履职尽责、勇挑重担是党员干部必须具备的基本素质。为党尽责，全党同志要牢记空谈误国、实干兴邦，不做空谈者，争做实干家。领导干部要牢记有权必有责，有责要担当，在其位、谋其政、尽其力，全心全意为了党和人民的事业发展，以敢为人先的锐气、自我革新的勇气、进取创新的思维、奋发有为的精神状态，创造性开展工作，推动经济社会持续健康发展，真正做到一心为党、一心为民、干在实处、走在前列。党员干部，要爱岗敬业、干事创业，恪尽职守、尽职尽责，勇于担当、无私奉献，干好每一天、干好每一年，为党和人民的事业发展添砖加瓦。

216. 大家撸起袖子加油干

习近平总书记在 2017 年新年贺词中，用了一句朴实生动的话语："大家撸起袖子加油干"。一时成为网络上的金语，迅速传播开来。这句话带有浓浓乡愁，让人感到亲切温暖，感觉总书记就在身边，他已经撸起袖子加油干了，我们也要撸起袖子加油干，实在是催人奋进。

撸起袖子加油干，是一种干事创业的行为状态，更是一种勇于担当的精神状态。我们要深入领会，真正内化于心、外化于行，撸起袖子加油干。

梦想就在前面，蓝图已经绘就，目标已经明确，就看我们的实际行动了。天上不会掉馅饼，等没有出路，干才有希望，只要全党全国各族人民撸起袖子加油干，就能形成巨大的合力，聚集巨大的力量，在实现"两个一百年"奋斗目标、实现中华民族伟大复兴中国梦的道路上迈出新步伐。

习近平总书记告诫我们，空谈误国，实干兴邦。撸起袖子加油干，就是要求我们，不要空谈，要重实干，大家都动手，大家都出力，大家都奉献。邓小平同志说过，世界上的事情都是干出来的，不干，半点马克思主义都没有。在全面建成小康社会的决战决胜阶段，在推进经济社会持续健康发展的过程中，需要我们大家撸起袖子加油干，埋头苦干，真抓实干。统筹推进"五位一体"总体布局，协调推进"四个全面"战略布局，不断深化供给侧结构性改革，不断增强经

济发展活力，需要我们大家撸起袖子加油干。在建党一百周年时实现全面建成小康社会，是党的十八大做出的战略部署，是我们党向人民做出的庄严承诺，需要我们撸起袖子加油干，切实抓好精准扶贫精准脱贫，如期完成任务。

"大家撸起袖子加油干"，看似平实的一句话，富有深刻的内涵。"大家"，就是我们一起，党和人民一起，8900多万共产党员一起，450多万党组织一起，十三亿多人民一起。我们都是中国特色社会主义伟大事业的建设者，没有旁观者；"撸起袖子"，就是要勇于担当、奋发有为，挑重担、干重活，不能拈轻怕重；"加油干"，就是要使出浑身的力气，把最大的潜能发挥出来，出真力、用真劲，竭尽全力把工作做好。

"大家撸起袖子加油干"，是习近平总书记对十三亿多中国人民提出的希望，人人都在列。党员干部要发挥带动示范作用，团结群众、凝聚力量，冲在前面、干在前面，面对挑战、攻坚克难，夙夜在公、无私奉献，平常时候看得出来，关键时刻站得出来，危急关头豁得出来。"大家撸起袖子加油干"，要有明确的目标方向，要有工作重点，要有时间表、路线图，有很好的工作预期。党员干部就是要盯住目标加油干，出一身汗，蜕一层皮，给人民群众带来更多福利和实惠，不断增强人民群众的获得感和幸福感，把笑容写在老百姓的脸上。

217. 全党同志要增强政治意识、大局意识、核心意识、看齐意识

习近平总书记要求全党同志要增强政治意识、大局意识、核心意识、看齐意识，切实做到对党忠诚、为党分忧、为党担责、为党尽责。

增强"四个意识"，是对党的建设重要经验的科学总结，是对党章党规重要内容的深度凝练，是在新的历史起点上坚持和发展中国特色社会主义的必然要求，是把我们党建设成为中国特色社会主义坚强领导核心的必然选择，是全面从严治党的重大举措，对于加强党的建设、坚持党中央集中统一领导、增强党的团结统一、提高党的向心力、凝聚力和战斗力，具有十分重要的意义。

增强政治意识，就是要始终坚定正确的政治方向，始终做到对党绝对忠诚，始终在政治上与党中央保持高度一致，严守党的政治纪律和政治规矩，始终在纪律和规矩之下行动，始终做政治上的明白人。要坚定理想信念，坚定中国特色社会主义道路自信、理论自信、制度自信、文化自信，坚定党是中国特色社会主义的坚强领导核心，始终严格遵守党的政治纪律和政治规矩，牢记全心全意为人民服务的根本宗旨。

增强大局意识，就是要准确把握党的工作大局和中心工作，始终心有大局，时时从大局出发，以大局为重，服从大局、服务大局、维护大局，真抓实干、勇于担当，认真贯彻落实以习近平同志为核心的党中央的决策部署。要牢固树立大局

意识，自觉从大局看问题，善于处理眼前与长远、局部和整体、个人和集体的关系，把工作放到大局中去思考、定位、摆布，做到正确认识大局、自觉服从大局、坚决维护大局。

增强核心意识，就是要坚决维护以习近平同志为核心的党中央权威，坚决维护党中央的集中统一领导，坚决维护党的团结和统一，真正做到政治上坚定、思想上清醒、理论上成熟、行动上自觉。办好中国的事情，关键在党。一个国家、一个政党，领导核心至关重要。要统一服从党中央的决策部署，把坚定维护习近平总书记这个核心真正内化于心、外化于行，变成政治纪律和政治规矩，自觉落实到实际行动上。

增强看齐意识，就是要坚定不移向党中央看齐，向习近平总书记看齐，向党的理论路线方针政策看齐，始终在思想上政治上行动上同以习近平同志为核心的党中央保持高度一致，做到党中央提倡的坚决响应、党中央决定的坚决执行、党中央禁止的坚决不做。要跟上党中央的步伐，任何时候不能偏离。向以习近平同志为核心的党中央看齐，关键要落实在行动上，要敢于担当、勇于负责，真抓实干、开拓创新，把党中央的重大决策部署落到实处，推动经济社会持续健康发展，真正做到对党忠诚、为党分忧、为党担责、为党尽责。

218. 培养造就一支具有铁一般信仰、信念、纪律、担当的干部队伍

政治路线确定之后，干部就是决定因素。我们要建设一支什么样的干部队伍？习近平总书记要求干部队伍要具有铁一般信仰、铁一般信念、铁一般纪律、铁一般担当。

干部队伍要有铁一般信仰。信仰关系到干部的精神境界和行为表现。信仰缺失，党员干部就会迷失前进的方向，就会犯下这样那样的错误。干部有铁一般信仰，就要坚定马克思主义信仰，真学真懂真信真用马克思主义中国化最新成果。要把信仰体现在对党绝对忠诚上，认真践行对党的信仰，任何时候、任何情况下都始终保持政治定力、纪律定力、品德定力和抵腐定力。

干部队伍要有铁一般信念。坚定理想信念，坚守共产党人的精神追求，是共产党人安身立命的根本，是对干部的必然要求。95年来，一代代中国共产党人正是有铁一般的坚定信念，才经受住血与火的考验和各种风浪考验，夺取了新民主主义革命、社会主义建设和改革开放的一个又一个新胜利。没有理想信念，理想信念不坚定，精神上就会"缺钙"，就会得"软骨病"。干部有铁一般信念，就要坚定理想信念，就要坚定中国特色社会主义道路自信、理论自信、制度自信、文化自信，坚持和发展中国特色社会主义。

干部队伍要有铁一般纪律。我们党能够团结统一，关键就是有严明的纪律。守纪律是对干部党性的重要考验和对党

忠诚的重要检验。严明纪律对加强干部队伍建设极端重要。没有严明的纪律，就不能提高党的凝聚力和战斗力，就不能提高党的执政能力。干部要把遵守党的纪律作为一种自觉、一种习惯，把严守政治纪律和政治规矩放在首位，时时刻刻与以习近平同志为核心的党中央保持高度一致，做到认识上一致、思想上统一、政治上同心、情感上认同、行动上同步，坚决维护以习近平同志为核心的党中央权威，坚决贯彻执行党中央的重大决策部署。要时时绷紧纪律这根弦，把纪律和规矩挺在前面，用铁一般的纪律严格要求自己，真正敬畏纪律、遵守纪律、执行纪律、维护纪律。

干部队伍要有铁一般担当。担当就是责任，就是责任重于泰山的自觉，就是对党和人民事业极端负责的精神，就是敢担责、敢负责、敢作为、善作为的干事创业状态，就是一种知难而进、攻坚克难，踏石留印、抓铁有痕的韧劲。在困难和矛盾面前，要用铁一般担当的精神，勇于担当、能够担当、敢于担当、善于担当，主动接受挑战，大胆开拓创新，推动改革发展。要敢于坚持原则，在原则面前不让步，要敢于较真碰硬，在歪风邪气面前敢于坚决斗争，要敢于攻坚克难，在矛盾困难面前敢于化解矛盾克服困难，要认真履职尽责，在危机面前敢于挺身而出，在自己的问题面前，敢于自我革命。

219. "两学一做"学习教育，基础在学，关键在做

抓好"两学一做"学习教育，要坚持以学为先，以做为要，以学促做，学做结合，"学"要学得深入，真正内化于心，"做"要做得扎实，真正外化于行，见到实效，把合格的标尺立起来，把做人做事的底线划出来，把制度的短板补齐起来，把党员的先锋形象树起来。

基础在学，就是要把学习作为根本，夯实基础。深入学习党章党规，深入学习习近平总书记系列重要讲话，是这次学习教育的重要任务。要认真学习《中国共产党章程》、《中国共产党廉洁自律准则》、《中国共产党纪律处分条例》、《关于新形势下党内政治生活的若干准则》、《中国共产党党内监督条例》等党内法规，认真学习习近平总书记关于改革发展稳定、内政外交国防、治党治国治军的重要思想，认真学习以习近平同志为核心的党中央治国理政新理念新思想新战略，切实增强政治意识、大局意识、核心意识、看齐意识，坚定中国特色社会主义道路自信、理论自信、制度自信、文化自信。要真学真懂，把学习党章党规与学习系列重要讲话统一起来。要真信真用，牢记党员身份，增强党员意识，把握为人做事的基准和底线，做到在党爱党、在党言党、在党忧党、在党为党。

关键在做，就是要把做合格党员作为目标，抓住关键。党员是否合格，群众心里清楚得很。要着眼党和国家事业的

新发展对党员的新要求，坚持以学促做，以知促行，做讲政治、有信念，讲规矩、有纪律，讲道德、有品行，讲奉献、有作为的合格党员。要坚定理想信念，坚定共产党人的信仰，不忘初心、继续前进，对党忠诚、热爱人民；要增强组织观念，把纪律和规矩挺在前面，守纪律、懂规矩，服从组织决定，严守政治纪律和政治规矩，时时与以习近平同志为核心的党中央保持高度一致，自觉维护以习近平同志为核心的党中央的权威，认真贯彻党中央的决策部署；要弘扬党的优良传统和作风，自觉践行社会主义核心价值观，养成健康向上的生活情趣，形成高尚的道德情操，在群众中树立良好形象；要牢记全心全意为人民服务的宗旨，把人民放在心中的最高位置，勇于担当、干事创业，立足岗位发挥先锋模范作用，时时处处体现共产党员的先进性。

"两学一做"学习教育，要把学和做有机统一起来，坚持以学促做、学做合一。通过深入"学"夯实"做"的基础，通过认真"做"达到"学"的目的。广大党员要通过"两学一做"学习教育，牢固树立尊崇党章、遵守党规党纪的意识，真正用习近平总书记系列重要讲话精神武装头脑、指导实践、推动工作、促进发展，既补足精神之钙，又强化自律之基，做政治上的明白人，做一名让党放心、让人民满意的合格的共产党员。